사자
성어는
인 생
플랫폼

사자성어는 인생 플랫폼

초판 1쇄 발행 2020년 8월 15일

지 은 이 홍경석
발 행 인 권선복
편 집 유수정
디 자 인 최새롬
전 자 책 서보미
발 행 처 도서출판 행복에너지
출판등록 제315-2011-000035호
주 소 (157-010) 서울특별시 강서구 화곡로 232
전 화 0505-613-6133
팩 스 0303-0799-1560
홈페이지 www.happybook.or.kr
이 메 일 ksbdata@daum.net

값 25,000원
ISBN 979-11-5602-829-1 03800

도서출판 행복에너지는 독자 여러분의 아이디어와 원고 투고를 기다립니다. 책으로 만들기를 원하는 콘텐츠가 있으신 분은 이메일이나 홈페이지를 통해 간단한 기획서와 기획의도, 연락처 등을 보내주십시오. 행복에너지의 문은 언제나 활짝 열려 있습니다.

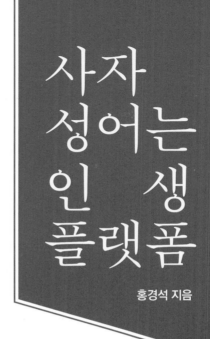

사자
성어는
인 생
플랫폼

홍경석 지음

초졸 학력 경비원 작가가 쓴
세상을 보는 쾌도난마(快刀亂麻)의
시원시원한 논평(論評)과
흥미진진 이야기보따리 향연(饗宴)

도서
출판 행복에너지

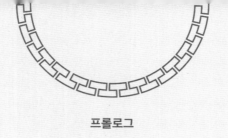

사자성어四字成語는 한자 넉 자로 이루어진 성어를 말한다. 주로 교훈이나 유래를 담고 있다. 혹자는 한문공부가 필요 없다고 한다. 그러나 이는 잘못된 주장이라고 생각한다. 한문공부는 반드시 해야 된다. 그것도 빠르면 더 좋다. 한국인의 자녀교육열은 단연 세계 일등이다. 공부 잘하는 자녀는 가정의 행복과 직결된다. 사랑하는 자녀에게 이왕이면 어려서부터 한자를 가르치면 금상첨화錦上添花다. 한자 공부를 하게 되면 사자성어는 자연스레 익히게 된다. 한문 실력이 증가하면 신문에 나오는 한문 역시 술술 읽을 수 있다. 나는 중학교 문턱조차 넘지 못했다.

그럼에도 이미 두 권의 책을 발간했고, 심지어 '사자성어의 달인'이란 칭찬까지 받고 있다. 이는 한문을 어려서부터 가까이한 덕분이다. 과거 역전에서 소년가장少年家長으로 신문을 팔 적에도 신문 한 부는 반드시 남겼다. 집으로 가져가 아버지가 보신 뒤엔 나도 꼭 읽었다. 덕분에 한문 실력이 성큼성큼 좋아졌다. 사자성어를 많이 알면 대학입시는 물론 입사시험入社試驗에서도 유리하다. 면접을 볼 때도 단박 면접관의 눈에 들 수 있다. 적당한 사자성어의 사용은 그 사람의 품격까지 덩달아 올려준다.

　요즘 사람들은 책을 잘 읽지 않는다. 자극적이고 현란한 인터넷과 유튜브 등 SNS에 매몰되었기 때문이다. 그렇지만 불변한 사실은 책 속에 길이 있다는 것이다. 시각장애인이었던 심학규가 눈을 뜰 수 있었던 건 효녀 심청 덕분이었다. 초등학교 졸업식 날에도 학교에 가지 못하고 소년가장으로 돈을 벌어야 했던 가난뱅이이자 무지렁이였던 내가 오늘날 다수의 책을 낸 작가가 되고 언론사 간부까지 될 수 있었던 건 만 권 이상의 독서 덕분이다. 책을 많이 보면 글을 잘 쓸 수 있는 비결은 물론 처세處世에 있어서도 타의 추종을 불허하는 고수高手가 될 수 있다. 전국의 도서관은 물론 서울대학교 중앙도서관에도 내 책이 고루 들어가 있다. 책 많이 보는 사회, 그로 말미암아 보다 품격 있는 사람이 급증하길 소망한다. "인격은 그가 읽은 책으로 알 수 있다."는 명언도 있지 않은가?

왕안석王安石은 중국 북송北宋 때의 문필가이자 정치인이다. 뛰어난 산문과 서정시를 남겨 '당송팔대가唐宋八大家' 가운데 한 명으로 꼽히며 후대에 큰 영향을 끼쳤다. 그가 말하길 "가난한 사람은 독서로 부자가 되고, 부자는 독서로 귀하게 된다."고 했다. 맞는 말이다. 당연한 얘기겠지만 학력과 지력은 나를 지켜주는 힘力이다. 여기에 든든한 사자성어까지 갖추면 그야말로 탄탄한 무장武裝을 갖춘 불패不敗의 무장武將인 '군신軍神 이순신李舜臣 장군將軍'까지 될 수 있다.

이 책은 나의 인생 경험담과 뉴스, 에세이 등 세상살이를 매개로 사자성어에 보다 쉽게 접근할 수 있도록 꾸며졌다. 내가 인위적으로 만든 사자성어도 있다. "사자성어를 만든다고?" 어려운 일이 아니다. 한문을 적절히 조합하면 누구든 얼마든지 창출할 수 있다. 부디 이 책이 누구라도 사자성어를 쉬이 배울 수 있는 지름길이 되길 기대한다.

지금껏 불변하게 응원하고 있는 조강지처糟糠之妻 황복희 여사와 출간의 기쁨을 공유한다. 반포보은反哺報恩 든든한 아들 관호와 마음까지 빙기옥골氷肌玉骨인 며느리 미지가 고맙다. 금지옥엽金枝玉葉 딸 초롱과 질풍지경초疾風知勁草 사위 형진에게도 감사하다. 우리 부부를 어릿광대로 만든 친손자 우빈과 외손녀 서아가 건강하게 무럭무럭 잘 자라길 소망한다. 5년 전 첫 저서를 발간할 당시, 어떤 출판사도 거들떠보지 않아 정말 힘들었다! 이때 구세주로 출간을 도와주신 수호천사가 바로 도서출판 행복에너지 대표님이다. 덕분에 날개를 달고 작가와 기자로 활동하게 되었다. 5년 동안의 나름 와신상담臥薪嘗膽 끝에 다시 책을 낸다. 부족한 이 책의 발간에 흔쾌히 동의해 주신 권선복 사장님과 꼼꼼하게 교정을 살펴주신 유수정 북에디터님, 최새롬 디자인 담당 선생님 등 도서출판 행복에너지 식구들께도 거듭 심심한 사의를 표한다.

대전 목척교 여울목에서, 홍경석

목 차

Part 3

아프니까
삶이다

Part 4

성취는
태도에 달렸다

Part 5

희망을 버리는 것은
바보짓이다

Part 6

세상살이가
다 교육이다

Part 7

모든 건
아는 만큼 보인다

Part 8

가족은
사랑이 근본이다

Part 1

노력은 배신하지 않는다

다반향초
茶半香初

—

차(茶)를 마신 지 반나절(半--)이 되었으나 그 향(香)은 처음과 같다는 뜻으로,
늘 한결같은 원칙과 태도를 중시해야 한다는 뜻을 나타냄.

작년 1월 하순, 멀리서 진객珍客이 찾아오셨다. 2019년 1월 4일
자 조선일보엔 내가 기고한 글 '독자 ESSAY 초졸 출신 글 쓰는 경
비원, 새해 목표는 성공학 강사'라는 글이 게재됐다. 이 글을 보시
고 연락을 해 오신 분이셨다. 나처럼 가난했기에 많이 배우지는
못했지만 그동안 살아오신 삶을 책으로 발간하고 싶다고 하셨다.
대전역까지 마중을 나간 뒤 그분을 모시고 대전역 앞의 '김삿갓 다
방'으로 들어섰다. 문을 연 지 어언 70년이라는 김삿갓 다방은 차
를 마신 뒤 셈을 할 적에도 카드가 안 되고 오로지 '현금 박치기'만

가능했다. 그럼에도 '아날로그 다방'이라는 생각에 정겨움이 가시지 않았다. 자리를 옮겨 김삿갓 다방과 비슷하게 60년 이상의 전통을 자랑하는 화교 중국집 식당 '태화장'을 찾았다. 탕수육에 소주를 두 병째 비우니 술기운이 모락모락했다. 진객은 연세가 꽤 있으신 분이셨기에 두 잔만 채워드리고 나머지 술은 내가 다 마셨다. 그날의 진객께서는 다방의 찻값에 이어 중국집 식대까지 내주셨다. 그 감사함에 대전역에서 배웅할 때 성심당 튀김소보로 빵을 사서 드렸다. "이게 어제(문재인 대통령이 1월 24일 오후 '전국경제투어'로 대전을 방문하여 대전의 명물 성심당 빵집에서 튀김소보로를 고르는 장면이 언론에 대서 특필되었다) 대통령도 샀다는 그 빵입니까?" "네, 맞습니다!" "고맙습니다! 잘 먹겠습니다." 나의 조언과 소개로 인해 그 진객께서는 머지않아 생애 최초의 저서를 발간한다. 내가 그분께 일종의 멘토가 된 셈이다.

그리스 신화에서 유래한 말로 조력자의 역할을 하는 사람을 멘토mentor라고 하며, 조력을 받는 사람을 멘티mentee라고 한다. 글쓰기 학원을 다녀본 적이 전무하며, 더욱이 학력마저 초등학교 졸업뿐인 무지렁이가 글쓰기 멘토라고? 맞다. 사실이다! 이는 수십 년 동안 습관화해 온 독서와 독학에서 기인했다. 그래서 '임지학서 지수진흑臨池學書 池水盡黑'의 중요성을 강조코자 한다. 이는 '연못에

가서 붓글씨를 연습하니 연못의 물이 온통 까맣게 되었다'는 뜻이
다. 과거, 장지라는 사람은 붓글씨를 연습하기 위해 집에 있는 모
든 옷감에 먼저 붓글씨를 연습한 뒤에 세탁했다고 한다. 또한 매
번 연못에서 글씨를 연습하는 바람에 연못이 온통 검은색이 되었
다고 전해진다. 글쓰기도 마찬가지다. '임지학서 지수진흑'의 각
오와 자세가 되어 있어야만 비로소 명작의 창출이 가능하다는 얘
기다. 나의 글쓰기 멘토 역할은 수년 전에도 있었다. 실제로 몇 년
전에는 지인 한 명을 수필가로 등단까지 시켜준 경력이 있다. 어
떤 학원 운영자로부터 글쓰기 전문학원에 나와서 배우라는 꼬드
김을 집요하게 받았다. 하지만 수강료 액수가 상상을 초월했다.
또한 그래봤자 글쓰기 학원의 강사이자 멘토에게서 배운 글 솜씨
는 그 수준이 동기들과 엇비슷하여 일종의 '붕어빵 작가'가 되겠다
싶었다. 그런 이유에서 아예 관심조차 두지 않았다.

　"나는 신발이 없다고 한탄했는데 거리에서 발이 없는 사람을
만났다." 미국의 처세술 전문가였던 데일 카네기가 한 말이다. 사
람들은 자신이 소유하고 있는 것보다 소유하지 못한 것에 대한 집
착을 더 많이 하게 된다. 그래서 말인데 내가 남들처럼 대학을 나
왔고, 직장 또한 연봉이 억대에 육박할 정도로 잘살았더라면 과연
작가가 될 수 있었을까, 하는 생각이 든다. 단언컨대 불가능했을

것이다. 사서도 한다는 젊었을 적 숱한 고생이 오늘날 나의 글감(글의 내용이 되는 재료)이 돼 주었다. 작년 1월 23일 대전지방보훈청은 5년 이상 군복무한 제대군인을 대상으로 대전보훈청 5층 대강당에서 취업 워크숍 및 멘토 위촉식을 가졌다. 이 뉴스를 보면서 나는 과연 언제쯤이면 누군가의 멘토가 될 수 있을까를 고민(?)했는데 그날 마침내 결실을 이루게 되었다. 자화자찬自畵自讚이긴 하되 나의 또 다른 장점은 의리가 돈독하고 다반향초茶半香初의 심성을 지녔다는 점이다. '다반향초'는 차茶를 마신 지 반나절이 되었으나 그 향香은 처음과 같다는 뜻으로, 늘 한결같은 원칙과 태도를 중시한다는 뜻을 갖고 있다. 이런 원칙의 견지가 고마움으로 엮인 숱한 지인을 양산했다고 믿는다.

무한불성
無汗不成

땀 흘리지 않고는 어떤 일이든 이룰 수 없음을 뜻함.

딱히 진둥한둥(매우 급하거나 바빠서 몹시 서두르는 모양) 살아온 것은 아니었다. 그렇지만 어쨌든 해마다 봄은 꽤 서운하다. 그건 마치 극구광음隙駒光陰처럼 재빠르게 스쳐 지나가기 때문이다. 올해의 봄도 예년처럼 그렇게 발 빠른 행보를 보일 것이다. 아울러 봄비가 연일 찾아와 겨우 맺힌 꽃봉오리들을 마구 낙하시킬 것이리라. 그럼 가까운 보문산조차 구경하지 못하고 봄을 그만 여름에게 인수인계할 수도 있다. 대저 봄이란 건 궁둥이가 넓적치 못하다. 그래서 오래 머무르지 않고 돈 챙긴 일수쟁이처럼 냉큼 떠나버리곤

한다. 이런 현상은 해가 갈수록 더하다. 더욱이 올해는 전대미문前
代未聞의 코로나19 사태로 인해 봄은 아예 강탈당하고 말았다.

때문에 그처럼 자발없는 봄을 느끼자면 하는 수 없이 봄비라도
맞는 수 외는 딱히 방법이 없다. 새벽에 눈을 떠 라디오를 켜니 신
중현의 '봄비'가 흘러나왔다. "이슬비 나리는 길을 걸으며~ 봄비에
젖어서 길을 걸으며~ 나 혼자 쓸쓸히 빗방울 소리에~ 마음을 달래
도 외로운 가슴을 달랠 길 없네~ 한없이 적시는 내 눈 위에는~ 빗
방울 떨어져 눈물이 되었나, 한없이 흐르네~" 비가 내리면, 더욱이
그 비가 새침한 '봄비'라고 한다면 느끼는 감회의 부피는 적지 않
다. 노래에도 나왔지만 봄비에 젖어서 나 혼자 쓸쓸히 길을 걷자
면 쏟아지는 빗방울 소리는 지난 시절의 어떤 울골질(지긋지긋하게
으르며 덤비는 짓)까지 불러일으키게 마련이다. 지난날의 풍상은 억
매흥정(부당한 값으로 억지로 물건을 사려는 흥정)으로 내 청춘까지를 저울
질하여 강제로 칼질했다. 그리곤 우산장사 소년으로까지 추락시
켰다. 역전에서 구두닦이를 하다가 봄비가 쏟아지면 우산 도매상
으로 냅다 뛰었다. 우산은 열 개 묶음으로 돼 있었는데 역사를 나
오는 손님들을 대상으로 강동거리며 우산을 팔았다.

그러면 이따금 지분거리는 이도 없지 않았다. 그건 돈도 없이

노력은 배신하지 않는다   19

우산을 외상으로 달라는 사람이었다. 쥐알봉수 같은 그런 작자에게 처음엔 뭘 모르고 우산을 그냥 주는 때도 있었다. 하지만 이후론 꾀가 났다. 경력 또한 쌓이다 보니 나중에는 어림 반 푼어치도 없는 강퍅한 성정의 거친 소년으로 변모하기까지 했다. '외로운 가슴을 달랠 길 없이' 마음마저 울려 주는 봄비처럼 거셌던 지난날의 삭풍은 가엾은 소년가장의 어깨를 촉촉이 적시는, 아무런 희망이 보이지 않는 눈물의 암무천일暗無天日이었다. 어쨌거나 묵새기는 일 없는 세월은 나를 십 대 초반의 '봄'에서 20대 초반의 '여름'으로 이동시켰다. 그즈음 첫눈에 반한 여자가 바로 지금의 아내다. 그리고 지금껏 내리 같이 잘 살고 있다.

되는 집은 소를 낳아도 큰 소만 낳는다고 아내는 두 아이를 잘 낳아 정말 훌륭하게 길렀다. 덕분에 지난날 우산팔이 소년의 애상哀想은 봄비에 쓸려나가 어느 강물에 묻혔는지 모를 일이다. 그럼에도 이따금 그 시절이 떠오르는 건 왜일까? 그건 아마도 오늘 오후엔 봄을 재촉하는 비가 또다시 찾아올 거란 일기예보 때문이 아닐지. 투자의 귀재라고 불리며 20세기를 대표하는 미국의 사업가이자 투자가인 워런 버핏Warren Buffett은 "자신이 좋아하는 일을 하라. 그러면 성공은 자연히 이루어진다."고 했다. 맞는 말이다. 좋아하는 일은 누구든지 잘할 수 있다. 내가 잘하는 거라곤 글을 조금 쓸 줄 안다는 것이다. 세월은 미사일보다 빠른 질풍노도疾風怒濤로 흘러왔다. 그럼에도 지금껏 견지하고 있는 것은 무한불성無汗不成이다. "땀을 흘리지 않으면 아무 것도 이룰 수 없다." 정말이지 이처럼 멋지고 타당한 말이 또 있을까? 추사 선생의 모토였던 '무한불성'의 각오와 '능서불택필能書不擇筆'의 의지까지 가득 담아 봄비처럼 사람의 마음까지 촉촉하게 적시는 정말 멋진 책을 계속 만들고 싶다. '무한불성'의 의지를 담으며 오늘도 열심히 글을 쓴다. 그렇게 열정을 담아 치열하게 쓴 글은 독자들이 더 잘 알아본다. 요즘 독자들의 눈은 독수리보다 매섭다. 아무리 극심한 출판 불황이라지만 잘 만든 책은 기필코 베스트셀러에 등극한다는 평범한 진리를 믿는다. 진리는 불변하다.

음수사원

飮水思源

물을 마실 때 수원(水源)을 생각한다는 뜻으로,
근본을 잊지 않음을 일컫는 말.

오늘은 쉬는 날이다. 그러나 평소처럼 새벽 2시도 안 되어 일어났다. 여전히 한밤중인 아내가 깰까 봐 도둑고양이처럼 냉장고를 열었다. 엊저녁에 먹다 남은 청국장찌개와 김치 등의 반찬을 꺼내 식탁에 차렸다. 그렇게 조촐하고 조심스런 식사를 한 뒤 양치질에 이어 목욕을 했다. 휴일임에도 이렇게 깔끔을 떤 까닭은 아내의 잔소리 덕분이다. "사람은 나이를 먹을수록 깔끔해야 어딜 가더라도 구박을 안 받는 겨." 벽시계가 오전 3시에 임박하자 창밖으로 오토바이 소리가 들렸다. 얼씨구나~ 신문이 왔구나! 늘 기다려지는 반가운 손님이 바로 신문이다. 집에선 두 종류의 신문을 정기 구독한다. 반면 회사에는 달랑 한 가지의 신문만 배달된다. 고로 나는 지금도 여전히 세 가지 종류의 신문을 보는 셈이다. 신문과 나의 인연은 아주 오래이며 또한 고래심줄보다 질기다. 그도 그럴 것이 소년가장이던 고작 열셋의 나이 때부터 만났기 때문이다. 지금과 달리 당시엔 뉴스를 알자면 반드시 신문을 봐야 했다. 특히 그즈음 내 밥벌이의 무대였던 천안역 앞엔 시외버스 차부가 있었다. 버스의 승객들은 무료함의 희석 차원에서라도 신문을 즐겨 사봤다. 그때 신문 한 부의 값은 약 15~20원 사이였던 걸로 기억한다. 아무튼 신문을 다 팔더라도 반드시 한 부는 남겨서 집에 가지고 갔다. 이는 아버지가 보신 뒤에 나도 볼 요량에서였다. 그렇게 인연을 맺은 신문 덕분이었을까. 지금의 직업 이전에는 언론사에서만 얼추 20년 가까이나 밥을 먹었다.

요즘 사람들은 종이신문조차 안 보려는 경향이 뚜렷하다. 물론 휴대전화를 통한 포털사이트의 뉴스야 보겠지만. 반면 나는 지금도 종이신문을 사랑한다. 종이신문은 그 용도가 엄청나다. 언젠가 사온 청양고추를 손질할 때 일이다. 먼저 지난 종이신문을 거실의 바닥에 깔았다. 비닐 부대에 담긴 고추를 그 위에 붓고 고추꼭지를 따면서 물수건으로 닦는 수순이었다. 스무 근이나 되는 양이었기에 3시간 가까이나 땀을 흘렸지만 그 겨울 내내 우리가 먹을 김장의 재료가 된다는 생각에 흐뭇했다. 박근혜 전 대통령과 정상회담을 하면서 시진핑 중국 국가주석이 '음수사원'을 거론했다. 음수사원飮水思源은 물을 마실 때 수원水源을 생각한다는 뜻으로, 근본을 잊지 않음을 일컫는 말이다. 따라서 시 주석의 그 말은 일제 강점기 즈음, 중국이 도와준 우리의 독립투사들까지를 염두에 둔 언중유골言中有骨의 작심 발언이었지 싶었다. 신문에서도 이 사실을 크게 보도하면서 두 사람의 사진까지 실었다. 그 당시만 하더라도 화기애애和氣靄靄한 모습이 역력했던 두 지도자의 냉랭함은 이후 엇갈려 마치 엄동설한嚴冬雪寒의 삭풍을 보는 듯했다. 그러한 연유는 최대 현안인 우리의 사드THAAD·고고도미사일방어체계 배치 문제였음은 물론이다. 사드 문제는 예민한 문제라서 더 이상 거론치 않으련다. 다만 개인적으로 '음수사원' 만큼은 할 말이 있다.

내가 오늘날 작가와 기자로도 우뚝할 수 있는 토대와 음수사원은 바로 신문이다. 신문을 40년 이상 구독하다 보니 무식의 머리가 지식으로 환골탈태換骨奪胎했다. 텅텅 비었던 지식의 샘에도 항상 맑고 푸른 지혜의 물이 철렁인다. 신문의 장점은 이렇듯 단순히 지식만을 제공하는 백과사전百科事典에 머무르지 않는다. 짜장면과 짬뽕 등의 배달음식을 시킬 때 바닥에 신문을 까는 건 상식이다. 책을 많이 보관하는 경우, 책 중간 중간에 신문을 삽입하면 군내 없이 오래 보관할 수 있어서 좋다. 유리창을 닦을 때도 요긴하다. 지금이야 휴지가 넉넉하지만 과거엔 신문을 잘라 재래식 화장실에서 사용했다. 한겨울에 길거리서 만나는 뜨거운 군고구마와 호떡 등은 별미다. 그렇지만 이를 먹거나 가져가려면 신문지가 꼭 필요했다. 신문은 그만큼 용도가 팔방미인八方美人이다. 바둑은 집내기를 할 때, 화투는 문지방을 넘을 때 안색을 보면 대번에 '자초지종自初至終'을 안다고 했던가. 이런 관점에서 신문은 여전히 지식과 지혜의 백과사전이자 자초지종이다. 수백 명이 근무하는 직장에 고작 열 부도 안 되는 신문이 들어온다. 그만큼 신문을 안 본다는 증명이다. 야근 뒤 귀갓길에 운이 좋으면 신문 배달 지국장님을 만난다. "이 신문 갖고 가서 보세유." "매번 고맙습니다!" 언제 날을 잡아 밥이든 술이든 사야 할 텐데 당최 기회를 안 주시니 섭섭하다.

양수겸장

兩手兼將

장기(將棋)에서, 두 개의 장기(將棋) 짝이
한꺼번에 장을 부르는 말밭에 놓이게 된 관계(關係).

C 선생님, 안녕하세요? 날씨는 한창 화풍난양和風暖陽의 매우 좋은 즈음입니다. 그렇지만 불청객인 몽골과 중국에서부터 날아온 지독한 황사의 횡행으로 말미암아 휴일인 어제는 당초의 계획이었던 등산마저 포기하기에 이르렀지요. 대신 미뤘던 독서를 하고 고삭부리 아내의 수발을 드는 것으로 외조外助까지를 하였답니다. 덕분에 평소 "당신은 술이나 잘 먹을까 다른 건 죄 젬병"이란 아내의 지청구까지를 일정 부분 희석시킬 수 있었지요. 아울러 올 가을이면 맞게 되는 우리 부부의 결혼 38주년엔 반드시(!) 2박 3일 예

정으로 어디로든 여행을 가자는 것에도 합의를 하기에 이르렀지요. 사실 여행은 작년 저의 회갑 때 가기로 했었답니다. 그러나 아내의 건강이 다시금 악화된 때문에 미뤘던 것이죠. 아무튼 세월은 유수流水와 같다고 했던가요. 그러고 보면 그 말은 참 맞지 싶습니다. 왜냐면 C 선생님과 저의 인연도 이젠 어언 50년도 더 지난 장구한 역사를 자랑하기에 이르렀으니 말이죠. 그처럼 오랜 기간이 대청호와 금강의 물길처럼 길게 흘렀음에도 불구하고 선생님은 여전히 저의 살가운 어떤 어머니이자, 뜨거운 스승님의 감사함으로 우뚝한 태산입니다. 그래서 항상 감사히 여기고 있습니다.

C 선생님께서도 익히 아시다시피 저는 불과 생후 첫돌을 즈음하여 생모를 여의었지요. 그리곤 술만이 유일한 친구였던 편부를 모시고 사느라 그만 초등학교조차 겨우 마칠 수 있었습니다. 초등학교 1학년 재학 시절, 저의 담임이었던 C 선생님께서는 제게 늘 이런 말씀을 해주셨지요. "이 험난한 세상을 슬기롭게 살려면 이른바 '맞짱'을 떠서 기필코 이기겠노라는 다부진 결심과 행동이 수반되어야 한다." 명언과 같은 그 말씀을 제 가슴속 깊이 저장하면서 치열하게 살아왔습니다! 그 결과, 이제 두 달에 한 번씩 모이는 초등학교 동창회에 나가도 동창생들은 이구동성異口同聲 저를 칭찬하네요. "사람은 늘그막이 편안해야 제일이라는데 이런 측면에서

만 보더라도 우린 네가 참 부럽다! 글로벌 기업에 다니는 아들 하나만으로도 너는 그간의 고생에 대한 어떤 보답을 얻은 셈인데 이에 더하여 네 딸은 또…" 그렇습니다. 제 딸은 소위 명문대와 명문 대학원을 졸업하고 결혼까지 일사천리一瀉千里로 마쳤지요. 작년엔 딸을 닮은 외손녀까지 선물하여 여간 감사한 게 아니랍니다. 아들 또한 마찬가지죠. 아울러 효심까지 돈독한, 잘 둔 아들과 딸은 저와 아내의 편안한 노후를 위한 어떤 연금보험이자 충실한 생명보험과도 같다는 느낌입니다. 한데 오늘날 이같이 제가 누릴 수 있는 기쁨은 따지고 보면 모두가 선생님의 말씀을 좇아 충직하게 이행한 결과물 덕분입니다.

늘 그렇게 기만하며 아갈잡이까지 서슴지 않았던 저를 둘러싼 운명의 가혹한 시련은 차가운 엄동설한의 앵돌아짐(노여워서 토라지다)에 다름 아니었지요. 설상가상雪上加霜 남들처럼 많이 못 배운 원초적 불학不學의 상처는 또한 반평생을 비정규직의 변방만을 떠돌게 하는 단초로 작용했습니다. 그랬음에도 저는 진작부터 이를 악물며 선생님의 가르침을 충실히 따르기로 했던 것이었지요. 이를테면 항용恒用 어려운 가정경제 탓에 아이들에게 사교육은 언감생심焉敢生心이었습니다. 대신에 주말과 휴일엔 아이들 손을 잡고 같이 도서관에 가는 좋은 습관을 붙였지요. 더불어 이왕이면 다홍치

마렸다고 사랑과 칭찬을 마치 억만장자億萬長者인 양 마구 비료로 뿌렸답니다. 그렇게 위선적이고 풍진 세상과 정정당당한 '맞짱을 뜨고' 나니, 비로소 구질구질한 세파와 온갖 시련의 먹구름까지 물러가고 제게도 축복과 행운의 서광이 아침햇살처럼 찬란하게 다가오더군요.

선생님께선 더 잘 아시겠지만 나쁜 일은 몰려온다고 하지요? 그래서 이를 사자성어로 풀이하면 화불단행禍不單行이라고 했습니다. 반대로 그렇다면 복불단행福不單行, 즉 복福 역시도 홀로 오지 않는다는 게 맞는 것입니다. '복'이라는 건 우리가 삶에서 누리는 좋고 만족할 만한 행운 또는 거기서 얻는 행복을 의미하지요. 그런데 이 '복'은 평소 그를 소유할 수 있는 자격인 꾸준한 노력과 함께 조금의 깔축조차 없는 무한한 자녀사랑이란 재료가 우선되어야만 비로소 가능하다는 것이 평소의 지론이자 어떤 신앙이거든요. 여하간 아이들이 그처럼 뚜렷한 업적을 보여주었기에 이에 고무된 저 또한 그에 화답하기로 하였습니다. 그건 바로 지독한 만학晚學일망정 어쨌든 지천명 나이에 시작한 3년 과정의 사이버 대학 과정을 마치는 것이었지요. 그런데 역시 시작이 있으면 끝도 있더군요. 52세 연말에 졸업한 저는 그 대학에서 졸업장 외 별도의 우수상까지를 덤으로 받았으니 말입니다. 세월은 여류하여 이제 C 선생님께서도 연세가 칠순이 넘은 길목에 서 계시리라 예견됩니다. 또한 슬하엔 내리사랑의 정점이랄 수 있는 손자와 손녀의 재롱까지 한창 받는 행복한 할머니의 노후를 사시리라 믿습니다. 그렇지만 제 눈에 비치는 C 선생님의 아리따운 소녀와도 같이 고운 빙기옥골氷肌玉骨의 모습은 50여 년 전에 가서 그대로 깔축없이 고스란히 머물고 있답니다. 앞으로도 선생님의 교훈을 마음에 새기면서 더 성실하고 열심히, 감프고 늑대와도 같은 세상과 순순히 맞짱을 뜨겠습니다. 덧붙여 '부러우면 지는 거다!'는 선생님의 급훈級訓을 양수겸장兩手兼將의 지렛대로 삼아 제 앞날에 여전한 무기로 사용하겠습니다. 늘 건강하시고 행복으로 충만한 나날 되시길 앙망하오며 이만 줄입니다. 안녕히 계십시오.

절차탁마

切磋琢磨

옥이나 돌 따위를 갈고 닦아서 빛을 낸다는 뜻으로,
부지런히 학문과 덕행을 닦음을 이르는 말.

20대 약관弱冠의 나이에 전국 최연소 영업소장이 되었다. 그러한 업적의 도출은 앞만 보고 그야말로 죽기 살기로 매진한 결과였다. 하지만 소장이 된지 불과 1년도 되지 않아 회사는 그만 부도가 나서 공중 분해되고 말았다. 난생처음으로 '정규직'의 단맛을 제대로 맛보기도 전에 다시금 '비정규직'이라는 음습하고 구석진 변방으로 내몰리게 되었다. 직장을 옮겨 다시 맨 밑바닥에서부터 맹렬히 뛰었다. 그래서 과장이 되고 부장도 되었다. 그렇지만 일단 각인된 비정규직이란 화인은 그러한 직함 따위를 모두 지엽적 허투루에서 벗어나지 못하게 하는, 명목만 그럴 듯한 사탕발림에 다름 아니었다. 그러는 사이에 나도 나이를 먹었고 두 아이는 미루나무처럼 쑥쑥 자라 초·중·고등학교를 지나 대학에 들어갔다. 여전히 '뻔한' 비정규직의 불투명한 박봉과 미래였기에 무언가 탈출구가 필요했다. 인터넷 언론의 시민기자로, 각종의 사(외)보에도 글을 보내 부수적 원고료를 '투잡'으로 벌기 시작했다. 그러나 그 금액은 얼마 되지 않았다. 무언가 큼직한 반전의 전기가 필요했다.

'우리말 겨루기'에서 달인이 되면 순식간에 몇 천만 원을 챙길 수 있다. 치열한 지역 예선을 거쳐 본선인 서울 여의도 KBS까지 올라갔다. 허나 5명이 출전한 그 프로그램에서 고작 4등에 머물고 말았다. 교통사고를 당하여 병원에 입원해 있으면서도 절치부심 切齒腐心의 각오로 공부한 모든 것이 물거품이 되었다는 생각에 적지 않게 비참했다. 그러나 그건 엄연한 현실이었다. 이번엔 눈을 돌려 모 지역에서 열리는 전국 백일장에 나갔다. 거기서 장원을 하면 200만 원을 '벌 수' 있기 때문이었다. 그 상금에 눈이 멀어 수필 부문으로 내리 3년을 도전했으나 늘 미역국만 먹었다. 언젠가는 시조 백일장에도 나갔다. 고장난 물레방아였는지 또 낙방의 쓴맛만 보고 돌아서야 했다. 장원을 하여 두둑한 상금과 상장을 받는 사람이 너무나 부러웠다. 잠시 의기소침하였으나 이대로 주저

앉을 수는 없는 노릇이었다. 기왕지사 어차피 칼집에서 뺀 칼이니 만치 커다란 나무는 못 벨망정 하다못해 무라도 시원스레 베고 볼 일이었다. 지금까지 몇 가지 실화의 예를 들며 어쩌면 나의 '파란만장했던' 과거사 도전기를 이실직고以實直告하였다. 그렇지만 다 아는 상식이되 첫술에 부른 배가 어디 있을까? 결론적으로 나의 도전은 앞으로도 계속될 것이다.

평소 절차탁마切磋琢磨라는 사자성어를 좋아한다. 이는 옥이나 돌 따위를 갈고닦아서 빛을 낸다는 뜻으로서 학문과 덕행을 부지런히 닦음을 이르는 말이다. 이러한 연장선상의 행동으로 나는 나이 오십이 넘었음에도 새로운 공부를 시작했다. 아울러 오늘도 끊임없는 독서와 습작을 하며 게으름을 피우지 않고 있다. 매사가 마찬가지겠지만 무슨 일이든 시간이 필요한 법이다. 예컨대 단순한 물리적 시간이 아니라 그에 더하여 위에서 거론한 절차탁마의 시간이 더 긴요하다는 것이다. 언젠가 '퀴즈 대한민국'에서는 고교 2학년생이 퀴즈영웅에 등극하는 기염을 토했다. 시청자들이 보기엔 단순히 부럽다는 느낌만을 피력한 이도 있겠으나 그 학생은 그날 퀴즈영웅이 되기 위해 얼마나 치열한 절차탁마의 나날을 점철했을까! SBS-TV '생활의 달인'이라는 방송에선 각 분야에서 타의 추종을 불허하는 달인들이 등장하여 자웅을 겨루는 모습을 볼 수 있다. 그들 역시 오늘날에 오르기까지 그야말로 실패의 연속이란 쓴맛을 두루 맛보고 경험했으리라. 지금껏 나는 실패의 달인으로만 살아왔다고 해도 과언이 아니다. 한데 고진감래 苦盡甘來는 과연 왜 존재하는 것인가? 그건 바로 나를 두고 하는 말이라 믿는다. 성공의 달인 자리에 오르고자 하는 나의 질주는 오늘도 멈춤이 없다.

무언응원

無言應援

말이 아닌 눈빛이나 몸짓으로 전하는 응원
(저자가 지은 사자성어).

세월처럼 빠른 게 또 있을까. 벌써 7년 전의 일인 걸 보면 말이다. 그날은 하루 종일 바빴다. 사랑하는 딸이 대학원을 졸업하는 날이었기 때문이다. 소문난 딸바보인 나는 그날도 꼭두새벽부터 일어나 목욕재계沐浴齋戒를 했다. 예약해 둔 KTX열차 오전 7시 8분차를 타고 서울로 올라갔다. 졸업식은 11시부터였지만 딸이 일하게 될 서울대병원의 모습을 구경하려고 일찍 상경한 것이었다. 서울역에서 내려 1호선 지하철로 동대문까지 갔다. 4호선으로 갈아탄 뒤엔 불과 한 정류장인 혜화역에서 내렸다. 그리곤 지척에 위치한 서울대병원 모습을 카메라에 담았다. 다시 4호선 지하철에 올라 사당역까지 간 후, 2호선으로 환승하여 서울대입구역에서 내렸다. 3번 출구로 나와 100여 미터를 가니 서울대 셔틀버스가 와서 대기하고 있었다. 그 버스에 올라 서울대학교에 진입하려니 초입부터 운집한 꽃다발 상인들이 마치 구름처럼 많았다. 하긴 그 바람에 경쟁이 붙어 꽃값이 싸다는 긍정적 측면은 없지 않았지만.

거듭되는 딸의 문자메시지 안내를 보고 도착한 서울대 사회과학대학 건물 16동 214호. 그 입구에서부터 딸을 향한 카메라 불빛 세례가 쏟아졌다. 나는 사람들을 보며 인사했다. "안녕들 하세요, 제가 애 아빱니다." "와~ 똑같은 붕어빵이네요!" 이윽고 시작된 학위수여식에서 딸은 학과장 교수님으로부터 자랑스런 석사 학위를 받았다. 그런데 박사학위 2명과 석사학위 10명, 학사 과정 수료 21명의 학위 수여식 과정에서 맨 처음의 호명자 외엔 다 그렇게 무미건조한 멘트인 "~이하 동문"이라고 명명하여 김이 빠지는 느낌이었다. 따라서 한편으론 이런 생각이 들기도 했다. '명색이 대한민국 최고의 대학이란 곳에서, 더욱이 전국각지서 달려온 가족들을 봐서라도 일일이 학위기 성명 아무개, 위 사람은 대학원 석사 과정(심리학과)을 이수하고 소정의 시험과 논문심사에 합격하여 심리학 석사의 자격을 갖추었으므로 이를 인정함. 2013년 2월 26일 서울대학교 사회과학대학장 양승목, 위의 인정에 의하여 심리학 석사의 학위를 수여함. 서울대학교 총장 행정학박사 오연천. 이렇게 말해주면 어디가 덧나나?라는 아전인수我田引水와 같은 생각이었다. 아무튼 그렇게 졸업식을 마치고 건물 밖으로 나왔다.

운동장 여기저기에서 사진을 찍는 졸업생과 가족, 그 지인들의 모습이 한창 봄날의 아지랑이 이상으로 화기애애했다. 그중에 졸업생 중 누군가의 어머니로 보이는 어떤 분이 눈에 띄었다. 그분은 아들로 보이는 어느 졸업생을 촬영하고 있었다. 사진 찍어주는 그 과정에서 마구 눈물을 빼는 모습이 예사롭지 않았다. 그래서 '기자 정신'으로 냉큼 다가가 토끼처럼 귀를 쫑긋 세워 그 연유를 파악했다. 사진사가 그분에게 물었다. "이 좋은 날 왜 우세요?" "흐흑~ 이럴 때 쟤 아버지가 계셨더라면 오죽이나 좋았을까요!" 유추하건대 과부가 되어 참 어렵게 뒷바라지를 한 덕분에 그날 기어코 자신의 자녀를 졸업시킨, 실로 장한 이 땅의 어머니로 투영投影되었다. 그래서 나도 모르게 동화되어 찔끔 눈물이 나왔다. 비록 입 밖으로 내진 않았으나 그 어머니께 나는 무언無言의 응원應援을 보냈다. '그동안 정말 수고하셨습니다! 세상에 공짜는 결코 없습니다. 당신의 노고가 있었기에 당신의 지금 이 순간 숱한 사람들에게서 부러움과 칭찬의 대상으로까지 우뚝 선 것입니다. 고로 당신을 존경합니다!' 괴테는 말했다. "어린애를 안고 있는 어머니처럼 보기에 아름다운 것이 없고, 여러 아이들에게 에워싸인 어머니처럼 경애를 느끼게 하는 것도 없다." 어머니가 아버지보다 자식에 대해 더 깊은 애정을 갖는 이유는, 어머니는 자식을 낳을 때의 고통을 겪기 때문이다. 위대한 인물은 모두 어머니의 자식이며, 그 젖으로 자랐다. 딸의 대학원 졸업식을 마치고 대전으로 돌아온 우리 부부는 모처럼 노래방에 들어갔다. 나는 강진의 '땡벌'을 목청껏 불렀다. "당신을 사랑해요 땡벌~ 당신을 좋아해요 땡벌~" 여기서의 '당신'은 그 대상이 물론 사랑하는 딸이었다.

복무상주
福無常主

———

복은 스스로 짓는 것이지 다른 사람이 가져다주는 것이 아니다
(저자가 지은 사자성어).

지금은 그만두었지만 예전엔 OK캐쉬백을 자주 이용했다. 특정 상품에 붙어있는 쿠폰을 모았다가 응모하는 식이었다. 그때는 취미로 모았는데 이후 온라인으로 바뀌면서 흥미가 사라졌다. 참고로 캐시백cash back은 물건을 구입하거나 서비스를 이용한 고객에게 돈을 적립해 주는 제도를 뜻한다. 당시 OK캐쉬백을 적립해 주는 포인트 카드를 소지하고 있었다. 각종 제품을 구입한 뒤 그 브랜드 회사의 포인트 점수를 쿠폰 모음판에 붙여서 제출하면 포인트가 올라가는 시스템이었다. 그 카드가 한창 사은행사를 하였을

때의 단상斷想이다. 특정 장소에 가면 가정용 세제를 준다고 했다. 그 상품을 받으려고 이웃 동네의 주유소를 찾았다. 세탁기용 세제 두 봉지와 섬유 헹굼제도 들어있는 묶음의 한 세트를 받았다. 그걸 들고 집에 오다가 단골인 소규모 슈퍼에 들렀다.

 "안녕하세요?" "어서 오세요. 오랜만이시네요?" 그 가게는 아들의 대학 1년 후배 어머니가 운영한다. 근데 아들이 군대를 다녀와 1년을 휴학하는 바람에 같이 졸업했다. 따라서 대학 졸업 때 뵈면서 자연스레 인사를 나누며 친해졌다. 마침 나이도 나와 동갑인 분이라고 하여 더욱 반가웠다. 그 아주머니는 오랫동안 늦가을부터 이듬해 초봄까지 그 가게 앞에서 붕어빵과 어묵도 같이 팔았다. 하지만 그날 들른 가게엔 붕어빵과 어묵도 안 보였다. 그래서 아쉬운 마음을 피력했다. "이젠 붕어빵 안 파세요?" "아, 네. 아들이 그동안 고생 많으셨다며 힘든 붕어빵 장사는 그만하라고 해서 앞으로도 안 하려고요." 그러면서 다시금 은근슬쩍 아들 자랑을 잊지 않았다. "참~ 우리 아들은 이번에 대리로 승진했는데 댁의 아드님은?" "내년은 돼야 가능하지 싶네요." 기온이 오르면 천덕꾸러기 신세가 되지만 추운 계절엔 호호 불며 먹는 붕어빵과 뜨거운 어묵이 별미다. 그러나 이걸 파는 사람의 입장에선 꼭두새벽부터 나와 고생해야 하는 힘든 과정이 요구된다. 따라서 그 가게 아주머니 역시 아이들을 대학까지 보내느라 오랜 기간 그렇게 고된 붕어빵 장사를 하셨던 것이다. "하여간 붕어빵 장사를 안 하고 가게만 보니까 그렇게 편할 수가 없네요!"

　팔불출 행각(?)의 다음 순서는 나였다. "얼마 전 어버이날이라고 저는 아이들에게서 좋은 선물과 용돈까지 받았는데 아주머니께선?" 예상대로 자식자랑의 대답이 부메랑으로 되돌아왔다. "그럼요~ 저도 아이들이 용돈을 어찌나 두둑하게 주던지요!" 재물(돈)에는 딱히 정해진 주인이 따로 없다는 뜻의 사자성어로 화무상주貨無常主가 있다. 이를 빙자한 내 나름의 작위적 사자성어가 '복무상주福無常主'이다. 이는 복福에도 마찬가지로 정해진 주인이 따로 없다는 의미다. 예컨대 노력하는 사람이라야만 비로소 그 복을 누릴 수 있다는 주장이다. '강물은 바다를 포기하지 않고 농부는 땅을 탓하지 않는다'라고 했다. 그러한 의식을 공유한 가겟집 아줌마나 나 또한 갖은 고생과 바라지 끝에 마침내 자녀를 모두 대학(원)까지 잘 가르쳤다. 지금도 이따금 그 가게에 들른다. 내 아들은 이제 글로벌대기업의 과장이고 그 아주머니 아들은 모 연구소의 차장이란다. 같은 베이비부머 세대로서 공감하고 공유하는 희망의 정서는 같다. 그건 바로 자녀의 성공이다. 결혼을 늦게 하는 바람에 지금도 자녀교육비에 전전긍긍하는 친구와 지인이 적지 않다. 반면 나는 교육비로 지출되는 부담이 사라졌다. 고루한 얘기겠지만 자녀가 잘되는 것 이상의 행복이 없다. 근본적으로 행복과 불행은 그 크기가 정해져 있는 것이 아니다. 다만 그것을 받아들이는 사람의 마음에 따라서 작은 것도 커지고, 큰 것도 작아질 수 있는 것이다. 그러므로 현명한 사람은 큰 불행도 작게 처리해 버린다. 반대로 어리석은 사람은 조그마한 불행을 현미경으로 확대해서 스스로 큰 고민 속에 빠진다. 행복은 지배해야 하고, 불행은 극복해야 한다. 앞으로도 복무상주福無常主의 정립을 위해 더욱 노력할 작정이다. 복은 스스로 짓는 것이지 다른 사람이 가져다주는 것이 아니다. 말이 난 김에 하는 말인데 OK캐쉬백 고객 사은행사謝恩行事가 과거처럼 응모함에 넣는 아날로그 방식으로 돌아갔으면 좋겠다. 아무리 인터넷 시대라지만 지금도 연세 지극한 어르신들께서는 인터넷 사용법을 잘 모르신다. 따라서 코로나19의 창궐 때도 고작 마스크를 하나 사려고 새벽부터 오프라인 매장인 약국으로 찾아가서 동동 떨며 줄을 서야만 했다. 편리片利만 추구하면 반드시 그에 따른 불편함이 양날의 검처럼 양지 곁에 음지로 달라 붙는 법이다.

야경주필

夜警畫筆

밤에는 경비원으로 일하고 낮에는 글을 쓰는 삶을 일컫는 말
(저자가 지은 사자성어).

2015년 12월에 생애 처음으로 책을 발간했다. 그리곤 언론사
와의 인터뷰를 십여 차례 마쳤다. 또 하루는 지역의 방송사 라디
오 프로그램에도 나가서 생방송으로 인터뷰를 했다. 상식이겠지
만 책을 낸다는 것은 대단히 어렵다. 그런데 이보다 더 어려운 건
각고의 노력 끝에 출간한 책이 예상처럼 많이 안 팔린다는 사실이
다. 일본이나 선진국처럼 서점이 여전히 국민적 사랑을 받고 있는
국가와 달리 우리나라 국민들은 스마트폰 문화에 매몰되어 책을
안 본다. 시내버스든 지하철이든, 심지어 여유만만餘裕滿滿의 고속

노력은 배신하지 않는다   43

버스와 열차를 타 봐도 책을 보는 이는 거의 전무하다 해도 과언이 아니다. 제 아무리 각고의 정성과 열정까지 모두 쏟아부어 완성한 책일지라도 판매와 연결되지 않으면 그 작가는 쉬이 절망하기 마련이다. 아울러 이는 불타던 창작의 의욕까지 꺾는 단초로 작용하기도 한다. 여하간 출간 후 언론과 방송사 기자님(진행자)들과 인터뷰했던 내용을 잠시 기억의 창고에서 꺼내본다.

"겨우 초등학교 졸업만이 최종학력이거늘 (감히) 책까지 내셨다고요?" "네, 그렇습니다. 그러나 원인 없는 결과는 없다고 저는 지난 20년 동안 글을 써온 내공이 있었습니다." "그러시군요. 그렇다면 이는 가히 '희망은 한계를 없앤다'는 말과 일맥상통하는 셈이군요?" "맞습니다, 저는 글을 쓰는 것이 마치 상중지희桑中之喜와도 같다는 느낌이었으니까요." "상중지희란 밀회密會하는 즐거움이란 뜻으로, 어떤 은밀한 만남, 즉 외도外道라는 뜻인데 그렇게나 글 쓰는 게 재미있으셨습니까?" "그렇습니다! 외도라는 건 본디 아찔하면서도 전율까지 있으니까요." 그런데 상중지희를 망치는 곤충이 있으니 그 주인공은 모기다. "여보, 얼른 저 모기들 좀 잡아!" 아내가 나를 흔들며 깨우는 바람에 눈을 뜬 건 그날 새벽 2시가 갓 넘었을 때였다. 안방에 침투한 모기들은 곤히 자고 있던 아내의 얼굴은 물론이요 머리의 정수리 부근까지 쏘는 바람에 아내는 그처럼 호들갑을 떨었던 것이다. 모기의 발호와 준동의 결과는 내 팔뚝에도 선연하게 드러나 있었다. "이런 철없는 것들 같으니라고! 지금이 어느 때인데 여태껏 안 없어지고 여전히 사람을 괴롭히는 거?" 냉큼 안방의 침대 곁에 둔 배드민턴 라켓(전기충전형으로 모기가 여기에 닿으면 타 죽는다) 형태의 모기채를 손에 쥐고 모기들의 동태를 살폈다. 예의 주시하여 모기 세 마리를 다 잡았다. 하지만 모기들 때문에 새벽잠을 설친 까닭에 기분은 상쾌할 리 만무하였다.

요즘 모기는 철도 모른다. 모기란 놈은 대단한 흡혈귀라서 누구라도 모기를 좋아하는 사람은 없다. 모기는 또한 얼마나 당돌한지 마치 당랑거철螳螂拒轍과 같다. 즉 제 역량을 생각하지 않고 사마귀가 수레를 막아 나서는 것과 같은 무모함이 돋보인다는 것이다. 자신을 잡으려고 호시탐탐虎視耽耽 노리고 있는 사람에게도 가차 없이 달려드는 놈이 바로 모기니까 말이다. 그런데 모기에게서도 배울 게 전혀 없는 건 아니라고 본다. 작년 한여름에 선풍기를 강强으로 틀어놓고 글을 쓰고 있는 중이었다. 그 와중에도 모기 한 마리는 기어코 달려들어 나의 연약한(?) 살점을 여지없이 물어뜯었다. 그 모습에서 문득 '모기는 목숨을 걸고 달려든다!'는 교훈이 떠올랐다. 언젠가 본 마케팅 책에서 사장은 쇠칼로 싸우고, 간부는 나무칼을 휘두르며, 사원은 고작 종이칼로 '게임'이나 한다고 했다. 이는 곧 사장은 사업이 망하면 죽는다는 비장함을 늘 지니고 있는 장수將帥이기 때문에 그처럼 진짜 칼로 매사에 대응한다는 논리였다. 아무튼 모기는 사장(장수)과 마찬가지로 자신의 목숨까지를 담보로 하면서 매사에 대처한다는 관점에서는 본받을 만한 구석이 없진 않다. 그렇다면 모기는 일해백리一害百利라는 마늘과는 정반대인 백해일교百害一教의 어떤 철학을 지닌 곤충이 아닐까? 야경주필夜警晝筆, 즉 밤에는 경비원으로 일하고 쉬는 날의 낮에는 글을 쓰는 정성의 자세로 일관해 왔다. 내가 쓴 책이 무해백리無害百利의 알토란 영양가로 발산되어 독자님들께 듬뿍한 발전의 선물로 전달되길 소망하며 집필한다. 아울러 독자들로 하여금 상중지희의 몰입을 선사하고 그 결과로 베스트셀러 코너에 오르고픈 꿈이 여전하다.

일확천금
一攫千金

'한꺼번에 많은 돈을 얻는다'는 뜻으로,
노력(努力)함이 없이 벼락부자(-富者)가 되는 것.

다음은 지난 2013년 6월 19일자 한겨레신문에 실린 글이다. 제목은 'ESC 나는 응모한다 고로 존재한다.'이다.

대전에서 아파트(실제는 회사) 경비원으로 일하는 홍경석 씨는 자타공인 글쓰기 마니아다. 한 사이트에 '공모전 정보 알리미'를 신청해 두고 일 년에 20번은 글쓰기 공모전에 응모하는 데다가 300가지가 넘는 기업 사외보를 받아 보면서 투고할 곳을 추려낸다. "글쓰기에 대한 갈증이 있었다. 집안 형편이 어려워서 국민학교(초등학교)만 졸업했다

노력은 배신하지 않는다

가 나이 오십에 사이버대학교에 진학했다. 어머니 이야기며 내 인생을 소재 삼아 계속 쓴다. 공모전에 떨어진 글들이 아까워서 하루 한 편씩은 라디오나 잡지에도 빠짐없이 기고한다." 임금 노동과는 관계없는 일을 헤아릴 수 없는 성실함으로 계속하는 그들은 공모 예술가에 가깝다. 문화방송 라디오 프로그램 <여성시대>에는 아직도 홍경석 씨처럼 매일 보내오는 응모작이 많다. 봄이면 여는 신춘편지 공모전에는 사연들이 쌓인다. 프로그램을 연출하는 박혜영 국장은 "학력이 낮고 어려운 형편의 사람들이 엄청나게 많이 편지들을 보내온다. 고단한 하루를 마치고 쓰러져 자야 마땅한데 어렵게 응모한다. 그들에게는 글쓰기가, 응모 자체가 힐링인 것 같다"고 전한다. 제작진의 이야기를 들어보면 수없이 응모하며 글쓰기가 나날이 향상되는 이들도 많단다. 서울 심야버스 이름짓기 당선자도 "지금은 서비스업에 종사하지만 원래는 카피라이터가 되고 싶었다. 상품은 크지 않지만 내가 무언가를 지었다는 사실이 뿌듯하다"고 했다.(후략)

한겨레신문, 2013년 6월 19일, 'ESC 나는 응모한다 고로 존재한다'

기사의 내용처럼 아무리 작은 공모전이라도 당선되면 나라는 사람의 존재가치와 능력을 증명한 것으로 받아들여진다. 그것이 공모전의 매력이다. 기껏 새로운 아이디어를 생각해 냈는데 떨어지면 오기가 생긴다. 반면 작은 상이라도 받으면 중독된다. 내가 글을 쓰고 공모전까지 도전하는 까닭은, 돈(현상금 혹은 원고료)보다 나 자신에 대한 힐링Healing 부여 때문이다. 글쓰기를 시작한 것은 초등학교에 다닐 적, 만날 일기를 쓰면서부터이다. 일기를 잘 쓴다고 담임선생님으로부터 칭찬과 함께 상도 수두룩하게 받았다. '세 살 버릇 여든 가듯' 그렇게 지금껏 이어져 온 것이다. 그것이 습관으로 이어져 나는 오늘도 글을 쓴다. 나의 글쓰기는 단순히 취미에 머무르지 않는다. 나는 지금도 '투잡'의 개념으로 여러 매체에 글(기사, 에세이, 현장 탐방, 인터뷰 등)을 쓰고 원고료를 받는다. 그렇기에 경비원이라는 위태위태한 박봉직업도 그나마 견딜 수 있는 것이다. 나는 어딜 가더라도 항상 볼펜과 메모지를 지참한다. 스쳐 지나가는 단상을 놓치지 않고 메모한다. 제목만 적어둘 때도 많다. 그렇지만 제목만 봐도 나중에 금세 글짓기를 할 수 있다. 무언가를 쓴다는 것은 표현의 욕구를 충족시키는 일이다. 또한 자신을 제3자의 시각에서 관조할 수 있는 여유까지 선사한다. 뿐만 아니라 글쓰기를 통하면 마음에 쌓였던 응어리까지 시나브로 풀리는 것을 느낄 수 있다. 그렇기에 글을 쓰면 결국 카타르시스까지 덤으로 얻을 수 있는 것이다. 글쓰기는 아픈 내 마음을 스스로 어루만지는 치료제다.

오늘도 사는 게 시시한 사람이라면 당장 글쓰기를 시작해 보

라. 주제는 별것 없다. 그저 내가 사는 세상살이, 혹은 주변을 바라보는 시각과 느낌을 가감 없이 생각의 그릇에 담으면 족하다. 여러 매체에 기고한 글쓰기에서의 소정의 고료는 많지 않다. 반면 공모전이라고 하면 양상이 달라진다. 거기서 1등 하면 그야말로 일확천금一攫千金으로 가는 지름길이기 때문이다. '일확천금'은 단번에 천금을 움켜쥔다는 뜻으로, 힘들이지 아니하고 단번에 많은 재물을 얻는다는 말이다. 그럼 왜 이런 소리를 하는가를 명명백백明明白白 밝히겠다. 작년 여름부터 대전광역시에서는 〈도시브랜드 슬로건을 찾습니다!〉라는 제목으로 공모전을 개최했다. 그 결과가 대전광역시보 '이츠 대전' 2020년 2월호에 소개되었다. 당선작은 '대전이쥬Daejeon IS U'로 선정되었는데 이를 응모한 사람은 상금을 무려 500만 원이나 받았을 것이다. 이후 전개된 대전지역 화폐 공모 당선작인 〈온통대전〉도 마찬가지다. 2,900여 건의 응모작엔 나도 포함되었지만 미역국을 먹었다. 그렇지만 후회는 없다. 다음의 다른 공모전에서 수상하면 되니까. 나는 오늘도 글을 쓴다. 나는 오늘도 공모전에 도전한다. 고로 존재한다!

문전박대

門前薄待

인정(人情) 없이 몹시 모질게 대(待)함.

이보다 더한 궁극 카타르시스catharsis의 문자메시지가 또 있을까! "홍 선생님의 저서를 잘 읽었습니다. 감동 먹었습니다! 주변에 널리 소개하겠습니다." 작가로서 이보다 더한 만족은 없다. 칭찬도 부족해 자청하여 '홍보'까지 해주겠다니 그야말로 금상첨화錦上添花가 아닐 수 없었다. 나의 두 번째 저서가 발간된 건 작년 5월이다. 출간한 지 한 달도 안 돼 독자들의 반응이 불고기 불판처럼 반응이 뜨거웠던 건 그만큼 지극정성을 담은 덕분이지 싶었다. 작년에 발간된 책은 4년 만의 결실이다. 『사자성어를 알면 성공이 보인다』를 쓰고자 작심한 건 3년 전이다. 글의 완성은 진작 이뤄졌지만 문제는 출판사의 벽을 넘는 것이었다. 아무리 노크를 해도 출판사들은 엄동설한嚴冬雪寒 이상으로 냉담했다. '넘사벽'이란 말이 실감났다. 그동안 시민과 객원기자로 20년 가까이 활약했다. 각종의 문학 관련 공모전에서 100여 차례 이상 수상했지만 그들은 거들떠도 보지 않았다. 그들에겐 오로지 '이 책을 만들면 과연 팔릴까?'라는 경제적 감바리(잇속을 노리고 약삭빠르게 달라붙는 사람) 마인드만이 화두였고 관심사였다.

나 같은 무명작가를 그들은 살천스럽게(살천스럽다: 쌀쌀하고 매섭다) 치지도외置之度外했다. 오기가 불끈 발동해 도전을 멈추지 않았다. 하지만 삼백여 곳에 이르는 출판사들 역시 마찬가지로 나의 원고를 문전박대門前薄待하는 바람에 좌절감이 쓰나미로 몰려왔다. 홧술을 마시며 무능한 나 자신을 학대했다. 여기서 포기하고 말까… 아니다! 포기는 배추를 셀 때나 쓰는 용어다. 다시 도전하자! 고된 야근을 하면서 써온 글이었기에 너무나 아까웠다. 각오를 재개하고 몇 번이나 또 도전을 했을까…. 그 결과는 결국 '462전顚 463기起'의 성공이었다. 상경하여 출간계약서에 사인을 하고 내려오면서 열차 안에서 한참을 울었다. 우선, 이제야 비로소 숨겨졌던 보석을 발굴한 출판사 관계자님의 탁월한 혜안이 감사해서 눈물이

났다. 다음으론, '너는 결국 필 꽃이었다!'는 자가당착自家撞着의 알심(보기보다 야무진 힘)이 크게 작동한 때문이었다. 저서의 출간 뒤 지인들께 나의 저서를 택배로 보냈다. 책날개가 접히는 부분에 정성껏 부탁과 감사의 글을 쓰고 마지막엔 나의 이름까지 기록했다. '부디 일당백一當百, 아니 그 이상으로 홍보해 주시길 간곡히 부탁드립니다!' 작가는 책을 내기 전까지는 저술에 이어 출간을 목적으로 출판사와의 줄다리기에 몰입한다. 그러다가 일단 출간이 되면 책의 매출, 즉 많이 팔리도록 하는 데 적극적 세일즈맨으로 나서야 된다. 그건 작가의 기본이자 자신의 책을 내준 출판사에 대한 의리이기도 하다.

나는 오래 전 '영업의 달인' 소리까지 들었다. 그 달인이 이제는 '사자성어의 달인'으로 돌아온 느낌이었다. 서점에 갈 적마다 베스트셀러 코너에 걸려있는 책들을 허투루 보지 않는다. '내 책도 반드시 저기에 걸린다!'는 주문을 마치 신앙처럼 암송한다. '행백리자 반어구십行百里者 半於九十'이라는 말이 있다. 백 리百里를 가려는 사람은 구십 리九十里를 가서 이제 절반쯤 왔다고 여긴다는 뜻이다. 즉, 무슨 일이든 마무리가 중요하고 어려우므로 끝마칠 때까지 긴장을 늦추지 말고 꾸준히 노력해야 한다는 말이다. 그러한 긴장의 끈을 놓지 않고 앞으로도 줄기차게 나의 책 매출 향상을 위해 적극 나설 것이다. '좋은 책은 독자가 먼저 안다.' 나의 또 다른 믿음이다. 아무리 야바윗속(속임수로 야바위 치는 속내) 같은 세상일지라도 오뚝이처럼 강인한 도전정신으로 밀어붙인다면 그 어떤 태산도 무너뜨릴 수 있다. 지금 이 시간에도 출간을 목적으로 글을 쓰는 사람이 많을 것이다. 작가든 연예인이든 간에 일단 무명無名이라면 그 출발이 초라할 수밖에 없다. 그렇지만 절대로 도전을 멈추지 말라. 도전의 끝에는 반드시 달콤한 결실이 달려 있다.

이는 '462전 463기'의 도전 끝에 마침내 출간을 성공시킨 나의 리얼real 경험이 그 증명이다. "시도하지 않는 곳에 성공이 있었던 예는 결코 없다."는 말도 있지 않은가?

Part 2

도전은 성공의 디딤돌이다

포도순절

葡萄旬節

—

'포도가 가장 맛있게 익는 시기'라 하여
백로에서 순절까지의 기간을 일컫는다.

퇴근길에 후배와 두부두루치기를 잘하는 식당에 갔다. 대전시 중구 선화동의 이른바 '먹자골목'에 위치한 곳이다. 매운 두부두루치기와 함께 나오는 시원한 멸치국물도 일품이다. 나이를 먹으니 입맛도 쪼그라들었는지 예전처럼 아주 매운 음식은 못 먹는다. 그래서 주문 전에 "덜 맵게 해 주세요."라고 부탁했다. 덕분에 적당한 매운 맛의 두부두루치기를 소주와 함께 먹을 수 있었다. "선배님께선 예나 지금이나 변함없이 두부두루치기를 사랑하시는군요?"라는 후배의 말에 성긋거리는 웃음이 배어 나왔다. "그도 그렇지만 치아가 부실하고 보니 두부처럼 부드러운 걸 찾게 되더라. 나도 이젠 완전 노인네 다 된 거지 뭐." 소주를 몇 병 비우고 나오자니 예전 동양백화점(현 NC백화점) 빌딩이 반갑게 맞았다. "저 빌딩의 9층에 나의 과거 직장이 위치했었지. 그리곤 전국 최연소 소장 임명장을 받은 곳도 바로 저기고…" 뿐이던가, 지난 1987년 6월 전국적으로 일어났던 '6월 민주화운동', 즉 6·10 민주항쟁 때는 나 또한 '넥타이부대'로 참여한 곳이 바로 동양백화점 앞 네거리였다. "세월 참 빠르구나! 당시 갓난아기였던 딸내미가 어느새 성큼 자라 작년엔 아기엄마까지 되었으니 말이다." "그러게요."

갓 백일을 넘긴 아들을 업고 대전으로 전근轉勤을 오자 대전 직원들이 대전의 명물음식이라며 사준 게 바로 두부두루치기였다. 눈물이 쏙 빠지도록 매웠지만 쓴 소주의 맛을 잡아주는 데는 그야말로 '딱'이었다. 그때부터 깊은 정을 느낀 음식이 바로 두부두루치기다. 매운 맛이 돋보이는 두부두루치기는 추운 겨울에 더 잘 어울린다. 나에게 있어 엄마는 '애초' 부재不在했다. 엄마는 내가 태어난 지 첫돌이 되었을 무렵에 가출을 했기 때문이다. 따라서 얼굴조차도 알 수 없는 엄마는 하늘에 떠 있는 보름달에서나 겨우 조우할 따름이다. 그래서 나는 그 아픔이 고춧가루로 범벅된 두부두루치기보다도 맵다. 계절은 봄. 여름. 가을. 겨울로 이어진다.

인생도 마찬가지다. 파릇파릇한 청소년기의 봄이 있었는가 하면, 여름의 청년기를 지나 중년의 가을로 접어든다. 늙고 병까지 들면 그게 바로 겨울이다.

작년 여름 동네 슈퍼마켓에 갔다. 마침 내 고향 천안의 포도가 탐스럽게 박스에 담겨 있었다. 천안産 포도는 충북 영동과 경북 김천, 영천과 함께 포도의 당도가 높기로 소문이 난 곳이다. 더군다나 백로白露에서 추석까지는 포도가 알알이 단맛이 가득하여 가장 맛있는 시기라 하여 '포도순절葡萄旬節'로 불린다. 아내는 해마다 포도 몇 박스는 먹어야 비로소 여름을 날 수 있다. 그만큼 포도를 잘 먹는다. 그런 아내 생각이 나기에 주저 없이 포도를 한 박스 샀다. 아내의 입이 귀에 가서 걸렸음은 물론이다. "당신도 한 송이 먹지 그래?" "나야 술이나 좋아하지, 포도는 별로여." 기다렸다는 듯 포도를 소녀처럼 앙증맞게 잘 먹는 아내의 입이 참 고왔다. 가난했기에 반지하 셋방에서 신혼살림을 시작했다. 겨울이면 방 안에 널어둔 아들의 기저귀가 동태처럼 꽁꽁 얼곤 했다. 그랬지만 우린 물질적인 빈곤에 연연하기보다도 다가올 미래에 대한 희망을 품으며 살았다. 보잘것없는(?) 재산보다는 훌륭한 희망을 가지는 것이 훨씬 발전스러움을 알았기 때문이다. "여보, 우리 이 아들 잘 키워서 훗날 반드시 동량으로 만듭시다!" 그 약속은 다음에 태어난 딸과 함께 우리 부부를 누구보다 자식농사에 성공하게 만든 토양이 되었다. 슬픔이 있으면 기쁨도 있는 게 인생이다. 삶에 시련이 닥칠수록 아내와는 더욱 견고한 사랑을 추구했다. 덕분에 올 가을이면 결혼 38주년을 맞는다. 두부두루치기는 맵다. 반면 포도는 아주 달다. 내 인생이 매웠다면 아내의 성정은 반대로 달았다. 그렇다면 우리 부부는 두부두루치기와 포도의 어떤 환상적 콜라보레이션collaboration이 아닐까? 그 어려운 가운데서도 고무신을 거꾸로 신지 않은 아내가 정말 고맙다.

금의환향

錦衣還鄉

'비단옷(緋緞-) 입고 고향(故鄉)에 돌아온다'는 뜻으로,
출세(出世)하여 고향(故鄉)에 돌아옴을 이르는 말.

'울지 마 톤즈'는 2010년 9월에 개봉한 다큐멘터리 한국영화다. 2010년 2월, 아프리카 수단 남쪽의 작은 마을 '톤즈Tonj'. 남수단의 자랑인 톤즈 브라스 밴드가 마을을 행진했다. 선두에 선 소년들은 한 남자의 사진을 들고 있었다. 사진 속에서만 환하게 웃고 있는 한 남자… 마을 사람들은 '톤즈의 아버지'였던 그의 죽음이 믿기지 않는다며 눈물을 흘렸다. 그들은 세계에서 키가 가장 큰 딩카족이었다. 남과 북으로 나뉜 수단의 오랜 내전 속에서 그들의 삶은 분노와 증오, 그리고 가난과 질병으로 얼룩졌다. 목숨을 걸고 가족

과 소를 지키기 위해 싸우는 딩카족. 강인함과 용맹함의 종족이라 자부하던 그들 딩카족에게 있어 눈물은 가장 큰 수치였다. 무슨 일이 있어도 눈물을 보이지 않던 그들은 결국 울고 말았다. 모든 것이 메마른 땅 톤즈에서 눈물의 배웅을 받으며 이 세상 마지막 길을 떠난 사람, 그는 바로 마흔여덟의 나이로 짧은 생을 마감한 고故 이태석 신부였다. 톤즈에서 의사였고, 선생님이자 지휘자, 건축가이기도 했던 '쫄리 신부님', 이태석 선생… 자신의 모든 것을 바쳐 가난한 자들을 사랑했던 헌신적인 그의 삶이 스크린에서 장엄하게 펼쳐진다.

남수단은 아프리카 동북부에 있는 나라이다. 정식 명칭은 남수단공화국The Republic of South Sudan이며 수도는 주바Juba다. 아프리카 동북부에 있는 내륙국으로 수단의 남쪽, 우간다·케냐·콩고의 북쪽, 에티오피아의 서쪽, 중앙아프리카공화국의 동쪽에 자리 잡고 있다. 1899년 영국-이집트 공동통치가 시작되면서 행정적으로 수단을 북부와 남부로 분리한 후부터 현대의 남수단이 등장하였다. 1956년 수단이 독립한 후에도 북부와 남부는 종교·인종·문화 갈등으로 두 차례에 걸친 내전(1955~1972년, 1983~2005년)을 치렀다. 2011년 7월 9일 수단에서 분리되어 독립국가가 되었고, 193번째 유엔 회원국으로 등록되었다. 행정구역은 10개의 주州로 구성되어 있다. 지난 2018년 12월 22일자 C일보에는 '쫄리 신부 약통 들고 다니던 아이 "내 꿈은 제2의 이태석"'이라는 기사가 실렸다. 기사를 살펴보면 국적이 남 수단인 청년 토마스 타반 아콧(33) 씨가 이태석 신부의 권유로 한국행 후 9년 만에 2019년도 우리나라 의사국가시험 실기시험에 합격했다는 내용이었다.

그의 의사자격 취득이 화제가 된 것은, 지난 2001년 당시 서른아홉 살이었던 이태석 신부가 흙먼지 날리는 아프리카 남수단 시골 마을 톤즈에서 외진 집을 돌며 주사를 놓을 때부터로 연어처럼 거슬러 올라가야 한다. 그는 약통을 들고 이태석 신부의 뒤를 따라다니며 붕대를 감아주는 등의 보조 역할을 하면서 인연을 맺었다고 한다. 그랬던 소년이 어느새 성큼 자라서, 더욱이 자국自國도 아닌 대한민국에서 의사 면허를 땄으니 어찌 언론의 주목을 받지 않을 수 있었겠는가! 따라서 이 같은 경우는 분명 고인이 된 이태석 신부님 역시도 "가히 청출어람靑出於藍이로다!"며 감탄하셨으리라 믿는다. 모두들 아는 상식이겠지만 우리나라에서 의사가 되려면 대입수능에서부터 최고의 성적이 아니고선 어림도 없다. 아무튼 아콧 씨는 기자와의 인터뷰에서 한국에 온 지 9년 만에 이태석 신부의 후배가 된 것에 감격하며 "앞으로 인턴, 레지던트 과정을 마친 뒤엔 외과 전문의가 돼서 고향으로 돌아가 신부님의 사랑을 갚겠다."고 해서 더욱 뭉클했다. 아콧 씨의 나라인 수단은 '다르푸르 내전Darfur conflict'으로 20여 만 명이 목숨을 잃었고, 250여 만 명의 난민이 발생하였다. 또한 남·북으로 분리된 아픔을 보자면 마치 남북으로 분단된 우리나라의 경우를 보는 듯하여 마음이 짠했다. "귤껍질 한 조각만 먹어도 동정호를 잊지 않는다."는 속담이 있다. 이 말은 비록 귤 껍질만 한 작은 은혜를 입었어도 동정호 같은 크나큰 은혜를 잊지 않는다는 뜻이다. 초한지楚漢誌에 등장하는 한韓나라 개국의 일등공신 한신韓信의 '일반천금一飯千金'에 비유될 만하다. 참고로 동정호洞庭湖는 중국 후난성湖南省 북부에 있는 중국 제2의 담수호를 말한다. 이태석 신부님의 뜻에 따라 인제대학교와 사단법인 수단 어린이장학회가 아콧 씨의 학비를 줄곧 댔다는 것 또한 칭찬 받아 마땅했다. 앞으로 의사가 되어 고국으로 귀국할 아콧 씨는 분명 이태석 신부님에 버금가는 '대한민국 일등 외교관'이 될 가능성까지 농후하여 흐뭇했다. 아콧 씨의 금의환향錦衣還鄕 영예에 톤즈는 이제 더 이상 울지 않아도 될 것이다. 노력 뒤에 오는 눈물은 분명 넘치는 희열이다.

삼천지교

三遷之教

맹자(孟子)의 어머니가 아들의 교육(教育)을 위(爲)하여
3번 거처(居處)를 옮겼다는 고사(故事)로,
생활(生活) 환경(環境)이 교육(教育)에 있어 큰 구실을 함을 말함.

올해 4·15총선에서 국회의원으로 당선되기 전까지 태영호 전
영국 주재 북한대사관 공사의 글(칼럼)을 신문에서 즐겨 봤다. 대
한민국 국민으로 신분이 바뀐 그는 귀순한 즉시부터 가족들까지
덩달아 세인들의 관심을 증폭시켰다. 이들은 더욱이 북한으로선
일명 '금수저' 출신인 빨치산 혈통으로 알려졌다. 그래서 귀순 당
시, 북한 권력의 동요가 상당할 것으로 예측되었다. 김정은은 외
교관과 해외식당 종업원 등 출신 성분이 좋은 해외 파견자의 탈북
이 잇따르자 격노하였다고 한다. 그리곤 중국을 비롯한 해외 각지

에 검열단을 급파했다고 알려졌다. 정부의 발표에 따르면 태영호 공사는 2남 1녀를 뒀는데, 자식들의 교육에 관심이 많았던 것으로 보인다고 했다. 귀순 당시 26살이었던 큰아들은 영국 해머스미스 병원에서 공중보건경제학 학위를 받은 것으로 알려졌다. 차남은 19살로 덴마크에서 태어나서 스웨덴, 영국 등지에서 성장기를 거쳤다고 한다. 특히 수학과 컴퓨터에서 최고 성적을 받는 수재로 알려졌다. 그 재능을 살려 영국의 명문대학인 임피리얼 칼리지 런던에 입학해 수학과 컴퓨터 공학을 전공할 예정이었다니 북한의 엘리트 관료 아들답다는 느낌이었다.

이런 현상을 보자면 우리나라나 북한 역시 자녀교육이라고 하면 그 부모가 삼천지교三遷之敎에 각별한 관심을 드러내지 싶다. '맹모삼천지교'로도 잘 알려진 이 사자성어는 맹자의 어머니가 아들을 가르치기 위하여 세 번이나 이사를 하였음을 이르는 말이기도 하다. 당시의 맹모가 살던 시절엔 그처럼 세 번 이사를 한 것도 대단했는지 모르겠지만 요즘 사람들은 세 번이 아니라 서른 번도 더 이사를 한 사람들이 수두룩하다. 특히 나처럼 내 집이 없는 서민들에게 잦은 이사는 기본옵션이(었)다. 지난 2016년 6월 24일자 한국경제신문을 보면 주필 '정규재 NEWS'에 '6·25전쟁이 대한민국에 남긴 유산은 北의 지식층 유입으로 남한 知力 폭발'이란 제목의 기사가 실려 있다. 이 내용이 단박 눈길을 끈다. 이에 따르면 6·25 전쟁은 동족상잔同族相殘의 비극이요, 세계사의 유례없는 전쟁이지만 그 전쟁이 남긴 '유산'에 대해서도 생각해 볼 필요가 있다고 했다. 여기서 정 주필은 6·25 전쟁 이후 북에서 남으로 내려온 사람이 적게는 50만 명에서 최대 600만 명에 이른다고 밝혔다. 아울러 공산주의를 피해서 남으로 내려온 대다수 사람이 지식 계급이거나 지주였다며 이들이 내려온 '덕분에' 남한에는 지력知力이 폭발한 반면, 북한에는 지력의 공백空白이 일어났다고 설명했다.

나와 같은 베이비부머 세대는 가난이 원수였다. 따라서 당시, 초등학교에서 중학교로 가는 급우는 반에서 3분의 2에 불과했다. 그렇게 중학교의 문턱조차 밟지 못한 불우한 세대는 남자의 경우 양복점이나 구둣방, 철공소와 공장 등지에 들어가 돈을 벌어야 했다. 여자는 방직공장이나 버스 차장(안내양), 그보다 못한 하급下級의 직업까지 마다치 않았다. 그랬음에도 가난이란 멍에는 쉬 벗어낼 수 없었다. 여기에서도 볼 수 있듯 지력은 실로 대단한 것이다. 그 지력은 한 사람의 일생까지를 좌우한다. 현재 소위 방귀 깨나 뀌는 사람치고 지력이 약한 사람은 거의 없다. 물론 개중엔 학력과 학벌과는 무관하게 자수성가自手成家한 이도 있겠지만 그 수는 매우 빈약한 게 사실이다. 우리나라 부모들은, 특히 자녀교육에 거의 광적인 집착을 보인다. 이는 자신이 과거에 가난했기에 못 배운 설움이 한恨으로까지 각인되었기 때문이다. 이러한 사례는 굳이 멀리서 찾아볼 것도 없이 내가 '그 증인'이다. "중학교조차 못 나온 무식한 놈"이란 소릴 귀가 따갑도록 들었다. 덕분에(?) 아이들의 교육에 있어선 정말이지 얼추 사생결단死生決斷의 자세로 매진했다. 그 결과, 자식농사에 성공한 사람이란 주변의 평가를 받고 있다. 어쨌거나 태영호 공사의 남한으로의 탈출 이후, 그 친인척들에 대한 김정은의 가혹한 보복이 어느 정도였을지는 '안 봐도 비디오'일 정도로 크게 우려스러웠다. 북한 김정은 국무위원장의 신변이상설을 주장했던 미래통합당 태영호 국회의원 당선인이 5월 4일 자신의 발언을 사과했다. 태 당선인은 지난 5월 2일, 김 위원장이 건재하다는 점이 확인된 직후 자신이 제기한 '김정은 건강 이상설'에 대해 해명했으나 비판론이 좀처럼 수그러들지 않자 그처럼 공식 사과를 한 것이다. 사람은 신이 아니기에 때론 실수도 할 수 있다. 실수를 거울 삼아 다시는 똑같은 헛발질이 없길 바란다. 도전 끝에 마침내 국회의원까지 된 태영호 님의 활발하고 건설적인 의정활동을 기대한다. 그의 촌철살인寸鐵殺人 칼럼을 볼 수 없어 다소 유감이긴 하지만.

노마지지
老馬之智

—

아무리 하찮은 것일지라도
저마다 장기(長技)나 장점을 지니고 있음을 이르는 말.

3년 전 여름, 하루가 다르게 성장세가 가파른 세종시를 찾았다. 모 정부기관에서 뽑는 시민기자의 도전 차원 면접 때문이었다.

비가 흩뿌리는 대전역 앞에서 승차한 1001번 BRT 시내버스는 불과 50분 만에 승객들을 정부 세종청사 북측에 내려놓았다. 시나브로 무지막지한 폭염이 발호하면서 행인들에게 구슬땀을 강요하고 있었다.

다만 세종시를 가로지르는 금강만큼은 넉넉한 폭우 덕분에 수량이 풍부하여 보기만 해도 흐뭇했다. 이윽고 도착한 모 정부기관

앞에 면접을 앞둔 사람들이 속속 도착했다. 20대에서부터 70대에 이르기까지의 연령대와 다양한 직업을 가진 사람들이었다. 가나다 순서에 의거하여 나는 가장 마지막에 발랄한 여대생과 함께 면접을 보게 되었다. "우선 본인의 소개부터 하시기 바랍니다." 면접관의 질문에 준비했던 바를 거침없이 토로했다. "중학교라곤 문턱도 밟아보지 못한 가난뱅이 베이비부머 세대인 올해 58세의 무지렁이입니다. 하지만 못 배운 게 한이 된 까닭에 수십 년 동안 독학과 독서로 내공을 쌓았습니다. 그 결과 지금은 다수의 기관과 매체에 글을 올리는 시민기자로 성장했습니다. 소위 자식농사에도 성공했는데 제가 쓴 이 책의 발간 동기는 바로 거기서 태동했습니다." 미리 준비한 나의 저서를 선보이는 파격의 행보까지 아끼지 않았다. "대단하십니다!"라는 칭찬이 화답으로 돌아왔다.

어려서부터 글쓰기를 좋아했다. 초등학교 시절엔 일기를 잘 쓴다고 상도 많이 받았다. 이러한 토양 덕분일까? 지금도 글을 쓰지 않으면 손이 근지러워 견딜 재간이 없다. 시민기자로 활동한 지도 어언 20년이 돼 간다. 시민기자를 처음 시작할 적엔 40대 나이였다. 그래서 시민기자의 교육이나 모임이 있어 나가면 중간축에 들었다. 그렇지만 언제부턴가 이마저 역전되었다. 얼마 전의 또 다른 시민기자 회동에선 내가 가장 최고령자로 '부상'했다. 이런 걸

보자면 새삼 그렇게 세월의 빠름을 고찰하지 않을 수 없다. '돌아보니 육십이더라' 라는 말이 전혀 견루堅壘가 아님을 역시 느끼게 된다. 아울러 황진이가 읊었다던 "산은 옛 산이로되 물은 옛 물이 아니로다. 주야晝夜로 흘러가니 옛 물이 있을 쏘냐. 인걸人傑도 물과 같아 가고 아니 오더라."는 세월의 무상無常을 주제로 한 시조가 되레 정겹다. 사람은 누구라도 고생의 언덕과 때론 파란만장의 험지를 순례(?)한다. 이런 관점에서 나의 지난날 간난신고艱難辛苦는 그 어떤 사람보다 '월등한' 간곤艱困의 길을 점철했다. 생후 첫 돌 무렵 사라진 엄마는 우리 부자父子에게 엄청난 고생의 길을 활짝 열어놓는 계기를 마련하기에 부족함이 없었다. 아무리 공부를 잘했을망정 입학금조차 없는 가난한 집 아이를 받아주는 중학교는 전무했다. 공부 대신 돈을 벌어야만 살아갈 수 있는 소년가장의 아픔은 경험해 보지 않은 사람은 도무지 알 수 없는 출구 없는 미로였다. 모정이 너무도 그리웠음에 비교적 빠른 나이에 아내를 만나 가정을 꾸렸다. 그리곤 나름 최선을 경주하는 삶을 살아왔다고 자부한다. 그럼에도 불구하고 간목수생乾木水生과 같은 가난의 덫은 지금껏 역시도 불변의 계궁역진計窮力盡이다. 그렇지만 여전히 희망을 버리지 않으며 살고 있는 것은 두 아이가 자타공인自他共認의 효자인 덕분이다. 또한 아내 역시 가난에 이골이 난 까닭에 고침사지高枕肆志의 긍정 마인드로 무장하곤 그 어떤 부자富者조차 부러워하지 않으니 이 어찌 감사한 일이 아닐 손가.

세종시에서의 면접을 흡족하게 마치고 대전으로 돌아왔다.

그리곤 동행한 지인 형님과 술을 한잔하게 되었는데 나이를 주제로 이야기를 나눴다. "제가 오늘 면접을 보면서 느꼈지만 세월처럼 빠른 게 또 없더군요. 그래서 드리는 말씀인데 저 또한 정년퇴직 후엔 인생 이모작이란 투철한 정신으로 더 분발할 작정입니다." 형님의 덕담이 돌아왔다. "동생은 시민기자 경력만 얼추 20년에 육박하는 베테랑 기자라는 걸 나는 잘 아네. 따라서 동생의 붕정만리鵬程萬里 역시 더 멋진 글쓰기에 집약하고 몰입하는 게 어떨까 싶네." "조언에 감사드립니다!" 혹자가 이르길 사람은 착각의 동물이라고 했다. 이 말이 맞는 건 '돌아보니 예순이더라'라는 감흥의 더께와 일치하기 때문이다. 예컨대 다른 사람은 몰라도 나만큼은 나이를 먹지 않을 것이란 착각이 바로 그것이다. 그렇지만 애써 안도의 한숨을 내쉴 수 있는 건, '늙은 말의 지혜智慧'라는 뜻으로 연륜이 깊으면 나름의 장점과 특기까지 있음을 일컫는 노마지지老馬之智라는 도전적 사자성어가 강왕하게 나의 뒤를 받쳐주기 때문이다. 나이 먹은 것이 자랑은 아니지만 공짜로 먹은 건 결코 아니니까.

학수고대

鶴首苦待

학처럼 목을 길게 빼고 기다린다는 뜻으로,
몹시 기다림을 이르는 말.

연전 모 신문에서 비雨와 연관된 수필 한 편을 재미있게 봤다. 재한在韓 외국인이 쓴 글인데 제목은 '비雨를 향한 한국인과 영국인의 은밀한 사랑'이다. 여기서 필자는 영국인들은 내리는 비를 사랑하며 그 방증으로 아예 우산조차 없이 쏟아지는 비를 맞는다고 했다. 반면 우리나라 사람들은 근무 시간 중에도 비가 내리기 시작하면 우산을 빌리려 '난리법석'이라고 했다. 아울러 한국에선 비가 많이 내리는 날은 야구 경기와 야외 콘서트는 물론이거니와 심지어 친구와의 약속까지 취소된다는 사실을 적시摘示했다. 맞는 말이다. 급작스레 비가 쏟아지는 경우 우산을 준비 못 한 이들은 우산을 빌리고자 동분서주東奔西走한다. 뿐만 아니라 내리는 비를 한 방울만 맞아도 마치 죽기라도 하는 양 비명을 지르는 사람(이 같은 현상은 처녀들이 더하다!) 역시 부지기수다. 반면 나는 비를 사랑한다. 그것도 투철하게. 이는 비에 대한 어떤 랩소디rhapsody가 내재하기 때문이다.

비는 종류도 많다. '는개'는 안개보다 조금 굵고 이슬비보다 조금 가는 비를 뜻한다. '먼지잼'은 겨우 먼지나 일지 않을 정도로 조금 오다 마는 비다. '웃비'는 좍좍 내리다 잠깐 그쳤으나 아직 비가 올 듯한 기색이 보이는 것을 의미한다. '여우비'는 볕이 난 날 잠깐 뿌리는 비이며, '모다기비'는 한꺼번에 쏟아지는 비, 즉 집중호우를 말한다. '발비'는 빗줄기가 발처럼 보이는 비이며, '작달비'는 굵직하고 거세게 퍼붓는 비다. '목비'는 모내기할 무렵 내리는 비인 까닭에 특하나 농부들의 환영을 받는다. 이미 밝혔듯 나는 소년가장 시절에 우산장사를 했다. 당시 비닐우산은 50원이었는데 하나를 팔면 20원이나 남는 꽤 짭짤한 벌이였다. 그래서 날이 좋은 날 손님들의 구두를 닦으면서도 하늘을 올려다보는 게 습관이 되었다. 이는 물론 비가 내리길 간절히 원하는 바람을 담은 행동의 일환이었다. 한데 간절하면 이뤄진다고 했던가… 짜장(과연 정말로) 나의 소원(?)처럼 느닷없이 비가 쏟아지는 날도 비일비재非一非再했다. 당시 구두닦이는 손님의 구두를 닦아준 뒤 받는 돈을 그 업계의 무시무시한 '형'과 반타작을 하는 구조였다. 반면 우산장사는 수익 모두가 온전히 내 몫이었기에 그처럼 비가 내리길 학수고대鶴首苦待했던 것이다. 우산을 많이 파는 날은 마치 전장에서 이기고 돌아온 개선장군凱旋將軍처럼 집으로 돌아가는 발걸음에도 한껏 힘이 붙었다. 아버지가 좋아하시는 소주에 더하여 돼지고기도 한 근 푸줏간에서 썰어 갈 수 있어 더욱 신이 났다.

비는 아내와 열애 당시 장차 부부관계의 연결 고리로도 크게 작용했다. 혈기방장血氣方壯한 청년이 되어 지금의 아내를 만나 첫눈에 반했다. 어느 날이던가, 그날도 비가 흠뻑 내렸다. 우산 속에 들어온 그녀를 포옹하며 말했다. "나랑 결혼하자. 내가 너를 평생 비 안 맞도록 해줄게." 그건 새빨간 거짓말이었다. 내가 우산도 아닌 터인데 어찌 비를 안 맞게 해줄 수 있었겠는가. 뿐만 아니라 결혼하여 38년째 살고 있는 지금까지도 '가난'이라는 외투를 벗게 해주지 못하고 있다. 따라서 아내를 볼 적마다 미안할 따름이다. 아무튼 그처럼 비가 참으로 고마웠기에 의리義理와 도의상으로라도 나는 여전히 비를 사랑하는 것이다. 글을 쓴 외국인도 지적했듯 비(그 비가 비록 산성비라곤 해도)를 맞는다고 해서 대머리가 되었다는 사람은 한 번도 보지 못했다.

지난 겨울엔 눈이 유달리 인색했다. 대신 비가 그 자리를 채웠다. 날씨도 예년보다 춥지 않아 겨울철 장사꾼들이 큰 손해를 봤다. 대표적인 제품이 겨울철 의류였다.

비교적 고가인 유명 아웃도어 제품 매장들이 잇따라 폐점을 공지하며 원가로 싸게 팔겠다는 벽보광고를 붙인 건 차가운 눈 대신 온화한 비의 영향이 적지 않다. 그래서 해마다 겨울철 상인들이 학수고대하는 건 아마, 아니 필시 겨울다운 강추위일 것임에 틀림 없다. 겨울이 매섭게 추워야 그 뒤에 찾아오는 따스한 봄도 더 반갑다.

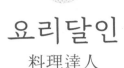

요리달인
料理達人

———

요리 실력이 빼어난 사람을 일컫는 말.

아들의 생일은 8월 한여름이다. 그래서 아들의 출산 전후 아내는 극심한 무더위로 무지막지無知莫知한 고생의 희생자가 되었다.

아들은 자라면서 내가 만들어주는 떡볶이를 참 좋아했다. 결혼 전 집에서 같이 생활할 때는 아들의 생일 때마다 떡볶이를 만들어줬다. 나는 자칭 떡볶이 요리料理의 달인達人이자 '척척박사'다. 먼저 커다란 냄비 내지 프라이팬에 물을 담고 다시마 한 쪽을 넣어 우려낸다. 다시마를 건진 뒤엔 고추장을 풀고 설탕과 찧은 마늘에 이어 썬 양배추와 떡볶이 떡, 어묵을 넣어 간을 맞추면 된다. 물론

서로 엉겨 붙지 않도록 미리 들기름이나 참기름을 서너 방울 넣어
주는 센스가 반드시 필요하다. 자화자찬自畵自讚이지만 나는 평소
다른 요리도 잘한다. 내가 이처럼 요리를 잘하는 연유에는 어떤
곡절이 있다.

아주 어려서부터 홀아버지와 살았는데 아버지께선 밥보다 술
을 더 좋아하셨다. 흡사 심청이처럼 일정 기간 동냥젖으로 커야
했던 나는 같은 동네의 혼자 사시던 할머니께 맡겨져 유년기를 보
냈다. 아버지께선 내가 초등학교 5학년 2학기 무렵부터 더욱 눅진
한 자학과 건강악화의 길목으로 접어들었다. 그건 당신께서 평소
폭음暴飮을 하시며 건강엔 전혀 신경을 쓰지 않은 귀결이었다. 그
바람에 나는 6학년으로 올라가면서부터는 학교에 가기보다 '직장'
에 나가서 돈을 버는 일이 더 화급했다. 왜냐면 나라도 돈을 벌지
못하면 우리 부자父子의 입엔 그야말로 거미줄이 친친 쳐질 형편
이었기 때문이다. 그 직장은 역전이었으며, 업무는 구두닦이였다.
인근의 역驛 대합실과 다방 등지에 가서 손님들의 구두를 벗겨오
는 이른바 '찍새'가 나에게 처음 주어진 임무였다. 아버지와 먹고
살자면 그깟 일을 어찌 못 하랴! 열심히 하여 나중엔 구두만 전문
으로 닦는 '닦새'의 반열(?)에까지 올랐는데 그러나 그것만으론 돈
벌이가 별로 신통치 않았다. 장마철이나 아침부터 비가 오는 날은

그야말로 공ছ을 치는 날이었다. 곰곰 생각하다가 인근의 시외버스 정류장으로 눈을 돌렸다. 그곳엔 가락국수와 잡화를 파는 매점이 있었다. 그 매점의 주인 동의를 얻어 광주리에 이런저런 주전부리와 음료를 담아 시외버스에 올라 판매하는 일이 나의 두 번째 생업으로 자리매김하게 되었다. 구두를 닦던 때보다는 수입이 한결 나아진 느낌이었다. 하지만 그놈의 돈이 뭔지 그 바람에 나는 정작 초등학교의 졸업식 날에도 학교에 가지 못하는 통한痛恨의 후회막급後悔莫及을 지금도 가슴 속 깊은 곳에 켜켜이 저장하며 살고 있다. 아무튼 그처럼 너무도 많은 고생을 어린 나이 때부터 하다 보니 나도 모르게 음식과 요리를 만드는 방법을 터득하게 되었다. 밥이나 국수를 사 먹는 식당에 가면 식사 후 주인아줌마에게 그 음식을 맛나게 만드는 비결을 물었고 그걸 죄 머릿속에 암기하였다.

당시 내가 단골로 갔던 식당과 함바집 형태의 밥집 주인들은 나의 정체가 이른바 '소년가장'이란 사실을 익히 알고 있었다. 그러했으므로 그들은 동정심 차원에서라도 이구동성異口同聲으로 자신만의 맛을 내는 비결 내지 노하우를 스스럼없이 알려주시곤 했던 것이다. 그 덕분에 우리 가족은 내 음식솜씨를 기꺼이 수긍한다. 아내도 인정하고 장모님께서도 엄지손가락을 우뚝 세우시며 "우리 사위의 음식솜씨는 역시 으뜸이야!"라고 칭찬을 해 주시는 것이다. 내가 유독 잘하는 음식과 요리는 떡볶이다. 그 외에도 콩나물국과 무침, 된장찌개와 각종의 생선찌개도 척척 만들어내는 수준이다. 그래서 하는 얘긴데 요리를 하다 보면 이따금 이런 생각이 들기도 한다. 그건 바로 '내가 직업을 참 잘못 선택했구나!'라는 거다. 일찍부터 요리사의 길을 걸었더라면 오늘날 나는 어쩌면 '요리의 달인'이 될 수도 있지 않았을까, 하는 그런 착각이다. 그런데 착각은 자유라고 했으니 이러한 상상도 크게 욕먹을 짓만은 아니겠지?

낙생어우

樂生於憂

—

즐거움은 언제나 걱정하는 데서 나온다는 말.

한 해의 출발은 뭐니 뭐니 해도 설날을 기점으로 한다. 그날은 떡국과 함께 덩달아 명실상부名實相符 나이를 한 살 더 먹는다는 상징성에도 부합된다. 올 설날엔 감기몸살로 고생을 심하게 했다. 그런 미래를 보는 혜안慧眼 덕분이었을까. 작년 연말부터 손주가 너무 어리니 올 설날엔 아들, 딸 부부 역시 집에 오지 말라고 했다. 심한 독감으로 몸이 아파서 이틀 연속 자리보전을 하노라니 몇 년 전 실업자 상태였을 때가 떠올랐다. 딸이 서울대에 합격하여 상경한 건 지난 2005년이다. 이어 같은 대학의 대학원생으로 공부할 당시에 그만 실직하게 되었다. 그래서 몇 달 동안이나 백수 건달白手乾達로 경제적 고통이 만만치 않았다. 당시 설날에 아들이 보내준 돈이 없었으면 선친의 차례상조차 차릴 수 없을 뻔했다.

올 설날에도 아들은 용돈을 보내왔다. 처자식하고 먹고살기에도 바쁠 터인데 이 아버지까지 챙겨주는 효자 아들이 새삼 고마웠다.

나는 못 배운 게 한이 된 사람이다. 그래서 두 아이만큼은 반드시 잘 가르치자고 다짐하고 결심하면서 살아왔다. 더불어 오동나무는 천 년의 세월을 살아가도 그 가락을 항상 간직하고, 매화는 한평생을 춥게 살아도 그 향기를 팔지 않는다는 의미처럼 어떠한 경우라도 시쳇말로 "쪽팔리우스는 되지 말자!", 즉 부끄러운 짓은 결코 하지 않겠노라는 신앙을 가슴 깊숙한 곳에 저장했다. 나는 못 나고 못 배운 까닭으로 평생을 비정규직과 1년 단위 계약직의 변방만을 오가며 살아왔다. 그렇긴 하되 두 아이에게만큼은 효심의 견지와 더불어, 어떤 일이 있더라도 남매간의 우애만큼은 변함이 없어야 한다는 것을 밥상머리 교육으로 가르쳤다.

설날 전날 밤부터 끙끙 앓기 시작하여 설날 아침 늦게야 겨우 일어났다. 천만다행千萬多幸으로 설날 당일은 휴일이었다. 그랬기에 망정이지 그날도 근무였다면 나는 필시 반생반사半生半死 = 거의 죽게 되어 죽을지 살지 모를 지경에 이름에 이르렀을 것이었다. 나의 본업인 경비원의 휴일은 그야말로 복불복福不福이다. 따라서 운이 좋은 경우엔 휴일과 만나지만 반대의 경우도 잦다. 가장 고민스런 부분은 주말에 집중되어 있는 모임이다. 꼭 가야 할 모임에 근무라서 불참할 수밖에 없는 현실은 '사람구실도 못 한다!'는 자괴감으로 이어진다.

일어나서 정신을 차리자 아내가 떡국을 상에 올렸다. "설날 떡국 한 그릇을 먹어야 비로소 나이를 한 살 더 먹는다."는 말이 있다. 떡국은 조선시대 세시 풍속을 담은 『열양세시기』와 『동국세시기』에도 등장한다. 동국세시기에 따르면 떡국은 '흰 가래떡을 넣고 끓인 탕'이라는 의미로 '백탕' 또는 '병탕'으로 불렸다. 조선시대 이전에는 떡국에 대한 기록이 거의 남아있지 않지만 삼국시대 전부터 신년 제사 때 먹던 음식으로 추정된다. 설날에 먹는 떡국은 나이를 한 살 더 먹는다고 하여 '첨세병'이라고 불렸다. 열양세시기에 따르면 우리 조상들은 아이들에게 몇 살인지 물어보는 대신 '떡국을 몇 그릇 먹었냐?'고 물어보았다. 옛 선조들은 새해 첫날 정결한 흰떡과 자극적이지 않은 국물을 먹으며 한 해의 평안과 풍요를 기원하고자 했다. 떡국의 재료인 가래떡에는 장수를 기원하고 한 해를 밝게 보내자는 의미가 담겨있다. 또한 엽전과 비슷한 모양의 가래떡으로 떡국을 만들며 1년 동안 재화가 풍성하기를 바라는 마음을 담았다. 아직도 풍요의 성城은 아지랑이 형태로조차 보이지 않는다. 그러나 "즐거움은 항상 걱정하고 고생하는 데서 나온다."는 의미인 낙생어우樂生於憂에 대한 믿음만큼은 결코 저버리지 않으련다. 어려움과 불행의 먹구름은 죄 사라지고 넉넉과 행복만이 본격적으로 도래할 즈음, 현재의 이 고생은 분명 스쳐지나간 구름쯤으로 치부할 수 있을 테니까. 내년 설날엔 친손자와 외손녀도 성큼성큼 걸어 들어와 우리 부부에게 넙죽 엎드려 세배를 할 것이다. 상상만으로도 충분히 행복하다. 행복은 느낌만으로도 충분히 배부르다.

적재적소
適材適所

———

어떤 일에 적당(適當)한 재능(才能)을 가진 자에게
적합(適合)한 지위(地位)나 임무(任務)를 맡김.

'내 깡패 같은 애인'은 2010년에 개봉한 영화다. 영화의 주인공
은 동철(박중훈 분)이다. 그는 깡패스럽지 않게 싸움은 제대로 못하
지만 입심 하나는 끝내주는 삼류 건달이다. 어느 날 동철의 옆집
에 이사를 온 젊은 여자가 있었다. 그녀는 '빡센' 서울의 취업전선
에 뛰어든 깡 센 여자 세진(정유미 분)이다. 세진은 지방대 출신이란
이유만으로 입사코자 하는 회사의 면접 자리에서도 무시당하기
일쑤다. 이에 분개하면서도 각종 아르바이트 활동에 열심인 세진
에게 동철은 시나브로 사랑을 느낀다. 우여곡절 끝에 동철의 도움

으로 가까스로 면접을 보게 된 세진은 결국 입사에 성공한다!

내처 '최연소 대리'라는 자리까지 꿰찬 세진은 그녀를 동경의 대상으로 보는 신입사원들에게 다음과 같이 인사한다. "여기까지 오시느라 정말 고생 많으셨습니다."

지난 시절의 나 또한 그랬다. 군 복무 뒤의 화두는 단연 취업이었다. 하지만 고작 초졸 학력만 지닌 무지렁이에게 온전한 직장이 있을 리 만무했다. 힘든 노동으로 하루하루를 연명했으나 비가 오거나 눈보라가 치는 날엔 공사 자체가 아예 없었다. 취업을 결심하고 하루는 전봇대에 붙은 구인광고를 샅샅이 살폈다. '창립사원 모집'이란 광고가 눈에 와 꽂혔다. 영어교재 판매회사였는데 왠지 근거 없이 자신이 불끈했다. 면접을 보고 나서 합격하니 세상을 다 가진 듯했다. 중학교라곤 문턱도 밟아보지 못했기에 친구의 도움과 독학으로 영어를 배웠다. 거기에 예의와 열정, 그리고 투지와 긍정적 마인드의 배양을 무기로 삼았다. 덕분에 판매왕이 되었고, 전국 최연소 사업소장으로 승진하는 기쁨까지 맛볼 수 있었다. 현재 근무 중인 회사는 하루에만 수백 명이 출입하는 초고층 빌딩에 위치해 있다. 따라서 십인십색의 사람들이 혼거混居한다. 고객과 직원들이야 이른바 갑甲의 입장인지라 그들이 설령 가납사니(쓸데없는 말을 지껄이기 좋아하는 수다스러운 사람)의 수다쟁이가 됐든, 아님 치마양반(신분이 낮으면서 신분이 높은 집과 혼인함으로써 사회적 지위를 얻게 된 사람)처럼 거들먹거린다손 쳐도 간과하면 된다. 그러나 동료가 그래선 심히 곤란하다. 평소 인사를 안 하거나 예의 없는 사람을 가장 싫어한다. 자신보다 엄연히 연상임에도 이를 깔아뭉개고 친구로 지내자는 후안무치厚顔無恥의 사람도 경멸 대상이다. 후안무치는 안하무인眼下無人과 동격이다. 따라서 후안무치와 안하무인인 사람을 보는 나의 시선엔 '내 깡패 같은 애인'의 주인공인 세진과 같은 긍정과 낙관으로의 용해溶解는커녕 사람됨이 천하고 더러운 사람을 일컫는 '넛보'로까지 보인다.

인지상정人之常情이겠지만 인사를 잘하면 아무래도 더 예쁜 법이다. 인사 안 하는 게 무슨 벼슬인 양 흡사 만무방 같은 직원은 어딜 가더라도 환영받지 못한다. 반면 인사를 잘하면 자다가도 떡이 생긴다. 이는 실생활에서도 접할 수 있는 사례다. 실제로 한번은 너무 고단하기에 안내데스크 근무 당시, 꾸벅꾸벅 졸았던 적이 있다. 겨우 정신을 차리곤 눈을 떴더니 누군가가 바나나 세 개와 빵도 하나를 두고 갔다. 그 선행의 주인공은 며칠 뒤 밝혀졌다. "피곤하셔서 잠시 주무시는 듯 보이기에 바나나 세 개랑 빵을 놓고 갔는데 잘 드셨는지요?" "덕분에 잘 먹었습니다. 고맙습니다!" "평소 마치 정월초하루처럼 인사를 잘하시기에 약소하나마 드린

겁니다."

'먼저 인사하라. 먼저 인사하는 사람이 승리자다.'라는 말이 있다. 인사는 무관심의 장벽을 허문다. 그러므로 제때 적절한 인사를 해야 한다. 명심보감에서도 "문밖에 나설 때는 큰 손님을 대하듯 하고, 방 안에 들어올 때는 사람이 있는 것처럼 하라."고 했다. 바른 행동이라도 예의가 뒷받침되지 않으면 존경받을 수 없다. 예의 바른 몸가짐은 그 하나만으로도 사랑받는다. "토요일 오후 약속은 없지만 행여나 하는 맘에 길을 나섰네~ (…중략…) 신문을 펴면 왜 그리도 많은지~ 사람을 찾는 구인광고 이제는 나도 정신을 차리고 이런 여잘 찾아 나서야겠네~" 홍서범이 부른 노래 '구인광고'다. 구인광고도 좋지만 적재적소適材適所에 딱 맞는 사람을 잘 뽑는 것도 관리자의 또 다른 능력이자 도전이다. 선거에서도 사람을 잘 못 뽑으면 임기 내내 그 사람 욕을 하느라 바쁘다. 채 두 살도 안 되었지만 인사를 깍듯하게 너무나(!) 잘 하는 외손녀가 또 눈에 선하다.

고군분투

孤軍奮鬪

후원(後援)이 없는 외로운 군대(軍隊)가
힘에 벅찬 적군(敵軍)과 맞서 온 힘을 다하여 싸움.

요즘 사람들은 책을 잘 보지 않는다. 신문도 마찬가지다. 내가
살고 있는 이곳 빌라는 모두 네 동棟이다. 종이신문을 정기 구독하
는 독자는 내가 유일하다.

신문은 '백과사전'과 마찬가지거늘 왜 그렇게 안 보는 건지…
물론 PC와 휴대전화를 통한 모바일mobile로 보기야 할 것이다. 그
렇지만 주마간산走馬看山 격의 그 같은 뉴스와 각종 정보의 일독一
讀은 분명 한계가 있다. 즉 스쳐 지나가는 바람에 불과하다는 편견
을 가지고 있다는 주장이다. 모름지기 신문이나 책이란 갈무리를

하거나, 볼펜 따위로 밑줄을 쳐가면서 자신의 지식으로 흡수해야만 비로소 완전한 내 것이 될 수 있기 때문이다. 신문을 최초로 보기 시작한 건 초등학교 졸업 전이었으니 벌써 50년에 가까운 세월을 자랑(?)한다. 책은 아이들의 초등학교 재학 무렵부터 도서관을 함께 다니며 본격적으로 읽었다.

투잡, 아니 따지고 보면 '십(10)잡'으로 시민기자를 병행하고 있기에 늘 카메라를 지참한다. 그리곤 길가 등지에 핀 꽃을 보면 앵글에 담는다. 이름 모를 꽃들이긴 하더라도 그들의 산소리(어려운 가운데서도 속은 살아서 남에게 굽히지 않으려고 하는 말)다운 기개氣槪를 보자면 사뭇 당당하다. 그중에서도 가장 사랑스런 꽃은 민들레다. 바람에 날려 멀리 퍼지는 민들레는 강인함의 상징이기도 하다. 마치 가진 거라곤 쥐뿔도 없지만 자존심만큼은 그 어떤 만석꾼조차 부러워 않는 나를 닮은 듯하여 더 사랑스럽다.

전 문화체육관광부 장관이자 국회의원이지만 시인으로 더 잘 알려진 도종환 님의 명시名詩 중에는 '담쟁이'가 있다.

저것은 벽/어쩔 수 없는 벽이라고 우리가 느낄 때/그때/담쟁이는 말 없이 그 벽을 오른다./ 물 한 방울 없고 씨앗 한 톨 살아남을 수 없는/ 저것은 절망의 벽이라고 말할 때/담쟁이는 서두르지 않고 앞으로 나

아간다./한 뼘이라도 꼭 여럿이 함께 손을 잡고 올라간다./푸르게 절
망을 다 덮을 때까지/바로 그 절망을 잡고 놓지 않는다./저것은 넘을
수 없는 벽이라고 고개를 떨구고 있을 때/담쟁이 잎 하나는 담쟁이
잎 수천 개를 이끌고/결국 그 벽을 넘는다.

-도종환, '담쟁이'

이 시를 보면 물 한 방울조차 없는 사막에서 고군분투孤軍奮鬪로
그 역경을 극복하는 초인적 생生을 보는 듯하여 맘이 짠하다.

세계 최대 반도체 설계 회사인 영국의 ARM이 중국 화웨이와 거래
중단을 선언하자 외신들은 미·중 무역 전쟁이 '기술 냉전'으로 비화
하고 있다고 보도했다. ARM은 스마트폰의 두뇌가 되는 모바일 반도
체(AP)를 설계하는 기업이다. 현재 경쟁자가 사실상 없는 원천 기술
을 갖고 있어 삼성·퀄컴·애플·화웨이와 같은 주요 IT 기업에 '갑(甲) 중
의 갑'으로 꼽힌다. ARM 없이는 스마트폰 핵심 반도체의 개발과 생
산이 불가능할 정도다. (…중략…) 영국의 반도체 기업 ARM은 전 세계
IT 기업에 모바일 반도체 기술의 '대부'로 여겨진다. 이 회사는 반도
체 공장 없이 반도체 설계도를 만들어 판다. 삼성전자·퀄컴·애플·화
웨이 등 전 세계 1000여 개 기업이 ARM의 설계도를 가져다 다양한
반도체를 만들고 있다.(중략) 화웨이는 미국 반도체 기업 퀄컴·인텔·브

로드컴이 거래 중단을 통보했을 때 "자체 반도체를 쓰겠다"고 했지만 ARM의 설계도를 쓸 수 없으면 자체 설계도 사실상 불가능해질 것으로 예상된다.(…후략…)

-C일보, '화웨이, 구글 없는 버텨도 ARM 설계도 잃으면 완전 끝장',

2019년 5월 24일.

이 같은 미중 무역전쟁으로 말미암아 중간에 낀 우리나라는 그야말로 샌드위치 신세가 되었다. 화웨이가 생명력을 잃고 반대급부反對給付로 우리나라의 스마트폰이 다시금 활황으로 반전된다면 이보다 반가운 소식이 또 없다. 그러나 문제는 중국을 의식하지 않을 수 없는 한국적 정치와 경제의 한계적 토양이다.

'사드 보복'에서도 보았듯 중국의 소드락질(남의 재물 따위를 함부로 빼앗는 짓)은 이미 세계적으로도 소문이 짜하다. 이런 때일수록 우린 더 강인하고 당당해야 한다. 민들레는 누구의 간섭이나 속박에도 굴하지 않고 언제나 꼿꼿하게 핀다. 우리도 그래야 한다. 여기에 '절망의 벽'까지 마다 않는 담쟁이의 투지는 기본옵션이다.

용기 있는 꽃은 반드시 핀다. 할 수 있다고 믿는 사람은 그렇게 되고, 할 수 없다고 믿는 사람 역시 그렇게 된다. 고군분투는 참 어렵다. 우리나라의 외교 지형이 꼭 그렇다. 하지만 여기서 승자가 되면 다음부터는 강대국으로부터의 냉대와 모멸까지 극복할 수

도전은 성공의 디딤돌이다

있다. 툭하면 겁박하고 막말까지 서슴지 않는 북한도 다시는 그런
경거망동을 삼갈 것이다.

볼펜예찬

ballpen禮讚

―

볼펜과 만년필 등의 필기류를 좋아하는 마음
(저자가 지은 사자성어).

평소 두 가지의 삶에 매진하고 있다. 하나는 당연히 생업인 경
비원의 직업에 열중한다. 다음은 취재와 글쓰기다. 주근에 이어
야근을 이틀 연속 한다. 이어 쉬는 날이 도래한다. 그렇다고 해
서 편히 쉴 수는 없다. 현실적 구속력이 발목을 잡는다. 이는 글을
쓰고 때론 취재까지 나가야 하기 때문이다. 취재를 하자면 볼펜
ballpen과 수첩은 기본 옵션이자 필수다. 스마트폰에 메모 기능이
있긴 하지만 몸에 맞지 않는 옷인 양 여전히 불편하다. 아무튼 볼
펜으로 인터뷰이interviewee의 인적사항과 기타 취재에 필요한 주변

의 상황 등을 스케치 하노라면 새삼 볼펜의 우수성을 발견하게 된
다. 그렇다면 볼펜은 과연 누가 만들었을까?

만년필은 1884년에 미국의 보험 외판원 루이스 에디슨 워터맨
Lewis Edson Waterman에 의하여 발명되었다. 그 만년필 시대를 지나
볼펜의 첫 역사를 연 인물은 헝가리의 라디슬라스 비로Ladislas Biro,
1899~1985와 게오르그Georg 형제로 알려져 있다. 형인 비로는 조각
가이자 화가였으며, 언론인이기도 했다. 그는 매일 많은 양의 글
을 써야 했다. 그런데 만년필로 그 일을 하기에는 간단하지가 않았
다. 취재나 교정 도중 만년필의 잉크가 말라버려서 잉크를 보충해
야 했기 때문이다. 때론 날카로운 펜촉으로 종이가 찢어지는 경우
도 허다했다. 그러던 어느 날 출판을 위한 원고의 교정을 보던 비
로는 '잉크를 보충해 주지 않아도 되고, 종이도 찢어지지 않는 필기
구를 만들어 볼까?'라는 생각이 들었다. 그는 곧바로 화학자이던
동생 게오르그에게 끈적거리는 잉크의 필요성을 설명했다. 죽이
맞은 형제는 그날부터 새로운 필기구 발명에 몰두했다. 1938년 그
들은 몇 번의 실패 끝에 볼베어링을 통해 특수잉크가 나오도록 하
는 현대식 볼펜을 발명하는 데 드디어 성공했다. 헝가리에서 특허
는 받았으나 잉크를 녹이는 기름을 찾지 못해 생산에는 실패했다.
이들은 2차 대전이 일어나자 아르헨티나로 이주하였다. 그곳에서

영국인 헨리 마틴의 후원으로 1943년에 특허를 획득하고 'Birom'
이라는 브랜드로 볼펜을 생산할 수 있었다. 이후 그들은 잉크가
새는 피스톤식의 볼펜을 튜브 식으로 바꾸는 등 품질을 개선했다.
볼펜은 영국 공군에 처음 지급되었는데, 고도에서도 잉크가 새지
않아 큰 호응을 얻었다. 비로의 볼펜은 출시되자마자 세계 여러
나라에서 각광을 받았으며 미국 시장에서도 큰 인기를 모았다.

　　미국에는 밀턴 레이놀즈에 의해 알려졌는데, 그는 아르헨티나
의 부에노스아이레스를 여행하던 중 비로의 볼펜을 접하게 되었
다. 이후 그는 잉크를 내보내는 시스템을 개량한 볼펜을 만들었
다. 미국 정부는 레이놀즈의 볼펜 10만 개를 구입해 군인들에게
지급했다. 오스트리아 출신의 미국인 화학자 프란츠 제이크는 찰
기가 있는 잉크 개발에 성공해 '물속에서도 쓸 수 있는 펜'이라는
광고로 히트했다. 볼펜은 볼포인트 펜ballpoint pen의 약자略字이다.
가격이 여전히 저렴하고 비단 문구점이 아니라도 편의점에서도
팔고 있어 손쉽게 구할 수 있다. 한국에서는 도입 초기 기자들이
주로 사용하여 '기자의 상징'으로 여겨지기도 했다는 설이 있다.
한편 우리나라에 볼펜이 처음 들어온 것은 1945년 해방과 함께 들
어온 미군에 의해서였다. 이후 1963년 들어 국내 생산이 시작되었
고, 60년대 말부터 대중 필기구로 정착되었다. 예나 지금 역시 꾸

준한 사랑을 받고 있는 모나미 볼펜에는 '모나미 153'이란 숫자가 표기돼 있다. 이는 1963년 5월 1일, 국내 최초로 '모나미 153'이라는 볼펜이 출시되면서부터 정착된 어떤 부동의 브랜드인 셈이다. 프랑스어로 '내 친구'라는 뜻의 '모나미'와 15원에 출시된 세 번째 제품이라는 뜻의 '153'을 합친 게 바로 '모나미 153'이라고 한다.

이 세상의 사물엔 장점과 단점이 양면으로 존재한다. 이에 걸맞게(?) 볼펜에도 단점이랄 게 있으니 그것은 바로 쓸 수는 있지만 지우개처럼 지워지진 않는다는 점이다. 때문에 볼펜으로 글을 쓰고자 한다면 지워지지 않는 걸 의식하여 더욱 또렷이 쓰고 볼 일이지 싶다. 재작년, 당시 베스트셀러라는 『태영호 증언-3층 서기실의 암호』를 샀다. 그즈음 신문에서 보니 그 책이 어느새 10만 권 이상이나 팔렸다고 했다. 출판가의 지독한 불황에 실로 센세이션을 일으켰다 해도 과언이 아니라 하겠다. '아~ 부럽다! 나는 언제쯤 그런 영광의 무대에 등극할 수 있으려나….' 지금도 야근을 하면서 늘 그렇게 습관적으로 글을 쓰고 있다. 글은 주로 컴퓨터의 한글과 컴퓨터 사양을 이용하여 자판을 두드려 쓴다. 그렇지만 이 경우에도 볼펜의 조력助力은 당연하다. "못난 몽당연필이 천재의 머리보다 낫다."는 속담처럼 볼펜을 이용한 메모는 기자와 작가의 기본인 까닭이다.

사람의 과거는 봄날처럼 빛나는 화양연화花樣年華만 있을 수 없다. 때론 구질구질한 장마철인 양 지저분하기 그지없는 경우도 잦기 때문이다. 지난 날 비운悲運의 소년가장 시절엔 호두과자와 음료 외 볼펜도 팔았다. "껌과 볼펜 중 하나라도 사 주세요!"라는 나의 간절한 바람을 그러나 시외버스정류장의 버스 안에서 발차를 기다리던 승객들은 대부분 엄동설한嚴冬雪寒처럼 차갑게 외면했다. 그러다가 가뭄의 콩 나듯 볼펜도 받지 않고 당시로선 거액이었던 천 원짜리 지폐 한 장을 선뜻 주시는 천사 같은 손님도 없지 않았다. 그런 날엔 점심을 싸구려 국수가 아니라 제법 포실한 국밥 등으로 배를 든든하게 채울 수 있었다. 그래서 그날이 나로선 바로 '화양연화'였던 셈이다. 세월은 여류하여 아들과 딸이 모두 결혼했다. 자식농사에 성공한 사람이라며 주변에서 부러워하니 이만하면 허투루 산 인생은 아니지 싶다. 거기에 치열한 독학으로 마침내는 기자와 작가까지 되었으니 부끄럽지 않다. 이렇게 되기까지엔 기록을 담보로 한 볼펜의 힘이 지대했음은 물론이다. 만약에 볼펜이 없었다면 지난날의 기억도 덩달아 증발했을 것이었다. 볼펜아, 정말 고맙다! 네가 있어 오늘도 나는 행복하단다.

합계십권

合計拾卷

—

합계 열 권의 저서를 출간하는 꿈과 목표
(저자가 지은 사자성어).

작년 10월 19일 서울 여의도 국회의원회관 대강당에서는 '2019 제6회 대한민국인성교육대상&교육공헌대상' 시상식이 열렸다. 이 시상식은 한국교육신문연합회, 대한민국인성교육대상&교육공헌대상 조직위 등이 주최하고 한국언론사협회, 한국교육신문기자클럽, 한국미디어기자협회 등이 후원하는 시상식이었다. 일선 현장에서 인성교육과 교육발전에 공헌한 인물과 단체를 널리 발굴해 포상하여 대한민국의 교육문화 발전과 나아가 건강하고 행복한 사회를 구현하기 위하여 매년 개최되고 있다. 이 자리에서 황인호 대전시 동구청장님은 '의정인성부문 대상'을 수상했다. 작년 9월에도 대전시 동구는 '지방 규제혁신 우수사례 경진대회'에서 최우수상을 수상했었다. 취임 이후 '대전시 동구 8경 확정'과 더불어 명실상부 '가장 살기 좋은 도시 대전 동구'를 지향하고 이를 관철하기 위해 불철주야 분골쇄신하고 있는 황인호 대전시 동구청장은 경사가 겹친 이번 수상을 계기로 더욱 열심히 뛰겠노라는 포부를 밝혔다. 한편 같은 자리에서 나는 '작가 문인부문 대상'을 수상했다. 나를 인터뷰한 모 기자는 "고작 초졸 학력임에도 불구하고 1만 권의 독서를 실천하여 명실상부 정말 글 잘 쓰는 기자와 작가로 명망을 떨치고 있는 우공이산愚公移山의 신화 창출 홍경석 기자는 앞으로 10권의 저서를 출간하여 최고의 성공학 강사로 뛰겠다!는 포부를 밝혔다."는 내용으로 기사를 쓰겠다고 했다.

맞는 말이다. 나는 중학교 구경은커녕 문턱조차 넘지 못했다. 그럼에도 두 권의 저서를 발간한 작가 외에도 다수의 언론과 지자체 등의 매체에 글을 싣는 기자가 되었다. 모든 것에는 과정과 까닭이 존재한다. 대학을 나왔음에도 "나는 글쓰기에 통 소질이 없어요."라고 하는 사람들이 적지 않다. 반면 기껏 초졸 학력의 나는 자화자찬自畵自讚이겠지만 200자 원고지 6매의 글을 불과 30분이면 뚝딱 써낸다. 이는 '만 권의 독서' 이력이 담보된 덕분이다. 사람은 누구에게나 최소한 1퍼센트의 행복이 있다. 시인이기도 한 이해인 수녀님은 '1퍼센트의 행복'이란 글에서 "사람들이 자꾸 묻습니다. / 행복하냐고 / 낯선 모습으로 낯선 곳에서 / 사는 제가 자꾸 걱정이 되나 봅니다. / 저울에 행복을 달면 / 불행과 행복이 반반이면 저울이 / 움직이지 않지만 / 불행 49퍼센트, 행복 51퍼센트면 / 저울이 행복 쪽으로 기울게 됩니다."라고 했다. 그래서 말인데 나에게 있어 '1퍼센트의 행복'은 글을 쓰는 시간이다. 글을 쓰노라면 빈고貧苦의 현실과 비추悲秋의 쓸쓸함까지 풍요와 기쁨으로 치환할 수 있다.

입때껏 살아오면서 비마경구肥馬輕裘 = 가벼운 가죽옷과 살진 말이라는 뜻으로, 부귀한 사람들의 나들이 차림새를 이르는 말라곤 한 번도 경험하지 못했다. 그럼에도 불구하고 얼음처럼 맑고 깨끗한 빙결氷結의 삶을 살아올 수 있었음은 빙공영사憑公營私=공적인 것을 빙자하여 사적인 이득을 꾀함를 배척하였기 때문이다. 이해인 님의 '1%의 행복'을 더 들여다본다. "우리 삶에서 단 1%만 더 가지면 행복한 겁니다.(…) / 단 1%가 우리를 행복하게 또 불행하게 합니다. / 나는 오늘 그 1%를 행복의 저울 쪽에 올려놓았습니다. / 그래서 행복하냐는 질문에 웃으며 대답했습니다. 행복하다고……." 이에 덧붙여 "운명은 원하는 자를 성공의 길로 인도해 주지만 원치 않는 자는 불행의 늪으로 끌고 간다."는 명언을 추가코자 한다. 작년 10월의 시상식에서도 밝혔듯 나의 희망과 각오는 앞으로 열 권 이상, 즉 합계십권合計拾卷의 저서를 출간하여 최고의 성공학 강사로 뛰겠다는 다짐이다. 평소의 믿음 중 하나가 '할 수 있다고 생각하면 할 수 있게 된다'이다. 나는 할 수 있다. 이런 또 다른 신앙이 나로선 별도의 1%의 행복이다. 헬렌 켈러가 말했다. "희망은 볼 수 없는 것을 보고, 만져질 수 없는 것을 느끼고, 불가능한 것을 이룬다." 합계십권의 달성을 위한 희망의 부푼 꿈에 도취되어 휴일인 오늘도 부지런히 글을 쓴다. 글을 쓰는 시간은 내가 제일 행복하다고 느끼는 순간이다. 행복이 없는 삶은 행시주육行尸走肉과 마찬가지다. 이는 '걸어가는 송장과 달리는 고깃덩이'라는 뜻으로, 배운 것이 없어서 쓸모가 없는 사람을 이르는 말이다. 도전과 배움에는 끝이 없다. 당연한 결론이겠지만 가장 고귀한 쾌락은 배워서 이해理解하는 즐거움이다. 그것을 책으로 쓰는 기쁨은 작가만의 특권이다.

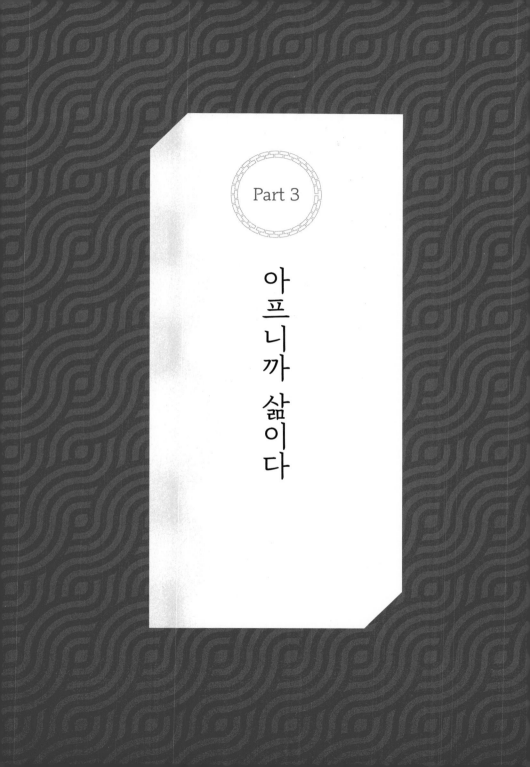

Part 3

아
프
니
까
삶
이
다

이심전심

以心傳心

———

마음과 마음으로 서로 뜻이 통함.

출근하노라면 스타벅스 커피숍을 지나게 된다. 드라이브 스루 drive through 매장인지라 항상 차량들이 줄을 서 있다. 그러나 한 잔에 5천 원 이상 하는 고가의 커피를 나는 마시지 않는다. 아니 못 마신다는 표현이 더 적절하다. 그 돈이면 짜장면 내지 짬뽕을 먹을 수 있다는 단순계산이 앞서는 서민인 까닭이다. 반면 서울 사는 딸은 집에만 오면 그 커피숍을 단골로 간다. 그래서 하루는 아내가 "커피 값이 아깝지 않니?"라고 물었다. 그러자 딸은 그렇다며 고개를 끄덕였다. 하기야 사람은 십인십색十人十色인지라 기호

식품 역시 천차만별千差萬別일 수밖에 없다. 스타벅스 커피 대신 평소 소주를 즐기는 나의 경우만 하더라도 그렇다. 병당 4천 원인 소주를 식당에서 두 병만 마신다손 쳐도 금세 8천 원이 청구되니까. 2019년 1월 11일자 H경제신문에서는 "화장실 인심 잘못 썼다가… 스타벅스 '공유지의 비극'" 기사를 실었다. 내용인즉, 스타벅스가 화장실을 무료로 개방한 뒤 쓰레기가 넘쳐나는 등 '공유지의 비극'이 일어나고 있다는 것이었다.

월스트리트저널WSJ은 작년 1월 10일(현지시간) 스타벅스가 재작년 5월 화장실을 개방한 뒤 불분명한 이유로 화장실 문을 잠가 놓거나 청소 중이란 이유로 출입을 막아놓는 사례가 크게 늘었다고 보도했다. 이런 증거로 한 스타벅스 직원은 "모든 사람이 화장실을 쓸 수 있게 한 결과 아무도 사용할 수 없게 됐다."고 말했다는 것이다. 이 기사를 보면서 예상된 공유지의 비극이라는 생각에 쓴웃음이 나왔다. 공유지의 비극The Tragedy of the Commons은 주인이 따로 없는 공동 방목장에선 농부들이 경쟁적으로 더 많은 소를 끌고 나오는 것이 이득이므로 그 결과, 방목장은 곧 황폐화되고 만다는 걸 경고하는 개념이다. '공유지의 비극'은 영국에서 산업혁명이 시작된 시점에 실제로 일어났던 일이라고 알려져 있다. 이 문제를 해결하기 위한 대안으로 나타난 것이 초지를 분할 소유하고 각자의 초지에 울타리를 치는 이른바 '인클로저 운동enclosure movement'이다. 공유지의 비극과 유사한 우화로 '구명선에서의 생존'이 있다.

구명선에서의 생존이란 다음과 같은 우화다. 열 명 분分의 식량밖에 준비되어 있지 않은 구명선에 열 명이 타고 있는데 어떤 한 사람이 구원을 요청했다. 이때, 그 사람을 도와주는 것은 구명선 자체를 위협하는 무책임하고 비합리적인 행동이라는 걸 말하기 위한 우화다. 내가 근무하는 직장 건물은 그동안 24시간 개방하는 곳이었다. 그러다가 서울의 아현동 통신구 화재 이후 화들짝 놀란 경영진이 오후 8시 30분부터 이튿날 5시까지 폐문을 지시했다. 덕분에 '공유지의 비극'에서 벗어날 수 있게 되어 한시름 놓고 있다. 미국뿐 아니라 우리나라에도 공유지의 비극이 있다고? 그렇다. 사실이다! 이제부터 구체적 사례를 들어 설명하겠다. 24시간 개방하는 건물이다 보니 시도 때도 없이 누구나 자유롭게 출입했다. 그런데 대낮과 달리 밤夜, 특히나 자정 무렵이라든가 새벽 즈음에 들어서는 이들의 대부분은 취객醉客이었다. 화장실 안에 들어가 용변을 보면서도 큰소리로 통화를 하는 건 기본옵션이었다. 금연표지가 선명함에도 아랑곳하지 않고 흡연하여 담배연기가 꾸역꾸역 올라오곤 했다. 여자화장실이라고 해서 예외는 아니었다. 구토를 하곤 뒤처리를 안 한 사람들도 부지기수였다. 공짜라고 화장지를 어찌나 낭비했는지 양변기가 막혀 수리한 적도 비일비재非一非再했다. 그처럼 골머리를 앓게 하는 바람에 이제는 일정시간이나마 출입자를 통제할 수 있어 여간 다행多幸이 아닐 수 없다. '공유지의 비극'과 유사한 것으론 '깨진 유리창 법칙'을 들 수 있다. 평소에 자주 지나던 거리를 걸어가는데 어떤 상점의 쇼윈도에 누군가 돌을 던졌는지 유리창이 깨져 있었다. 그 다음날에도 그 깨진 유리창은 그대로 방치돼 있다. 그렇다면 어떤 생각이 들까? 그 빌딩 주인이나 관리인이 그 건물에 대해 별로 애착을 갖고 있지 않다고 생각하게 될 것이다. 그래서 자신마저 돌을 던져 그 유리창을 깨도, 어느 누구도 상관하지 않을 것이라는 도덕적 해이Moral hazard가 생긴다는 이론이다. 이런 생각이 이심전심以心傳心 다른 사람들에게도 전파된다면 그야말로 무법 상태에서 모든 유리창이 깨지는 상황이 벌어지고 말 것이다. 결론적으로 스타벅스가 2018년 5월 하워드 슐츠 당시 회장의 결정에 따라 음료 구입 여부와 관계없이 모든 방문객에게 화장실을 개방하기로 했다는 조치는 이제라도 재고再考되어야 마땅하다는 생각이다. 세상은 결코 내 생각처럼 호락호락 따라주지 않는다. 그래서 우리네 삶은 언제나 고달픈 것이다. 스타벅스에서는 매년 여름마다 음료를 마시면 사은품을 증정하는 행사를 한다. 스타벅스의 올 여름 사은품 이벤트가 유독 선풍적 인기를 끌었다. 음료 17잔을 마셔야 받을 수 있는 '서머레디 백(소형 캐리어)'에 대한 관심이 높았기 때문이다. 소비자들은 본품인 커피보다 사은품에 더 열광했다. 바라만 봐도 '있어 보이는' 서머레디백은 처음에 이미지가 공개되자마자 이심전심으로 품귀 현상이 예견됐다. 심지어 행사 시작 첫 날엔 서울의 어떤 영업점에서 한 고객이 총 130만 원 어치의 음료 300잔을 주문한 뒤 서머레디백 17개를 받아갔다고도 한다. 이 고객은 단 한 잔만 본인이 마신 뒤 나머지 음료는 매장에 두고 갔다고 알려졌다. 견물생심見物生心을 뛰어 넘어 '견백생심'이 된 것이다. 생각 같아선 나도 그 백을 손에 쥐어 딸과 며느리에게 선물하고 싶었으나 돈이 없어서 그만 됐다. 오나가나 그놈의 돈이 웬수다.

가부진조
假父眞祖

—

가짜 아빠에 진짜 할아버지라는 뜻
(저자가 지은 사자성어).

작년 1월, 대전역에서 출발한 KTX는 눈보라까지 헤치며 서울을 향해 마구 달리기 시작했다. 하지만 나의 마음은 그보다 급했다. 아내도 마찬가지였다. 마침내 도착한 서울, 그리고 딸이 입원한 산부인과 병원. 초췌한 모습의 딸을 보자 왈칵 눈물이 쏟아졌다. 출산 후 물조차 마시지 못하고 오로지 링거수액만을 맞고 있다는 딸이었다. 순간 세월을 뛰어넘어 묵직한 죄책감이 청구되었다. 딸을 낳던 날은 엄동설한嚴冬雪寒이 기승을 부리던 그해 1월의 한밤중이었다. 만삭의 아내를 부축하여 산부인과를 찾았다. 간호

사는 잠시 후 아기를 출산하니 아빠도 곁에서 그 과정을 보면 좋을 듯싶다고 했다. 그런데 왠지 그렇게 하는 게 덜컥 겁이 났다. 밖에 나가 담배 한 대 태우고 오겠다며 병실을 빠져나왔다. 근처에 마침 포장마차가 있었다. 거기서 국수 한 그릇에 소주 두 병을 비웠다. 초조함을 달래는 데는 역시 술이 가장 합당했다. 연암 박지원의 『열하일기』를 봐도 그는 중국(청나라)에 가서도 툭하면 술을 마시지 않았던가. '사상 처음으로 맞이할 딸은 과연 어떤 모습으로 다가올까? 녀석은 제 오빠를 닮아서 유순하게 잘 자라줄까? 딸을 낳으면 이제 나도 두 아이의 아빠가 될 텐데 앞으로 돈을 더 벌려면 어찌 해야 할까?' 하는 생각들과 갖가지 자문자답自問自答이 꼬리에 꼬리를 물었다. 셈을 치르고 병실에 들어섰다. 어느새 태어난 딸이 아내의 곁에서 쌔근쌔근 잠들어 있었다. 그 모습은 정녕 '아기 천사'였다.

아내는 기운이 남았던 모양인지 "나는 애를 낳느라 죽을 둥 살 둥 했거늘 당신은 또 그새를 못 참아 술을 마시고 왔냐?"며 야단쳤다. 유구무언有口無言으로 그 위기를 넘겼다. 그렇게 이 세상에 나온 딸은 아들과 함께 '좌청룡우백호'의 역할에도 충실해 주었다. 그러한 부채負債까지 있던 터라 수척한 모습의 딸을 보는 나의 마음은 못에 찔린 듯 아플 수밖에 없었다. '사랑하는 내 딸아, 아기를 낳느라 얼마나 고생이 많았니! 수고했다!! 그리고 고맙다!!!' 잠시 후 사돈이 찾아오시고 아들도 달려왔다. 우리는 면회 가능시간인 오후 7시가 되어 신생아실로 우르르 이동했다. 그 신생아실에서 처음 마주한 외손녀의 꼼지락거리는 모습이라니…. '아! 너는 정녕 하늘이 주신 사상 최대의 선물이로다! 네 놈 덕분에 오늘부터 나는 '할아버지'라는 이름으로 신분까지 성큼 상승하였구나. 무럭무럭 잘 자라거라. 사랑한다. 내 손녀야!' 보면 볼수록 예쁘고 신기하기까지 한 외손녀를 보면서 가부진조假父眞祖, 즉 '가짜 아빠에 진짜 할아버지'라는 생각마저 들었다. 이는 오래전 딸을 출산할 당시의 기억과 겹쳐졌기 때문이었다. 우리의 분신인 딸을 낳을 적에 산부인과를 탈출(?)한 나의 행동은 사실 경거망동輕擧妄動했다. 그러한 행동을 한 나는 분명 '가짜 아빠'에 다름 아니었다. 반면, 사랑하는 딸이 외손녀를 보여주었을 때는 비로소 진짜 할아버지가 되는 느낌이었다.

작년 3분기 우리나라의 합계출산율은 세계 최저 수준인 0.95명을 기록했다. 그야말로 '출산율 0명'의 시대다. 이런 관점에서 딸은 '애국자'까지 된 셈이다. 과거엔 다산多産이 대세였다. 가족과 식구가 많은 집은 진정 부자였다. 잔치와 상을 치를 때도 가족이 많으니 든든했음은 물론이다. 그러나 지금은?! 우리나라의 출산율이 자꾸만 추락하는 이유는 차고도 넘친다. 2017년 1월 보건복지부 워킹맘 공무원 김선숙 사무관이 새벽출근과 야근에 주말근무 강행으로 인해 순직했다. 재작년 11월엔 두 아들의 엄마이기도 했던 서울고등법원 소속 이승윤 판사가 과로사로 안방 화장실에서 숨진 채 발견됐다. 참으로 안타까운 현실이 아닐 수 없었다. 능력 넘치는 워킹맘들이 마음 놓고 양육할 수 있는 기반의 조성부터 갖춰져야 출산율 0명의 대한민국 인구절벽 위기를 이겨낼 수 있을 것이다. 이러한 주장의 근거는 멀리서 찾을 것도 없다. 내년은 되어야 외손녀도 어린이집에 입학할 수 있는 자격을 갖출 수 있다고 한다. 입학 예정인 어린이집은 사위의 회사에서 지원한다는 직장 어린이집이다. 어서 빨리 그날이 왔으면 좋겠다. 외손녀가 어린이집에서 보내는 시간이 많아지면 딸도 자연스레 복직하게 될 것이다. 명불허전名不虛傳의 재원才媛인 딸이 마음껏 자신의 전공을 살려 그 분야에서도 달인이 되길 바라는 건 아버지로서 당연한 희망이다.

불왕불래

不往不來

내가 가지 않으면 상대방도 오지 않는다는 뜻으로
관계에서 서로 간의 교류와 상호성을 뜻하는 말.
(저자가 지은 사자성어)

언젠가 직장 동료가 부친상을 당했다. 발인을 하루 앞둔 저녁
에 상갓집을 찾았다. 그러나 문상객이 없어도 너무 없었다. 자정
이 가깝도록 불과 열 명도 안 되는 사람들만 온 까닭에 횡뎅그렁
했다. 그런 풍경은 마치 그날의 엄동설한嚴冬雪寒만큼이나 매섭고
차가웠다. 문상객이 그처럼 없다 보니 너무도 가년(가년스럽다 = 보기
에 가난하고 어려운 데가 있다)스러웠다. 하여 일찍 돌아오기도 면구스러
워 자정까지 자리를 지킬 수밖에 없었다. 그러면서도 직장 동료는
평소 지인들의 관혼상제冠婚喪祭에 얼마나 참석을 안 했으면 저리

도 사람들이 없을까 싶어 느끼는 바가 적지 않았다. 그러한 불왕불래不往不來, 즉 '내가 가지 않으면 상대방도 오지 않는다.'는 어떤 상규常規는 자녀의 결혼 내지 부모님의 상을 당했을 때 더욱 두드러진다.

우리나라 사람들은 예부터 품앗이에 익숙한 민족이(었)다. '품앗이'는 힘든 일을 서로 거들어 주면서 품을 지고 갚고 하는 일을 뜻한다. 따라서 관혼상제의 경우는 사람들에게 반드시 필요한 아름다운 풍속風俗이다. 품앗이와 비슷한 것으론 '두레'를 꼽을 수 있다. 이는 농민들이 농번기에 농사일을 공동으로 하기 위하여 부락이나 마을 단위로 만든 조직을 말한다. 품앗이는 또한 이익사회적 성격을 가지고 있다. 때문에 큰일을 치를 때 품앗이가 얼마나 요긴하고 또한 감사한지 모른다. 이는 여식을 결혼시키면서 새삼 절감한 대목이다. 상식이겠지만 자녀의 결혼식에 하객들이 안 오는 것만큼의 목불인견目不忍見이 또 없다. 오죽했으면 '결혼식 하객 알바'라는 직업까지 있다고 한다. 그런 여단수족如斷手足, 즉 손발이 잘린 것과 같다는 뜻으로, 요긴한 사람이나 물건이 없어져 몹시 아쉬움을 비유적으로 이르는 말처럼 철 지난 바닷가인 양 스산한 풍경은 혼주에게 있어 대인관계對人關係 부분만큼은 객관적으로 장밋빛 미래가 보이지 않는다고 단정할 수 있다. 반대로 결혼식에 하객이 들끓으면, 사랑愛이 상대방 집 위의 까마귀에까지 미친다는 뜻으로, 한 사람을 사모하면 그 사람과 관련된 모든 것에 관심을 가진다는 말인 애급옥오愛及屋烏로 보이기 마련이다. 한번은 막역한 지인이 모친상을 당해서 갔는데, 평소 얼추 간담상조肝膽相照하는 터였기에 지인은 나에게 조의금弔意金 수납收納을 부탁했다. 그래서 조의금을 받기 시작했는데 문상객이 어찌나 구름처럼 많이 오는지 정말이지 정신이 하나도 없을 정도였다.

다 아는 바와 같이 결혼식을 치를 때나 상喪을 당했을 때 찾아오는 사람이 없어 적막강산寂寞江山에 더하여 십년한창十年寒窓으로까지 보이는 경우, 대략난감하기 이를 데 없음은 상식이다. 참고로 '십년한창'은 무려 십 년 동안이나 사람이 찾아오지 않아 쓸쓸한 창문窓門이란 뜻이다. 외부와 접촉을 끊고 학문에 정진함을 비유하는 말이기도 하지만 가납사니(되잖은 소리로 자꾸 지껄이는 수다스러운 사람)처럼 평소 쓸데없는 말을 마구 지껄이거나 말다툼을 잘하는 사람의 주변에 사람이 없음을 풍자하는 데도 쓰인다. 가까운 일가친척조차도 왕래가 없으면 자칫 인연까지 끊기는 법이다. 농사를 지을 때 김매기부터 잘해야 나중에 좋은 수확을 할 수 있다. 이는 대인관계에 있어서도 불문율이다. "군자는 의리에 밝고, 소인은 이익에 밝다."는 말이 있다. 사람들은 내(그)가 군자인지 소인

인지를 먼저 안다. 관혼상제도 그런 맥락이다. 세상을 살아가면서 의지하고 함께할 친구와 지인이 없다는 건 분명 불행이다. 부모로서 해야 할 가장 큰 일은 자식의 혼사를 치르는 것이다. 부모님의 장례 또한 같은 상궤常軌다. 여하튼 결혼식과 잔칫집이라면 몰라도 상가喪家라고 한다면 간혹 떠드는 사람도 필요하다고 생각한다. 그래야 잠도 달아날 테니까. 성공의 관건 중에는 '뺀질이 표'가 아니라 '부지런 표'가 되어야 한다는 말이 있다. '뺀질이'는 몸을 요리조리 빼면서 일을 열심히 하지 아니하는 사람을 낮잡아 이르는 말이다. 뺀질이에겐 사람들이 모이지 않는다. 아무튼 관혼상제 때 받은 돈과 물품 따위를 세세하게 기록하는 것은 자신이 받은 감사함을 잊지 않기 위한 최소한의 도리이자 기본이다. 불왕불래不往不來는 변치 않는 어떤 법칙이다. 내가 가지 않으면 그도 오지 않는다. 이게 삶의 어떤 진리眞理다.

장두노미
藏頭露尾

머리는 감추었는데 꼬리는 드러나 있다는 뜻으로,
진실(眞實)을 숨겨두려고 하지만
거짓의 실마리는 이미 드러나 있다는 말.

지난 1월, 전 남편과 의붓아들을 살해한 혐의로 구속기소된 고유정 씨에 대한 공판이 있었다. 여기서 그녀에게 사형을 구형하자 유족들은 당연한 결과라고 반겼다. 그녀는 지난해 5월 제주시 조천읍의 한 펜션에서 전 남편을 흉기로 찔러 살해했다고 한다. 이어 시신을 훼손하고 은닉한 혐의로 재판에 넘겨졌다. 인면수심人面獸心이 따로 없다는 느낌이 들었다. 이는 사람의 얼굴을 하고 있으나 마음은 짐승과 같다는 뜻으로, 마음이나 행동이 몹시 흉악함을 이르는 말이다. 또 다른 '인면수심'으로 언젠가는 이런 일도 있었다. 불과 여섯 살의 입양 딸을 학대하는 것도 모자라 아이가 숨지자 야산에서 시신을 태워 암매장까지 한 인면수심의 양부모가 구속되었다. 이들은 6살 입양 딸을 투명테이프로 묶어 방치하여 숨지게 한 뒤에도 직장과 병원을 다니는 등 태연히 일상생활을 했던 것으로 드러나 더욱 충격을 안겼다. 그럴 거면 왜 입양까지 하였던 것일까?

경찰 조사에서 이들 부부는 3년 전 입양한 딸이 평소 식탐이 많고 말을 듣지 않는다는 이유로 그렇게 잔인하게 살해했다고 밝혔단다. 3년 전 그러니까 불과 세 살의 아이, 아니 '아기'였을 당시에 입양을 했다면 그 아기는 양부모가 친부모인 줄 알고 성장했을 거란 추측이 가능하다. 그럼에도 그들은 사랑 대신 솔개미(매가오릿과의 바닷물고기)에 채인 닭과 같이 아이를 마구 학대한 셈이다. 사람이 죽어서 저승에 가면 염라대왕 앞에서 업경대業鏡臺 = 업(業)을 나타내는 거울의 대(臺)를 보며 다음과 같은 죄업罪業을 받는다고 한다. 세상에서 부모에게 불효하고 주색에 방탕하며 악행을 쌓은 자는 칼날을 산같이 꽂아 놓은 도산지옥에 가두어 벌한다. 또한 세상에서 도적질을 하거나 살인, 또는 부모에 불효한 사람은 팔팔 끓는 기름 가마솥에 넣어 죽이는 화탕지옥으로 보내진다고 했다. 반면 이 세상에서 배고픈 이웃을 도와주고 남에게 보답 없이 선행을 하였으면

극락으로 보내져 부귀를 누리게 될 것이라고 한다. 굳이 이런 비유가 아닐지라도 아이는 진정 사랑과 칭찬, 그리고 개인의 소중한 인권까지를 배려한 친절로서 키웠어야 마땅했다.

이 같은 기본이 결여된 양육養育은 장두노미藏頭露尾의 거짓일 뿐 더 이상 양육이 아니다. '장두노미'는 머리는 감추었는데 꼬리는 드러나 있다는 뜻으로, 진실眞實을 숨겨두려고 하지만 거짓의 실마리는 이미 드러나 있다는 의미意味이다. 즉 속으로 감추면서 들통날까 봐 전전긍긍戰戰兢兢하는 태도態度를 빗대는 것이다. 꿩이 포수를 보면 머리를 감추지만 꼬리가 드러나서 잡히는 이치와 같다. 외손녀가 지난 1월초에 처음으로 열 발짝 이상이나 걸음마를 했다. 그 모습을 동영상으로 찍어 딸이 밴드에 올렸다. 신기하고 반가워서 아내는 하루에도 수십 번씩 그 장면을 보고 또 봤다. 나도 마찬가지였다. 아이란 바로 그런 것이다. 아이는 가정의 등불이다. 니체는 "최고의 가르침은, 아이에게 웃는 법을 가르치는 것이다."라고 했다. 아이가 웃는 집안이 바로 천국이다. 애완견조차 강물처럼 넘치는 사랑으로 키우거늘 어찌 사람을 그따위로 학대하여 처참하게 죽일 수 있었단 말인가! 그것도 이제 겨우 여섯 살 아이를. 입양 딸을 야산에서 불에 태워 암매장한 양부모나 전 남편을 살해하고 시신을 토막내어 유기한 고유정 사건이나 오십보

백보五十步百步다. 이는 조금 낮고 못한 정도의 차이는 있으나 본질적으로는 차이가 없음을 이르는 말이다. 중국 양梁나라 혜왕惠王이 정사政事에 관하여 맹자에게 물었을 때, 전쟁에 패하여 어떤 자는 백 보를, 또 어떤 자는 오십 보를 도망했다면, 백 보를 물러간 사람이나 오십 보를 물러간 사람이나 도망한 것에는 양자의 차이가 없다고 대답한 데서 유래한다. 가엾은 아이의 명복을 빈다. 내생來生에서는 부디 좋은 엄마와 아빠를 만나길 축원한다.

추석낙수
(秋夕落穗)

———

추석에 논밭에 떨어져 있는 곡식을 줍는다는 뜻
(저자가 지은 사자성어).

"처음 만난 날부터 다정했던 사람~ 생각하는 하루는 너무 짧아
요~ 우리 만나 하던 말 생각하다가~ 지나간 하루는 너무 짧아요
~ 하루해는 너무 짧아요 하루해는 너무 짧아요…" 이 노래는 가왕
조용필이 '돌아와요 부산항에'로 스타덤에 오르기 전 히트한 '너무
짧아요'라는 제목의 곡이다. 열애 시절 이 노래를 항상 틀어주는
커피숍에서 아내를 즐겨 만났다. 그곳에서 사랑의 꽃봉오리를 더
욱 튼실하게 키웠고 결혼까지 했다. 한데 어쩜 그렇게 그 노래의
제목과 가사처럼 하루는, 아니 세월은 그리도 짧은 것인지 모르겠

다. 바라만 봐도 좋아 죽을 것만 같았던 그 시절은 봄날의 아지랑이처럼 사라졌고 대신 그 자리를 채운 건 늙고 여기저기 쑤시기만 한 몸뚱이다. 그뿐인가? 생활고와 술, 스트레스에까지 찌들대로 찌든 이 중늙은이는 치아마저 부실하여 노래방에 가본 지도 그 '역사'가 꽤 오래되었다. 예전엔 추석날 저녁이 되면 꼭 노래방에 갔다. 그리곤 소위 십팔번 노래를 즐겨 불렀다. 참고로 '십팔번'이라 함은 자신이 가장 즐겨 부르는 노래를 뜻한다. 일본의 유명한 가부키 집안에 전하여 오던 18번의 인기 연주 목록에서 온 말이다. 따라서 국어사전에선 '단골 노래' 내지 '단골 장기'로 순화하라고 이르고 있다. 아무튼 즐겨 불렀던 노래는 꽤 되었다. '너무 짧아요' 외에도 '킬리만자로의 표범', '백마강'과 '울고 넘는 박달재' 또한 빠뜨리면 서운하다. 그러던 것이 나이를 먹으니 폐활량도 떨어지고 기운마저 쇠진衰盡한 탓인지 어쩌다 노래방엘 가도 도통 신명이 나지 않는다. 주변의 권유에 마지못해 부르긴 하지만 이제는 비교적 부르기 쉬운 이미자의 '저 강은 알고 있다'와 배호의 '비 내리는 경부선'이나 대충 부를 따름이다.

한창 기운이 뻗쳤던 20대 영업소장님 시절에 직원들과 모 나이트클럽에 놀러간 적이 있다. 술기운이 한창 물오를 무렵 사회자가 무대로 나와서 춤을 잘 추면 상을 주겠다고 했다. 견물생심見物生

心에 뛰쳐나가 미친 듯이 흔들었다. 그리곤 당당히 1등을 먹었다. 덕분에 맥주를 한 박스나 공짜로 마실 수 있었다. 지금은 노래방에 안 가는 대신 인터넷과 스마트폰을 통해 흘러간 대중가요를 듣는 게 취미다. 선호하는 노래 중에 '남자라 울지 못했다'는 제목의 가요가 있다. "가슴이 아프지만 아무렇지 않은 듯~ 웃으며 너를 보냈지만 그 웃음은 거짓이었다~ 잘 가라 행복해라 멋진 말은 다 했지만~ 아냐 아냐 그것은 아냐 남자라 울지 못했다~" 자못 의미심장意味深長한 노래가 아닐 수 없다. 그럼 나는 왜 이 노래에 심취한 것일까. 가슴이 아프긴 하되 아무렇지 않은 듯 보낸 그 대상의 정체는 다름 아닌 파릇파릇한, 그러나 나의 가난했던 흘러간 청춘靑春이다.

'가난하다고 해서 꿈조차 가난할 수는 없다'는 말이 있다. 맞는 말이다. 가난했지만 덕분에 겸손을 배웠다. 그래서 주변에 지인들이 많다. 가난했기에 도전을 배웠다. 덕분에 기자와 작가까지 될 수 있었다. 가난했으므로 성실誠實의 중요성까지 배웠다. 덕분에 초간初刊의 저서 발행 때는 출판사들로부터 수백 번이나 퇴짜를 맞았지만, 이제는 출간의 의사 표명만으로도 비교적 수월하게 수락을 받기에 이르렀다. 여하튼 작년 추석에 모처럼 사랑하는 가족이 모두 모였음에도 불구하고 끝내 노래방을 찾을 수 없었던 까닭

은 그 고왔던 청춘이 전광석화電光石火처럼 증발한 때문이다. 세월
은 '베니스의 상인'에 나오는 악덕 고리대금업자 샤일록보다 독하
다. 그래서 예리한 칼로 '베어간' 내 청춘을 다시는 돌려주지 않고
있다. 샤일록의 재판 심리 과정에서 포샤는 채무자 안토니오의 살
1파운드를 잘라가되, 피는 한 방울도 흘리지 말고 베어 가야 한다
는 조건을 단다. 이 명판결名判決에 힘입어 안토니오는 살아났다지
만 기약 없이 사라진 내 청춘은 여전히 답이 없다. 어쨌든 올 추석
엔 우리 가족 모두 노래방에서 '전국노래자랑'을 갖고 싶다. 외탁
덕분인지 벌써부터 나처럼 음악이 흘러나오면 율동까지 능수능란
(?)한 외손녀. 녀석을 앞세우고 가야 하는 분명한 이유다. 친손
자도 나를 닮았으면 필시 노래를 꽤나 잘 부를 것이다.

관즉득중
寬則得衆

사람에게 관대(寬大)하면 인심(人心)을 얻는다는 뜻.

출근(주간근무 시)하려면 최소한 새벽 4시에 일어나야 한다. 이부
자리를 정리하고 아침을 한 술 뜬다. 5시가 되면 양치질에 이어 머
리를 감는다. 이어 기왕이면 최고급의 비누와 바디 워시로 목욕한
다. 미리 다려둔 와이셔츠를 입고 얼굴엔 역시도 향이 좋은 스킨
과 로션으로 마무리한다. "다녀올게~" "퇴근하면 술 먹지 말고 냉
큼 집으로 곧장 와!" 5시 반에 집을 나서 5시 40분 첫 발차의 시내
버스를 기다린다. 그 버스를 타고 출근하면 통상 6시 15~20분이
된다. 전날 오후에 야근을 들어와 밤새 근무하느라 눈이 퀭한 전

임자와 업무를 교대한다. 그럴 즈음이면 회사 건물의 청소를 담당하는 미화팀 여사님들이 속속 출근한다. "어서 오세요~" "안녕하세요?" 이어 야쿠르트 아줌마가 배달을 오고, 신문배달 지국 사장님도 모습을 보인다.

오전 8시에 육박하면 안내 데스크를 지키는 안내 담당 여직원 둘이 출근한다. "안녕하세요?" "어서 와요." 내 딸보다 어린 처자處子들인데 역시 인사를 잘하는 사람은 보기에도 꽃보다 곱다. 어제 오후에도 야근을 하고 집에 들어갔다. 주근 이튿날엔 꼭 그렇게 야근을 한다. 그 스케줄이 내 업무의 매뉴얼이자 패러다임이다. 1인 1조의 근무형식인 까닭에 이튿날 새벽 4시면 지하 경비실에서 1층 안내데스크로 이동한다. 오늘도 그에 맞춰 건물 전체의 순찰부터 마쳤다. 이어 안내 데스크를 지키자니 직원식당職員食堂에 식자재를 공급하는 아저씨가 각종의 부식거리를 싣고 들어섰다. "안녕하세요? 오늘은 뭐 맛난 것 좀 많이 가지고 오셨어요?" 그렇게 객쩍은 농을 하니 아저씨가 씨익 웃으셨다. "저야 뭐 영양사님이 전날 주문한 대로 가져오니까요." 말이 난 김에 평소의 궁금증을 내처 물었다. "그나저나 만날 이렇게 이른 시간에 납품을 하자면 일찍 일어나실 텐데 대체 몇 시에 기상起牀하세요?" "자정 쯤 일어나서 하루의 일과를 시작하지요." "아이고, 힘드시겠다! 그럼

잠은 몇 시에 주무세요?" "오정동 농수산물의 경매가 품목별로 자정 이후부터 시작되는 까닭에 하루에 네댓 시간밖에 못 자요." "저런~ 아무튼 아저씨 덕분에 우리 직원들이 싱싱한 재료로 맛난 점심을 먹을 수 있으니 참 고맙습니다!" "별 말씀을." 우리 사는 세상은 이처럼 어떤 부지런의 달인達人들에 의해 움직여진다. 우리 회사 직원식당의 음식과 반찬은 수준급이다. 가급적이면 신토불이身土不二 식재료로만 식단을 차려주기에 믿음성이 높다. 맛도 좋아서 기분까지 상승한다. 직원식당에 식자재를 납품하는 사람과 메이커는 주기적으로 바뀐다. 그 이유를 알 수는 없다.

다만 오랫동안 거래할 수 있는 지름길을 추측하자면 관즉득중寬則得衆, 즉 '너그러우면 민심을 얻게 된다'는 평소의 마인드를 견지해야 하지 않을까 라는 생각이다. 관즉득중寬則得衆의 핵심을 이루는 것은 공恭, 관寬, 신信, 민敏, 혜惠, 이렇게 다섯 가지다. 평소 공손하고 너그러우며 신용이 있고, 부지런하며 은혜로우면 반드시 고진감래苦盡甘來의 좋은 날이 온다는 의미다. 직원식당과 오랜 거래를 하자면 관즉득중 중에서도 공恭, 신信, 민敏이 더욱 우선되어야 한다. 항상 공손과 겸손을 준비하는 사람은 자신과 다른 사람과의 관계 속에서도 평화를 가져올 수 있다. 신용을 잃으면 모든 걸 다 잃는다. 부지런함이 잠들면 빈곤은 창으로 들어온다. "사람의 의리는 다 가난한 데서 끊어지고 세상의 인정은 바로 돈 있는 집으로 쏠린다."는 말이 있다. 세일즈맨은 실적으로 말하듯 작가는 판매부수가 그 저자를 평가하는 척도가 된다. 발간되는 나의 책들이 많이 팔려 아내에게도 큰소리 뻥뻥 치며 용돈을 듬뿍 쥐여주고 싶다. "오늘도 큰소리 뻥뻥 칠 거야."라고 노래를 부르는 가수 송대관 씨처럼 그렇게. 대통령만 관즉득중을 중시하는 게 아니다. 평소 가장도 두둑한 주머니를 지녀야 가족으로부터 관즉득중의 후한 인심을 얻을 수 있다. 관즉득중은 존경尊敬과 같은 반열이다.

권불일일

權不一日

―――

직장상사의 부재(不在)로 말미암아
하루 정도의 대행직을 수행하는 일
(저자가 지은 사자성어).

작년 가을에 직장 상사가 전격 사직했다. 평소 친형님처럼 가까웠던 분이다. 그래서 서운함이 밀물로 닥쳤으나 곧 평정심을 되찾았다. 따지고 보면 사직이 아니라 근무지 이동이었기 때문이다. 형님께선 세종시로 이사를 간 데 이어 근무지까지 변동이 된 것이었다. 대전시민이 갈수록 감소하고 있다. 이는 인근의 세종시가 이른바 '빨대효과'로 성장하면서 주변권역의 도시민들을 흡수하기 때문이다. 이로 말미암아 대전은 150만 시민이 붕괴되었고, 충북의 청주 또한 100만 도시가 위협을 받고 있다고 한다. 따라서 세종시는 급기야 '형님'의 도시민까지 흡사 쓰나미처럼 강탈한 '동생'인 셈이었다. 여하튼 덕분에 출퇴근하기가 용이해졌다는 형님의 말씀에 축하를 드리면서 자주 만날 것을 약속했다. 형님은 사직하면서 사흘간의 연차휴가를 자신의 근무에 포함시키는 아이디어(?)를 냈다. 그 바람에 내가 이틀을, 동료직원은 하루를 직장 상사 권한대행으로 근무하게 되었다.

평소엔 내 할 일만 충실히 하면 되었다. 하지만 '직장 상사 권한대행'까지 맡게 되니 보통 피곤한 게 아니었다. 안내 데스크의 여직원까지 배려하여 그가 식사를 하게끔 배려해야 했다. 쉬는 시간까지 고려하지 않으면 안 되었다. 더욱이 나의 정상근무 시간까지 거기에 포함하자니 주근과 야근까지를 포함하면 나흘에 닷새의 근무라는 강행군이 추가되었다. 가뜩이나 쉽지 않은 업무에 설상가상雪上加霜 권한대행이란 책무까지 지게로 짊어졌으니 심신은 더욱 가팔랐다. 그래서 새삼 권불십년權不十年이란 교훈이 뼈근한 무게로 다가왔다. '권불십년'은 권세는 십 년을 가지 못한다는 뜻으로, 아무리 높은 권세라도 오래가지 못함을 이르는 말이다. 한데 이 말도 시류에 따라 바뀌어 앞으론 권불오년權不五年으로 수정해야 하지 않을까 싶다. 우리나라는 현재 5년 단임單任 정부의 사이클이 반복되고 있는 때문이다. 그럼에도 불구하고 정부(정권)가 바

Part 3

뛸 적마다 정치권은 물론 국민들까지 덩달아 부화뇌동附和雷同하여 극렬히 대치하는 모양새가 반복되고 있어 심히 유감이다.

지금은 석방되었지만 말도 많고 탈도 많았던 모 전직 장관의 부인이 구속 수감되었을 때의 풍경이다. 당사자가 아들을 데리고 면회를 갔다 되돌아오는 모습을 신문에서 보면서 권불십년, 아니 권불오년의 정부와 권력에 대한 허무함이 스멀스멀 물안개처럼 피어올랐다. 애초 권력을 탐하지 않았던들 오늘날과 같은 아픔은 겪지 않아도 되었으련만… 고작 권불일일權不一日, 그러니까 내가 직장상사의 부재不在로 말미암아 기껏 하루만 대행직을 수행함에 있어서도 꽤나 힘에 부치거늘 그는 왜 국민의 반 이상이 반대하는 그 직에 올인all in했던 것일까? '올인'은 포커(도박)에서, 가지고 있던 돈을 한판에 전부 거는 일을 뜻한다. 여기서 이기면 몰라도 지면 끝이다. 사견이지만 전직 모 장관은 장관직에 오르기 전부터 말이 많았던 인물이다. 또한 그는 SNS를 이용하여 아군과 적군이란 이분법적 사고와 잣대로써 국민을 반분半分했다. 뿐만 아니라 이 과정에서 '내로남불'의 심화와 함께 무수한 적敵을 양산했다. 그러한 업보가 결국엔 부메랑이 되어 자신과 가족까지를 겨냥한 화살과 칼이 된 것이라고 본다. 직장에서도 그렇지만 일을 잘 하는 사람, 어중간한 사람, 있으나 마나 한 사람… 이렇게 세 부류로 나

넌다. 정부도 마찬가지다. 일을 잘하면서도 상사의 눈치만 살피기보다는 정의를 앞세워 직언과 고언까지 마다않는 공직자가 실은 진정한 애국자다. 왕관을 쓰려면 왕관의 무게를 견뎌야만 한다. 그 무게를 견디지 못하는 자는 당연히 퇴출되어야 옳다. 권불일일權不一日도 힘겹거늘 '권불오년'을 지탱하자면 국민의 정서에도 부합하는 인사를 적재적소適材適所에 등용해야 마땅했다. 인사만사人事萬事라는 것은 사람의 일이 곧 모든 일이라는 뜻으로, 알맞은 인재를 알맞은 자리에 써야 모든 일이 잘 풀림을 이르는 말이다. 닭잡는 데 소 잡는 칼을 동원하면 어색하듯 인재의 등용 역시 마찬가지다.

무상복지
無償福祉

───

아무런 대가나 보상 없이 받는 복지 혜택.

작년 2월 16일 KBS 1TV프로그램 '지금 세계는'에서는 의미심장意味深長한 보도를 냈다. "물가 폭등에 화폐 부족까지⋯ 베네수엘라 국민들 '이중고'"라는 제목의 뉴스에서 기자는 100만 퍼센트가 넘는 살인적인 물가상승을 겪고 있는 베네수엘라의 실상을 알려주었다. "베네수엘라의 수도인 카라카스 도심의 전통시장. 하지만 상인과 소비자 간에 오가는 현금은 거의 보이지 않는다. 대신 달걀 반판을 파는 상인을 비롯해 모든 상인들이 체크카드를 받는다는 팻말을 걸어 놨다. 카라카스 시민들이 '증언'한다. "현금을 구

할 수가 없어요. 화폐개혁을 위해 엄청난 돈을 썼는데 아무 효과
가 없는 거죠." "초인플레이션이 다 먹어버리는 거죠. 그래서 돈이
없는 겁니다." 베네수엘라 화폐는 이제 종이접기에 사용될 정도로
가치가 추락했다. 설상가상 국가 생산 활동까지 없다보니 은행은
신용이 없어져 돈을 만들어 낼 '돈'이 없다. 물가폭등에 화폐 부족
까지, 국민들은 그야말로 이중고를 겪고 있다." 이번엔 신문을 들
여다본다. 2월 13일자 C일보엔 '스페인에서 몸 파는 베네수엘라
여인들'이라는 제목의 기사가 게재되었다(내용은 축약했다).

22세 베네수엘라 여성 루시아는 스페인 남부 말라가 지역 유명 관광
지 '태양의 해변'에서 몸을 팔고 있다. 관광객을 상대해 번 돈을 고향
인 베네수엘라 북부 도시 마라카이의 가족에게 생활비로 보낸다. 루
시아는 마라카이에서 간호학과를 다니던 여대생이었지만 베네수엘
라가 경제 파탄 상태에 빠지자 스페인으로 왔다. 스페인 도시에서 또
다른 '루시아'를 만나기는 어렵지 않다. 좌파 정부의 포퓰리즘 정책이
야기한 경제 파탄으로 베네수엘라를 탈출해 스페인에서 매춘업에 종
사하는 20세 전후 베네수엘라 여성이 늘고 있다고 텔레그래프, 더선
등 영국 언론들이 보도했다. 유엔에 따르면 2015년 이후 300만 명
의 베네수엘라인이 고국을 떠났다. 더선은 "스페인의 베네수엘라 매
춘 여성 중에는 고국에서 의사, 교사 등 번듯한 직장을 가지고 있던

경우도 제법 있다"고 보도했다. 베네수엘라의 경제 파탄은 현대사에서 유례를 찾기 어려운 수준이다. 지난해 물가상승률은 137만%에 달했고, 현재 실업률은 30%를 넘는다. 병원에 기본적인 항생제도 없다.

－『C일보』, 2월 13일, '스페인에서 몸 파는 베네수엘라 여인들'

이쯤 되면 한마디로 지옥地獄이다. 정상적인 활동을 할 수 없는 사회는 이미 죽은 사회이기 때문이다. 그럼에도 불구하고 니콜라스 마두로 베네수엘라 대통령은 위기는 미국이 꾸며낸 것이며, "우리는 거지가 아니다."라며 국제 사회의 의약품 원조조차 거부하고 있다고 하여 어이가 없었다. 그래서 원조 물자를 실은 트럭들의 국경 진입을 군부가 막고 있다니 베네수엘라 국민들의 심경은 오죽할까 싶었다. 베네수엘라는 세계 최대 석유 매장국가라는 별칭답게 한 때 남미에서 매우 풍요로운 국가였다. 의료진과 의료 기술까지 뛰어나 남미 의료관광의 메카로 꼽히기도 했다. 그러나 베네수엘라는 휴고 차베스 전 대통령 집권 시절부터 시작된 좌파정책을 고집스럽게 이어가면서 경제난을 자초했다. 차베스 정권은 지난 1998년 대선에서 승리한 뒤 석유와 천연가스 자원을 국유화시켜 서민과 빈곤층을 대상으로 무상복지無償福祉 정책을 펼쳤다. 국가 경제개발 대신 국민을 상대로 퍼주기 식 복지에 쏟아부었다. 차베스가 2013년 사망하면서 후계자로 지목한 니콜라스 마두로 대통령은 스스로 차베스 신봉자임을 일컫는 '차비스타'를 공언하며 좌파 정책을 이어갔다. 그렇지만 곧이어 베네수엘라의 재정 상태는 배럴당 100달러가 넘던 국제유가가 2014년 이후 떨어지면서 함께 무너졌다. 전형적 포퓰리즘의 처참한 결과를 맞은 것이다. 포퓰리즘populism은 정치, 경제, 사회, 문화면에서 본래의 목적보다 대중의 인기를 얻는 것을 목적으로 하는 정치행태를 말한다. 확고한 정책적 가치관 또는 정책의 합리성과 경제성의 기준도 없이 상황이나 민중의 뜻에 따라 정책을 펴는 정치행태로, '대중영합주의'라고도 한다. 세계 미인대회에서 입상자를 대거 배출하는 베네수엘라에서 미인대회 수상자들마저 경제난을 피해 외국으로 떠난다는 것은 국가적 이미지까지 추락시킨 포퓰리즘의 부메랑이다. 공짜 점심엔 독약이 묻어 있다. 또한 포퓰리즘의 끝은 비극이다. 무상복지는 조삼모사朝三暮四이자 결국엔 국민들이 도로 갚아야 하는 채무의 연장이다. 어떤 국가와 정부도 결코 시장市場을 이길 수 없다.

최고령자

最高齡者

어떤 공동체에서 나이가 가장 많은 사람.

반가운 문자가 도착했다. "합격을 축하드립니다. 0월 0일 00시에 시민기자 발대식 및 위촉장 수여까지 있으니 반드시 참석 바랍니다." 모 기관에서 실시한 2019년도 시민기자 공모에서 그해 1년간 활동할 수 있는 자격을 취득하는 순간이었다. 문자는 계속하여 들어왔다. "시민기자 발대식 날에 위촉장은 홍 선생님께서 대표로 받으실 거니까 참고하시기 바랍니다." 순간 내가 가장 최고령자最高齡者인 '꼰대'구나 싶어 먹구름과 같은 착잡함이 몰려왔다. 다 아는 바와 같이 지금은 정부기관은 물론이거니와 언론과 지자체에서도 시민기자 시스템을 왕성하게 운용하고 있다.

　이는 홍보의 극대화와 대국민 이미지의 쇄신 등을 목적으로 하기 때문이다. 더욱이 시민기자는 '놀고먹어도(?)' 날름날름 고정급固定給을 줘야 하는 정식기자와 달리 채택된 기사에 한하여 고료를 지급한다. 따라서 이에 부합하자면 열심히 취재를 하고 주어지는 미션과 프레임에 맞게 글도 잘 써야 된다. 한 마디로 투철한 목적의식과 프로professional가 아니고선 버티기 힘든 척박한 환경이라 하겠다.

　기관과 지자체에서 뽑는 시민기자도 직장생활과 마찬가지로 다음의 '세 가지 부류'가 실재한다고 보는 시각이다. 꼭 필요한 사람, 있으나 마나 한 사람, 필요 없는 사람이 바로 그것이다. 시민기자 생활을 오래 하고 있어서 잘 아는 현상인데 시민기자의 활동에 있어서도 이러한 나름의 세 종류 사람들이 복잡다단複雜多端하게 있음을 발견할 수 있다는 것이다. 진짜 열심히 하는 사람(꼭 필요한 사람)이 있는가 하면, 어영부영(있으나 마나 한 사람)으로 겨우 활동하는 이도 봤다. 끝으론 아예 활동을 안 하는(필요 없는) 사람 또한 쉬 발견하였다. 아무튼 나는 예나 지금 역시 누구보다 열심히 하자는 주의자主義者이다. 덕분에 2018년 말에도 모 기관에서는 최우수 기자 상까지 받을 수 있었다. '시민기자' 얘기를 하는 김에 이 제도를 궁금해하시는 분들을 위해 경험자로서 도움이 되시라고 첨언한다. 시민기자는 보통 1년 단위의 '계약직'으로 공모한다. 따라서 진짜 열심히 하는 시민기자라고 한다면 큰 무리 없이 다음 해에도 그 자격을 유지하기 쉽다. 반면 위에서 열거한 '세 가지 부류部類' 중 두 번째나 세 번째라고 한다면 여러분 같아도 다시 뽑겠는가? 구태여 이런 팩트까지 이야기하는 건, 무엇을 하든 열심히 하자는 주장에 힘을 싣고자 하기 위한 포석임을 밝힌다.

아무튼 40대 초반에 시민기자로 출발했다. 당시엔 내가 위촉장을 받을 적에 중간에 섰다. 하나 이제는 대표하여 위촉장을 받을 정도로 가장 고령자가 되었다. 그러자 문득 "우물쭈물하다가 내 이럴 줄 알았다."고 말한 영국의 극작가 조지 버나드 쇼의 묘비명이 떠오른다. 아마도 그는 죽음에 임박해서야 우물쭈물 보낸 세월을 탄식했는가 보다. 산다는 게 계획한 대로 이루어지지 않는다는 건 상식이다. 그렇긴 하더라도 나름 최선을 다한다면 그 결실은 반드시 있는 게 세상살이의 이치가 아닐까 싶다. 참 어려웠던 비정규직과 이후에 만난 박봉의 직업인 경비원 급여를 만회하고자 시작한 게 시민기자 활동이었다. 그 덕분에 두 아이를 모두 대학(원)까지 가르칠 수 있었음에 만족한다. 단언컨대 이러한 가외 벌이 수단을 동원하지 않았더라면 나는 분명 더욱 육중한 빚에 족쇄가 채워졌을 것이 틀림없다. "어떻게 나이를 먹어야 한다는 것을 아는 것은 가장 큰 지혜이며, 산다고 하는 위대한 기술에서 가장 어려운 대목이다."라고 말한 스위스 철학자 아미엘의 말을 떠올리며 최고령자인 이 시민기자는 내일도 씩씩하게 취재를 나갈 것이다. 이어 누가 봐도 인정할 만큼의 일필휘지—筆揮之 압도적 기사로 화답하리라. 단언컨대 나는 나이를 거저 먹지 않았다.

화중지병

畫中之餠

———

그림 속의 떡이란 뜻으로,
바라만 보았지 소용(所用)이 닿지 않음을 비유한 말.

　　책을 출간해 본 작가와 저자는 잘 아는 공식과 상식이 하나 있
다. 그건 책의 발간이 아주 지난至難한 과정을 거쳐야 한다는 것이
다. 독자들이야 무관심하겠지만 서점에 나와 있는 책들은 모두가
하나같이 저자의 모든 걸 불태운 과정이 녹아 스며든 역작力作들
이다. 부디 대한민국 국민들이 모두 책을 많이 읽는 사회가 되길
염원한다. 나의 두 번째 저서가 발간되어 도착한 날, 평소 호형호
제呼兄呼弟하는 직장 상사께서 술을 사주셨다. 책도 인터넷으로 주
문하여 다섯 권이나 구입하셨기에 여간 고마운 분이 아니었다. 넉

넉지 않은 형편임에도 흔쾌히 술을 사시는 모습에서는 새삼 뜨거운 의리까지 발견할 수 있어 흐뭇했다. 반면 함께 야근을 하는 동료임에도 출간과 연관된 언급은 아예 입도 뻥긋 안 하는 이도 실재했다. 그만큼 관심이 없다는 방증이다. 하여 이와 연관되어 굳이 얘기하기도 싫거니와, 설령 구입 의사를 피력한다손 치더라도 "서점에서 파니까 그리로 가면 됩니다."라고 시큰둥하게 대답할 생각이었다. 아무튼 직장 상사께서는 모 대학의 앞까지 가서 치킨과 소주, 맥주까지 사주셨다. "그동안 고된 야근하면서 책까지 펴내느라 정말 고생 많았습니다! 나의 조촐한 성의이니 맘껏 드십시오." "고맙습니다!" 치킨과 함께 소맥을 먹노라니 문득 직장에서 정년을 맞고 치킨 전문점을 차렸다는 지인이 보름달로 성큼 떠올랐다.

2019년 6월 4일자 C일보에 '치킨집, 지금까지 이런 춘추전국시대는 없었다'는 제목의 기사가 올라왔다. KB금융지주 경영연구소가 2019년 6월 3일에 발표한 '치킨집 현황 및 시장여건 분석'이란 제목의 자영업 분석보고서에 따르면, 작년 2월 기준으로 전국에서 약 8만 7000개의 치킨집이 영업을 하고 있다는 보도였다. 따라서 기사의 제목을 '치킨의 춘추전국시대'라고 뽑은 건 적당하다는 느낌으로 다가왔다. 춘추전국시대春秋戰國時代는 BC 8세기에서

BC 3세기에 이르는 중국 고대의 변혁시대를 뜻한다. BC 770년, 주周왕조가 뤄양洛陽으로 천도하기 이전의 시대를 서주시대, 이후를 동주시대라고 한다. 동주시대는 춘추春秋시대와 전국戰國시대로 나누어진다. 춘추시대는 주왕조가 도읍을 옮긴 때로부터 진晉나라의 대부大夫인 한韓·위魏·조趙 삼씨가 진나라를 분할하여 제후로 독립할 때까지의 시대를 말한다(BC 403년). 전국시대는 그 이후부터 진秦나라가 천하를 통일한 BC 221년까지이다. 춘추春秋는 공자가 엮은 노魯나라의 역사서인 『춘추春秋』에서 유래되었고, 전국戰國은 한漢나라 유향劉向이 쓴 『전국책戰國策』에서 유래되었다고 한다. 춘추전국시대는 정치, 사회, 사상 등 모든 면에서 역동적 변화를 거듭하던 시기였다. 중국의 역사 시대 중 가장 많은 고사성어를 배출한 시기이기도 하다. 그래서 격변의 어떤 현상을 비유할 때 자주 인용된다.

얼마 전 비가 오던 날 밤에 아내와 치킨집을 찾았다. 복합터미널 근처의 유명브랜드 치킨집이었다. 아르바이트를 하던 청년은 밤 10시가 되자 퇴근하고 이후부터는 늙수그레한 주인이 직접 서빙을 시작했다. 그 모습을 보면서 새삼 먹고살기 힘든 세상이라는 생각이 똬리를 틀었다. '치킨집' 관련 기사를 좀 더 살펴본다. 다음과 같은 기사가 있다.

프랜차이즈가 아닌 일반 치킨집까지 다 포함했을 때 시도별로 경기도가 1만9253개로 수가 가장 많았고, 그다음이 서울(1만4509개), 경남(5904개), 부산(5114개) 등의 순이었다. 하지만 인구 1000명당 치킨집 숫자를 따졌을 때는 전남이 2.43개로 1위, 광주가 2.34개로 2위였다. (중략) 수원과 부천뿐만 아니라 전국적으로도 치킨집 숫자는 감소세로 나타났다. 연간 치킨집 창업 규모는 2014년 9700곳까지 증가했다가 작년 6200곳으로 줄었다. 반면 폐업은 2014년 7600곳에서 작년 8400곳으로 증가세. 2015년부터는 매년 폐업이 창업보다 더 많다. 영업 비용이 늘어나는 게 원인 중 하나다. (후략)

-『C일보』 지금까지 이런 춘추전국시대는 없었다, 2019.06.04

작년 말에 나도 정년停年이라는 열차를 만났다. 촉탁직으로 연장 근무를 하고 있지만 평생 할 순 없는 노릇이다. 벌어놓은 게 없으니 치킨집 창업은 화중지병畵中之餠이다. 다만 책이 많이 팔려 그 유명세를 매개로 여기저기서 강의 요청이 많이 들어왔으면 참 좋겠다. 아프고 지난至難했던 지난날을 긍정과 성실, 열심으로 극복해 온 면면을 숨김없이 피력하고 싶다. 고작 초졸 학력의 무식쟁이가 어찌 했기에 언론사 논설위원까지 하게 되었는지를 가감 없이 밝히겠다는 의지다. 기회는 준비된 자에게 온다는 말을 믿는다.

Part 4

성취는 태도에 달렸다

형설지공
螢雪之功

반딧불과 눈빛으로 이룬 공이라는 뜻으로,
가난을 이겨내며 반딧불과 눈빛으로 글을 읽어가며
고생 속에서 공부(工夫)하여 이룬 공을 일컫는 말.

세상을 사노라면 여자는 누구라도 한 번은 딸이 되고 아내가 된다. 이어 어머니와 할머니가 되는 운명의 길을 간다. 남자 또한 마찬가지인데 아들에 이어 남편이 된다. 아울러 아버지를 넘어 할아버지가 된다. 이러한 보통의 인간의 궤적에선 또한 희로애락喜怒哀樂이 점철되고 반복된다. 한데 이 '희로애락' 중에 희락喜樂보다는 단연 로애怒哀의 비중이 압도적으로 점유하고 있다. 이 사실 역시 거개 인생의 현주소다. 오죽했으면 부처님께선 우리네 인생을 일컬어 고해苦海라 하셨을까.

이러한 까닭에 특히나 우리네 한국인들은 청출어람青出於藍 사관, 즉 부모보다는 자녀가 잘되는 일을 인생의 가장 큰 이유와 목적으로 삼으며 살아왔다 해도 과언이 아니다. 못 살았던 지난 시절, 너무도 가난했기에 헐벗고 굶주리면서도 자녀의 교육이라면 뭐든 마다치 않았던 우리네 부모님들의 정성과 희생이 그 방증이다. 교육만이 가난을 딛고 서는 성공의 사다리라는 믿음이 있었기 때문이다.

언젠가 그해 10월엔 실로 예기치 않았던 낭보朗報가 찾아왔다. 나는 그날 야근 중이었는데 아내가 전화를 했다. 아내는 내가 출근하면 웬만해선 전화를 하지 않는 사람이다. 따라서 무언가 안 좋은 일이 터졌다는 불안감이 엄습했다. 하지만 그러한 기우杞憂는 금세 희열로 치환되었다. "여보~ 기쁨을 주체하지 못해서 전화했어! 다름 아니고 우리 딸이…" 내용인즉 서울대학교의 어떤 부서에 합격했단다. 그래서 11월 초부터 정식으로 출근하는 '선생님'이 되었다는 설명이었다. 당연히 뛸 듯이 기뻤다. 잠자리채에 걸려든 잠자리처럼 신산한 일상과 빈곤의 씨줄과 날줄에 걸려들어 얼추 무기력한 처지였던 현실이 일순 타파되면서 대신 단숨에 동동거리는 마음은 비행기처럼 하늘을 붕붕 날았다. 그동안 쌓였던 스트레스까지 일거에 사라지는 느낌이었다. '아~ 내 딸이 드디어 또 해냈구나!' 딸이 서울대학교에 합격하여 상경한 건 지난 2005년이다. 그 후 대학과 동 대학원을 월등한 성적으로 졸업하였다. 따라서 그 대학에 입학한 지 11년 만에 다시금 딸은 우리 가족에게 '청출어람'의 환희와 희열까지를 동시에 안겨준 것이었다. 이는 따지고 보면 형설지공螢雪之功 덕분이었다. 우리 가족은 가장인 내가 못나서 참 어렵게 살았다. 여름이면 한증막과 같았고, 겨울엔 반대로 너무나 추워서 덜덜 떨어야만 했던 다 쓰러져가는 누옥의 셋방이었다. 그럼에도 새벽 2시가 넘도록 면학에 정진하던 아들과 딸의 모습이 지금도 선명하다. 팔불출이라고 흉볼지 모르겠지만 아이들은 정말이지 풍랑을 탓하지 않는 진정 '성실한 어부'였다.

과거에 이승만 정권에서 권부의 핵심실세로 나는 새도 떨어뜨렸다는 인물이 바로 이기붕 부통령이다. 그는 아들 이강석을 이 대통령에게 양자로 바쳤다. 이강석은 이를 기화로 전국을 돌아다니며 호가호위狐假虎威하며 오만방자敖慢放恣하기 그지없었다고 한다. 뿐만 아니라 이강석은 서울대 법대에 편입하려고까지 획책했다. 그러나 서울대 학생들의 강력한 동맹휴학으로 인해 무산되었다. 아무리 권력이 하늘을 찌르고 돈이 억수로 많다손 치더라도 여전히 아무나 갈 수 없는 곳이 바로 서울대학교다. 고로 딸의 서울대학교 '선생님 부임'은 그 얼마나 중차대한 의미를 지니고 있는

지는 더 이상 부언附言하지 않아도 될 성싶다. 이러한 업적과 어떤
쾌거는 그동안 딸이 보여준 '형설지공'의 끊임없는 노력 외에도 미
래를 간파하는 너른 생각이라는 이중주二重奏의 고운 협연協演 덕
분이었다. 우리는 때때로 환경이나 일의 어려움을 핑계로 자신의
한계를 미리 규정짓는 실수를 저지른다. 하지만 이러한 행동은 1
미터까지 자라는 코이 비단잉어를 작은 어항에 가두는 것과 같다.
이러한 까닭에 우리는 생각의 자체를 어항이 아닌 너른 강江을 목
표로 삼아야 한다. 그래야만 강에서 생활하는 코이 비단잉어처럼
크게 성장할 수 있는 기회를 얻게 될 것이기 때문이다. 딸의 서울
대 재입성再入城을 진심으로 축하했다. 알아서 잘하겠지만 아빠의
노파심에서 지금처럼 매사 겸손하고 예의를 지키며 조속히 폭넓
은 신뢰까지 구축하길 바라는 마음을 얹었다. 아울러 동천년노항
장곡 매일생한불매향桐千年老恒藏曲 梅一生寒不賣香 : 오동나무는 천년을 묵어
도 늘 가락을 간직하고 매화는 일생동안 춥게 살아도 향기를 팔지 않는다의 일편단
심一片丹心으로 매진하길 응원했다.

예의염치

禮義廉恥

예절(禮節)과 의리(義理)와
청렴(清廉)한 마음과 부끄러워하는 태도(態度).

몇 해 전 여름이었다. 띠리리링~ 하고 벨소리가 전달됐다. "네, 선배님 웬일이세요?" "오늘 시간 되냐? 날도 더운데 삼계탕이나 한 그릇씩 먹자." "좋지요, 언제 어디로 갈까요?" "에… 지금이 네 시 반(오후)이니까 한 시간 뒤 ○○삼계탕 집으로 와." "알겠습니다!" 퇴근을 불과 30분 앞두고 마치 전광석화電光石火인 양 전화를 했음에도 불구하고 후배는 흔쾌히 식당에 나타났다. 그만큼 우리 사이는 격의가 없다. 음식을 기다리고 있자 곧 펄펄 끓는 삼계탕이 나왔다. "이렇게 더운 여름엔 이열치열以熱治熱이랬다고 뜨거운 음식이 건강에도 좋아. 그나저나 휴가는 안 가냐?" "저는 휴가 없습니다. 선배님은?" "경비원이 무슨 휴가가 있겠니? 청와대 민정수석의 아들은 의무경찰임에도 1년 3개월간의 복무기간 중에만 외박과 외출을 포함해서 무려 144회나 밖으로 나가 돌아다녔다더라. 하지만 고작 '흙수저' 출신의 나로선 미천한 '개돼지'에 불과한 저급低級의 민중이니 그럴 짬이나 있겠니?" "선배님은 기자스럽게 현실을 직시하며 냉소하는 말씀이 여전하시군요." "한데 정작 틀린 말은 아니지 않느냐? 막상 자기 자신이 개돼지인 줄은 모르고 애먼 국민들 99퍼센트가 개돼지라고 발언하여 파면을 자초한 고위직 공무원의 마인드는 사실 우리 사회 상층부를 점유한 일부 식자識者들의 이심전심以心傳心이 아닐까 라는 게 내 생각이거든." "그야 그렇지만…."

"무료급식을 수십 년 동안이나 자비를 들여 실천하고 봉사한 광주직업훈련원 '사랑의 식당' 원장님이 급식 봉사활동 도중 호흡곤란 증세로 쓰러져 병원에 옮겨졌단다. 병원 측에선 폐기종 진단과 함께 인공호흡기에 연명하는 치료법을 제시했다더군. 그렇지만 허상회(당시 81세) 원장님께선 그마저 "내 치료에 쓸 돈이 있으면 급식 시설 운영비에 보태겠다."며 거부하곤 돌아와 스스로 죽음의 길을 택했다는 뉴스를 봤다. 그 내용을 보자니 감동의 샘물이 고

이더라." "정말 대단한 의인이셨군요!" "너도 그 기사 봤니?" "전 신문을 잘 안 봐서요…." "난 구세대여서인지 몰라도 아무튼 지금도 인터넷으로의 주마간산走馬看山보다는 종이신문을 꼼꼼히 애독하는 중이지. 아무튼 그런 성자聖者에 반해 재산이 너무 많아 실제의 총액이 얼만지도 모를 ○○그룹의 장녀 ○○○라는 여자의 뒷돈 챙기기 수법은 같이 늙어가는 처지에서 보더라도 실로 부끄러운 노욕老欲이 아닐 수 없다고 보아지는 대목이더라." "그래서 예부터 있는 것들이 더한다고 했잖습니까?" "맞아, 그래서 나는 그러한 류의 뉴스를 볼 적마다 문득 부악무선富惡無善이란 생각이 들어. 있는 자는 악하고 없는 사람은 착하다는……." "듣고 보니 선배님 말씀이 옳네요."

사람은 누구라도 죽으면 겨우 공수래공수거空手來空手去인 게 마지막 인생길이다. 그러하거늘 왜 그렇게 우둔한 인간은 자신의 직책과 직분에 편승하여 아들과 딸까지 제 아비에 버금가는 호가호위狐假虎威를 누리도록 하여 세인들의 지탄을 받는 것일까. 또한 자타공인自他共認의 재벌 아비를 둔 덕분에 그 집안의 '금수저' 장녀로 태어났음에도 물질적 욕심에선 결코 자유롭지 못한 처세로 일관하다 급기야 울며불며 구속된 ○○가家 장녀의 경우는 또 어떠한가. 개와 돼지는 체면을 몰라도 된다. 그렇지만 사람은 다르다. 체면體面은 남을 대하기에 떳떳한 도리나 얼굴을 뜻한다. 따라서 체면이 없는 자는 사람 축에도 못 끼는 법이다. 춘추시대 제나라 재상 관중은 예의염치禮義廉恥를 모르면 나라가 망한다고 했다. 그만큼 예의와 염치는 우리의 삶에 있어 여전히 가장 큰 덕목을 점유하고 있다. 백범 김구 선생 역시 삶에 있어 인간이라면 절대 간과해서는 안 될 최상의 덕목으로 예의와 염치를 꼽으셨다. 자격미달의 사람들이 국민을 개돼지로 분류하며 자기 자신만이 잘났다고 경거망동을 하는 짓거리를 보자면 가뜩이나 더운 날씨에 그야말로 '뚜껑이 열린다'. 확~ 그렇게. 우리는 꽃에서 향기를 기대하지만 사람에게선 예의를 기대한다. 옛말에도 '꽃의 향기는 백 리를 가고花香百里, 술의 향기는 천 리를 가지만酒香千里, 사람의 향기는 만 리를 가고도 남는다人香萬里'고 하지 않았던가.

허장성세

虛張聲勢

———

헛되이 목소리의 기세(氣勢)만 높인다는 뜻으로,
실력(實力)이 없으면서도 허세(虛勢)로만 떠벌림.

근무를 하노라면 근처의 아파트 주변 도로에 무시로 주차단속
요원이 출몰한다. 불법주차 차량을 촬영한 뒤 범칙금 통지서를 부
착한다. 이어선 견인차까지 출동하는데 그런 걸 볼 적마다 안타까
운 맘이 가득하다. 지정된 주차장에 차를 주차한다면 공연한 범칙
금을 안 물어도 되기 때문이다. 지금은 잘 모르겠지만 예전엔 주
차위반을 했더라도 차별이 있었다. 즉 국산차는 쉬 견인을 하지
만 값비싼 외제차는 그냥 두었다는 얘기다. 그럼 왜 그런 웃지 못
할 현상이 빚어졌던 것일까? 국산차와의 형평성 문제까지 제기되

어 왔던 불법 주차된 외제차의 견인포기, 아니 차라리 방기 현상
은 왜 일어났을까? 견인차량이 끌고 가려면 보조 제동장치를 풀기
위해 문을 따야 한단다. 그런데 이 과정에서 자칫 차량이 손상될
수 있는 데다 시간도 3배 이상이나 소요돼 단속반원들이 견인을
기피해 왔다는 것이다. 뿐만 아니라 소위 '진상 운전자'가 쫓아와
서 자신의 차를 견인하면서 손상이 났으니 배상을 크게 요구하면
꼼짝을 못한다나 뭐라나. 때문에 '똥이 무서워서 피하나 더러워서
피하지'라는 생각으로 아예 손을 안 댔다고 알려졌었다.

2016년 9월 5일자 C일보는 자신의 SNS에 서울 청담동 200평대
고급 빌라 내부 수영장 사진과 함께 부가티, 롤스로이스, 람보르
기니 같은 고가의 수퍼카 앞에서 포즈를 취한 이 모(30)씨 관련 뉴
스를 보도했다. 여기서 C일보는 그가 10만 명이 넘는 팔로어를 끌
어 모은 사실 외에도 이 씨가 주장한 "나는 나이트클럽 웨이터와
막노동을 전전하던 '흙수저'였지만, 주식 투자로 수천억대 자산가
가 됐다."는 말과 '증권가의 스타'로 떠오른 과정을 집중 조명했다.
그러나 이 씨의 '성공 신화'는 이후 이 씨에게 피해를 봤다는 투자
자들의 진정이 금융감독원에 잇따라 접수되면서 위기를 맞았다면
서 지금껏 파악된 피해자만 3000명 정도에 피해 규모는 1000억 원
대에 달한다고 지적했다. 이 주장이 사실이라면 그는 명백한 사기

꾼인 셈이다. 이 씨가 SNS에 올린 '부가티 베이론' 차량은 가격만 30억여 원에 달하는데 이 차는 예전 이건희 삼성그룹 회장이 구입한 것으로도 알려져 국내에서 큰 화제가 됐다고 알려져 있다. 나이도 일천한 그가 진정한 주식의 달인인지 아니면 전형적인 사기꾼인지의 여부는 수사에 착수한 검찰 몫이다(아니나 다를까 그는 결국 지난 2016년 9월 7일 구속수감됐다). 다만 내가 지적코자 하는 건 외제차에 대한 일반인들의 막역한 동경과 그 외제차에 편승한 어떤 허장성세虛張聲勢의 발견이다.

한동안 '불법 다단계 사업'이란 게 국민적 말썽과 원성의 진원지로 발동한 바 있었다. 무려 4조 원 이상이나 사기를 치고 잠적했던 조희팔 사건이나, 2조 원이 넘는 주수도의 다단계 판매가 바로 그것이다. 그들로 말미암아 피해자들은 심지어 자살까지 하는 등 후폭풍이 실로 엄청났다. 세인을 경악케 한 희대의 사건이었지만 피해자들에 대한 구제의 길은 여전히 요원하다. '다단계'라는 용어가 워낙 부정적인 인식으로 각인되다 보니 요즘엔 그 대신 '네트워크 마케팅'이라는 단어를 사용하는 추세로 보인다. 한데 불변한 건 단기간에 고수익이라는 '미끼'가 여전하다는 사실이다. 따라서 개인적으론 이를 여전히 적대시하며 또한 경계심을 늦추지 않고 있다. 섣불리 다단계에 발을 담그면 게도 구럭도 다 잃는 법이다.

Part 4

외제차 역시 마찬가지다. 돈은 없으되 마음이라도 편해야 그게 바로 진정한 삶이다. 분수에 맞지 않는 사기행각 용도의 외제차 소유는 친구들까지 잃게 되는 부메랑의 자충수가 될 수 있다. 나는 외제차보다 훨씬 좋은 차를 가지고 있다. 여름엔 에어컨이 너무 빵빵하여 차라리 추울 정도다. 반대로 겨울엔 난방까지 으뜸이어서 반팔셔츠만 입어도 춥지 않다. 그 차의 이름은 지하철과 시내버스다. 허장성세는 사상누각砂上樓閣과 같다. 언젠가는 반드시 붕괴된다. 그걸 모르는 사람들이 아직도 많으니 문제다.

남아배포
男兒排鋪
—

남아는 역시 배포와 배짱이 크고 볼 일이라는 뜻
(저자가 지은 사자성어).

고향 초등학교 동창회 일은 대부분 총무가 한다. 총무는 문자 보내기의 달인이다. 어느 해 여름, 총무 친구가 낭보를 전해 왔다. "○월 ○일 천안 광덕산 계곡에서 탁족할 예정이니 많이 참석 바랍니다." 탁족濯足은 전통적으로 선비들의 피서법이라고 전해진다. "선비들은 물에 빠져 죽어도 개헤엄은 안 친다."는 속담이 있듯 과거의 선비들은 몸이 노출되는 것을 극히 꺼렸다고 한다. 따라서 모처럼 계곡에 갔다손 쳐도 발만 살며시 물에 담갔다나. 그러나 발은 온도에 지극히 민감한 부분이다. 특히 발바닥은 온몸의 신경이 집중되어 있으므로 발만 물에 담가도 온몸이 시원해진다는 건 다 아는 상식이다. 졸졸졸 흐르는 물은 몸의 기氣가 흐르는 길을 자극해 주므로 건강에도 꽤 좋다. 지금은 허가된 구역 외에선 취사炊事가 엄격히 금지된다. 예전엔 계곡에서 천렵川獵 뒤의 취사가 가능했다. 1급 청정수에 버금가는 천안 광덕산 계곡에 어항魚缸 따위를 설치하면 물고기들이 금세 가득 잡혔다. 동행한 친구의 아들과 딸들은 그 어항에 잡힌 물고기를 신고 있던 신발에 담아 마치 장난감인 양 가지고 놀기도 다반사였다. 그런 모습을 보자면 우리들이 어렸을 적 검정고무신을 신고 등하교했던 추억이 떠올라 피식 웃곤 했다.

 "우리가 학교에 다닐 적엔 다들 그렇게 못살았지. 그래서 신발이라곤 다들 그렇게 검정고무신이었고." "맞어, 근데 요즘 아이들 신발값은 정말이지 장난이 아니더라! 운동화 한 켤레에 10만 원도 넘는다니 이게 말이나 되냐?" "내 말이. 하여간 요즘 물가는 비싸도 너무 비싸. 우리 아들놈도 메이커 없는 건 아예 거들떠도 안 본다니까. 우리가 신었던 검정고무신은 값도 참 착했는데 말여." 고무신이 우리나라에 첫 선을 보인 건 1922년이다. 따라서 그 역사는 자그마치 100년에 육박하는 셈이다. 여하튼 1922년 이후 고무신은 한때 우리나라 전 국민의 80% 이상이 애용했을 정도로 '국민

신발'이었다. 말 그대로 명실상부名實相符 신발의 대명사였던 셈이다. 고무신을 국내에 처음 소개한 업체는 대륙고무주식회사이며 그 회사의 대표는 당시 미국 대리공사였던 이하영이었다. 그는 갓 쓰고 도포를 두른 차림으로 서양 춤을 잘 춰 워싱턴 사교계에서도 인기를 끌었다고 한다. 대륙고무가 내놨던 '대장군표' 고무신은 당시의 갖신이나 짚신보다 방수도 잘됐고 실용적이었다. 여기에 임금인 고종을 광고에까지 활용함으로써 국민들에게 폭발적인 인기를 끌었다. 무엇보다 국민의 마음을 사로잡을 수 있던 고무신의 가장 큰 매력은 저렴한 가격이었다. 당시 양화점 구두 한 켤레 값은 12원이었지만 그에 반해 고무신의 가격은 고작 40전이었다고 하니 대단히 고마운(!) 가격이 아닐 수 없었으리라. 여기에 구두 못지않은 내구성과 실용성을 가진 고무신이었으니 이를 어찌 사지 않고 배길 수 있었겠는가.

지난 2016년 8월 5일자 H신문엔 이와 연관된 기사(나는 역사다- 외교가 출신 사업가 이하영)가 실렸다. 이에 따르면 어려서 찹쌀떡 장사를 할 정도로 어려웠던 이하영은 언어에 소질이 있었다. 이를 발판으로 영어를 배운 그는 이후에 출셋길이 열린다. 미국에 가서 차관 200만 달러와 미군 20만 명을 빌려오라는 고종의 밀명까지를 받기에 이른다. 하지만 그 가운데 무려 16만 달러를 자신의 유흥비로 탕진했다고 하니 이쯤 되면 호가호위狐假虎威도 그런 호가호위가 따로 없지 싶었다. 그럼에도 불구하고 고종은 그를 여전히 신임했다고 하니 이 또한 두 사람의 배포排鋪가 보통 아니었음이 쉬이 드러난다. 아울러 이 같은 일화는 임진왜란 당시의 또 다른 영웅이었던 역관 홍순언의 지난날을 새삼 돌아보게 되는 계기로 발전하게 된다.

홍순언이라는 역관譯官이 있었다. 선조 임금 재위 당시 그가 나랏일로 중국에 갔다. 북경에서 하루는 홍순언이 최고급 유곽을 찾았다. 어린 처녀가 술상을 들고 오는 몸짓과 모양새가 술집 여자답지 않았다. 이에 홍순언이 처자의 정체를 묻자 그녀는 "저는 남쪽 절강성이 고향인데 무남독녀로 아버지를 잃었습니다. 하나 아버지의 장례비가 없어 그 돈을 벌고자 여기까지 왔습니다."라고 했다. 이에 홍순언은 측은한 마음에 조선으로 돌아갈 돈을 뺀 나머지 돈을 모두 주었다. 얼마 뒤에 그 처녀는 상처喪妻한 석성石星의 아내가 되었다. 이로부터 8년 뒤 선조 25년 임진년에 왜란이 터졌다. 그때 석성은 지금의 국방부장관에 해당하는 명나라의 병부상서兵部尙書가 되었다. 결국 그녀는 자신의 남편을 움직여 홍순언이 요청한 명군의 조선출병까지를 가능케 했다. 이런 걸 보더라도 남아는 역시 배포와 배짱이 크고 볼 일이다. 언제부턴가 남자친구가 군대에 가 있는 사이, 여자가 헤어짐을 통보하면 이를 일컬어 "고무신을 거꾸로 신었다."고 표현하고 있다. 그렇지만 이는 매우 실용적이며 가격까지 감사한 고무신에 대한 예의가 아니다. 따라서 앞으론 그처럼 안 좋은 표현은 삼갔으면 좋겠다. '고무신도 짝이 있다'는 말도 있거늘.

토사금사

土柶金柶

———

흙수저와 금수저를 뜻하는 말
(저자가 지은 사자성어).

고된 야근을 마칠 시간이 다가왔다. 어서 빨리 귀가하여 아내가 차려주는 따뜻한 아침밥을 먹고 싶다. 천근만근千斤萬斤인 눈꺼풀도 쉬게 해주고 싶다. 아침이든 저녁이든 밥을 먹자면 숟가락을 들어야 한다. 아내와 부부가 된 이래 최초로 살았던 집은 반 지하의 초라한 셋방이었다. 숟가락 두 벌에 밥과 국그릇, 비키니 옷장과 요강 하나가 살림살이의 전부였다. 그야말로 남루하기 이를 데 없는 '흙수저 부부'의 출발이었다. 외식은 한 달에 딱 한 번, 나의 월급날뿐이었다. 삼겹살도 맛있지만 살얼음이 동동 뜬 동치미가 더 기가 막혔던 식당이 우리의 단골 외식 집이었다. 이듬해 아들을 낳고 아들이 점차 성장하자 녀석도 수저를 들고 밥을 먹기 시작했다. 세월은 여류하여 아들과 딸도 학생이 되었다. 하지만 '흙수저' 출신의 서민이었던 나는 아이들에게 남들처럼 사교육을 시켜줄 입장이 못 되었다. 그렇다고 공부 잘하는 아이들을 수수방관袖手傍觀할 수도 없었다. 좌고우면左顧右眄 끝에 주말과 휴일이면 함께 도서관을 다니며 다양한 장르의 책을 읽고, 독후감을 남기도록 했다. 덕분에 두 아이 모두 성적이 비약적으로 신장되었다.

2015년에 개봉된 방화邦畫 '베테랑'의 주인공 유아인은 '금수저의 베테랑' 연기로 일약 스타덤에 올랐다. 이는 또한 금수저 논란을 시대적 화두의 한복판으로 끌어들이는 동기까지를 마련했다. 여태 금수저로 밥을 먹어본 적은 전무하다. 고로 금수저로 식사를 하면 더 맛이 있는지는 모를 일이다. 그렇긴 하되 지금도 여전히 소위 금수저 출신들의 경거망동輕擧妄動과 파렴치, 안하무인眼下無人과 구나방(말이나 행동이 모질고 거칠고 사나운 사람을 이르는 말) 치부 행각이 판을 치는 현실을 보자면 울화가 치밀어 견딜 재간이 없다. 연전年前 전 ○○○리퍼블릭 대표가 일으킨 이른바 '게이트'로 말미암아 금수저 출신의 판·검사 출신 엘리트 변호사들이 줄줄이 쇠고랑을 찼다. 이뿐만이 아니다. 국민의 혈세로 조성된 엄청난 공적자금이 투입된 대우조선해양에선 전직 사장들이 각종의 편법과 분식회계, 사기 대출 등의 비리 종합세트를 총동원하였다. 마치 주인 없는 공동우물에서 물 퍼가듯 하여 이들 역시 법의 심판이 목전目前이었다. 상탁하부정上濁下不淨이랬다고 윗물이 그처럼 흐리면 아랫물 역시 깨끗하지 못하다. 대우조선해양의 일개 차장급 직원마저 8년 동안이나 회사 돈 180억 원을 빼돌려 온갖 사치를 누리며 별의별 짓거리를 자행했다고 하니 말이다. 따라서 이는 정말이지 유아인의 대사처럼 "어이가 없네!"가 아닐 수 없었다.

야근을 마치고 아침에 귀가하노라면 어르신들께서 휴·폐지를 줍느라 고생하시는 모습을 쉬 보게 된다. 그러나 하루 종일 동분서주東奔西走해 봤자 불과 1만 원도 벌 수 없는 게 엄연한 현실이다. 흙수저 출신의 국민과 서민은 지금 이 시간에도 준법정신에 의거, 성실하고 착하게 살고자 고군분투孤軍奮鬪 중이다. 그렇지만 금수저 출신들은 그렇지 아니한 듯 보여 심히 유감이다. 같은 금수저 출신의 일부 법조인들이 서민들은 평생을 굶으며 모아도 도저히 불가능한 수임료를 한꺼번에 받는 경우도 있다고 한다. 그러다가 구속까지 되는 모습 또한 이는 그들만의 부도덕한 메커니즘 리그를 새삼 천착할 수 있는 계기에 다름 아니었다. 이러한 금수저 출신들의 잇따른 비도덕적 복마전과 같은 점입가경漸入佳境 행태는 국가별 부패 인식 지수에서 우리나라가 OECD 34개 회원국 가운데 겨우 하위권에 머물러 있는 이유를 제공했다고 보는 시각이다. 오늘도 대다수 흙수저土柶 출신 국민들은 자신과 가족을 위해 최선을 다하는 삶을 묵묵히 경주하고 있다. 그렇지만 일부의 금수저金柶들은? 내가 여전히 금수저를 거들떠도 안 보는 이유가 바로 여기에 있다. 사람은 상식적이고 정직하게 살아야 옳다. 그래야 아이들이 보기에도 면목이 선다.

세월무상
歲月無常
———

세월의 속절없음을 뜻하는 말.

지자체마다 사외보 형식의 월간지를 만들고 있다. 유성에서 지하철을 타다가 우연히 '행복유성'을 보게 되었다. 유성구청에서 제작하는 월보月報인데 편집진의 땀과 정성이 오롯이 담겨있어 보기에도 좋았다. 흐뭇한 마음으로 일독하던 중 "추억이 담긴 사진 받습니다."라는 공지 글을 보게 되었다. 유성의 옛 모습과 귀여운 아이들의 모습 등 예쁜 사연이 담긴 사진이면 된다고 했다. 그래서 30여 년 전의 아들 사진을 찾아 사진으로 찍어 이메일로 보냈다. 사진의 내용은, 당시 처가가 있던 충남 대덕군 구즉면 문지리(현 대전시 유성구 문지동)의 비포장도로를 걷는 모습이었다. 아들의 옆에는 아들보다 한 살이 위인 처조카가 아들과 손을 잡고 함박웃음을 짓고 있으며 뒤에는 나와 아내, 처형妻兄이 보이는 사진이었다. 사진은 과거를 가두는 사각형의 요술이다. 때문에 "남는 건 사진밖에 없다."는 말을 하는 것이다. 아무튼 얼마 뒤 이메일이 왔는데 내가 보낸 글과 사진이 채택되었단다. 원고료 입금용 통장 사본과 계좌번호를 알려달라는 내용이었다. 덕분에 지난 세월의 사진을 다시 보게 되니 만감이 교차했다. 아울러 세월무상歲月無常을 새삼 곱씹게 되는 계기가 되었다.

얼마 전 친구들과 저녁식사를 했다. 그런데 치아가 부실한 탓에 고기도 못 씹고 그저 부드러운 두부요리 내지 술과 같은 물 종류로만 배를 채웠다. 이가 시원찮은 까닭은 나이도 나이려니와 지난 시절 숱한 와신상담臥薪嘗膽의 세월을 살아온 데 따른 당연한 어떤 상처 때문이다. 나이를 먹어 늙는다는 건 슬픈 일이다. 그렇긴 하지만 세상에 그 어떤 것이 감히 생로병사生老病死를 거역할 수 있으랴! 또한 뭐든 마찬가지겠지만 매사는 그걸 부정적이기보다는 긍정적 마인드로 치환하는 지혜를 빌리는 것이 중요한 법이다. 진부한 얘기겠지만 노인을 공경하고 노인을 보호할 줄 아는 사회가 복된 사회의 초석이다. 어린 아이들이 가정의 꽃이라면 노인은 지혜의 등불이기 때문이다. 이왕지사 노인의 얘기를 하는 김에 내가 생각하는 '노인의 지혜'를 보너스로 밝히고자 한다.

언젠가 아내가 지인의 소개로 다슬기를 1만 원어치 사 왔다. '다슬기'의 충청도 방언은 '올갱이'다. 그래서 식당 등지에선 지금도 '올갱이 해장국'이라고 써놓고 판다. 다슬기는 1급 청정수에서만 자라는 녹색빛깔까지 참 고운 식재료다. 영양면에서도 아미노산의 함량이 높아 간 기능을 돕는다고 알려져 있다. 구입한 다슬기는 우선 고무장갑을 끼고 비벼서 씻고 껍질의 이물질을 제거한 뒤, 3시간 이상 물에 담가 해감시켜야 깨끗하다. 된장과 아욱을 넣어 국으로 끓여 먹거나 무침 등의 요리를 해서 먹어도 별미다. 다슬기는 숙취 해소와 다이어트, 시력보호에도 좋다. 신장에 작용하여 대소변을 잘 나오게 한다는 설도 있다. 그런데 바늘로 살(고기)을 빼낼 때, 왼쪽이나 오른쪽으로 살살 돌리는 게 살을 모두 빼내는 포인트다. 이 또한 나의 경험에서 우러난 어떤 지혜임은 물론이다. 이 같은 지혜와 '생활 속의 상식'은 부지기수다. 양파껍질을 벗길 때 눈을 안 맵게 하려면 양파껍질을 물속에서 벗기면 된다. 바나나는 보관하기가 쉽지 않다. 껍질을 벗겨 비닐봉지에 싸서 냉동실에 넣어 얼리면 여름철에 알맞은 냉과冷果가 된다. 손님들이 먹다 남긴 소주를 식당에서 삼겹살 등을 먹은 뒤 생긴 기름기를 제거하는데 사용하듯 김빠진 맥주도 버리지 말자. 고등어나 꽁치 등 비린내가 많이 나는 생선을 먹다 남은 맥주에 10분쯤 담가 놓으면 비린내가 말끔하게 없어진다. 잘 안 쓰는 향수를 머리감을 때 마지막 헹구는 물에 한두 방울 떨어뜨려 사용하면 하루 종일 은은한 향이 풍겨 나와 기분전환에도 그만이다. 흔히 세월무상歲月無常이라고 푸념한다. 그렇지만 마음을 긍정으로 바꾸면 오히려 세월무상歲月無上으로 거듭나는 반가움의 전기轉機로 작용한다. "1명의 노인이 사라지면 도서관 하나가 사라진다."는 아프리카 속담을 가슴에 채우며 더 건강하고 당당한 노인이 되고 볼 일이다.

경비업법
警備業法

경비업에 관하여 필요한 사항을 정한 법률
(저자가 지은 사자성어).

회사 건물의 화장실에 들어서니 다음과 같은 안내문이 붙어 있었다. "고객님, 여기서 제발 흡연하지 마세요! 누군지는 대충 알고 있지만 이름은 굳이 밝히지 않겠습니다. 여기서 담배를 태우시면 많은 직원들이 힘들어집니다." 순간 그 흡연자는 고객 '님'이 아니라 진상 손님 '놈'으로 바뀌어 그 위상마저 순식간에 추락하는 느낌이었다. '님'은 그 사람을 높여 이르는 말이며 '씨'보다 높임의 뜻을 나타낸다. 반면 '놈'은 '남자'를 낮잡아 이르는 말임과 동시에 적대 관계에 있는 사람이나 그 무리를 이르는 말이다. '도둑놈', '나쁜 놈', '죽일 놈' 등이 이에 해당한다. 언젠가 아파트 경비원의 얼굴을 담뱃불로 지진 주민이 경찰에 입건됐다. 경비원이 주민에게 전화 통화를 조용히 해달라고 요청하자 아파트 입주민이 폭언을 퍼부으면서 경비원에게 한 짓이라고 한다. 담뱃불의 온도는 자그마치 5백도나 된다. 따라서 담뱃불로 말미암은 화상은 어쩌면 평생 지워지지 않는 '주홍글씨'와 같다. 그럼 실로 어처구니없는 이 사건 발생의 개요를 보자. 지난 2016년 9월 19일 새벽 광주시의 한 아파트에서 주민 이 모 씨가 경비원 차 모 씨를 폭행하고 담뱃불로 뺨을 3차례 지지는 등 2도 화상을 입혔다고 한다. 이 씨는 지하주차장에서 큰 소리로 전화통화를 하다 순찰 중인 차 씨로부터 "조용히 해 달라."는 요구를 받자 범행을 저질렀다는 것이다. 뿐만 아니라 그는 "하찮은 경비원 주제에 감히 이래라 저래라야. 입주민 회장에게 이야기해서 잘라버리겠다."는 협박까지 한 것으로 알려졌다고 하기에 더욱 공분公憤의 '뚜껑이 열렸다'. 자신의 아들뻘 되는 경비원에게 그 같은 짓거리를 저지른 입주민은 더 이상 '입주민 님'이 아니라 '못된 놈'이 되는 셈이다.

그해 6월엔 또 수원에 사는 30대 남성이 복도에 내놓은 옆집 유모차를 왜 치우지 않느냐면서 60대 아파트 경비원을 폭행한 사건이 발생해 다시금 '갑질 논란'이 불거졌다. 자신의 아버지뻘인 60대

아파트 경비원에게도 인권이 존재한다는 사실을 평소에 조금이라도 인지했더라면 시원한 음료수 제공은 고사하고 어찌 그런 횡포까지 자행할 수 있었을까. 이와는 반대로 부산의 어떤 아파트에서는 입주민의 배려로 경비실 앞에 '무료 생수 보급소'를 설치 운영하여 칭찬이 자자했다고 한다. 이 아파트의 주민 이 모 씨가 매일 오전 9시를 전후로 전날 미리 얼린 500리터 용량의 생수 30여 병을 아이스박스에 넣어두었단다. 그러면서 아이스박스 위에는 "집배원님, 환경미화원님, 택배기사님, 경비원님, 이 시원한 생수 드시고 힘내세요!"라고 적혀있었다니 이 얼마나 대단히 감사한 '입주민 님'이 아니었겠는가!

나도 현재 경비원을 하고 있지만 사실 소위 '진상' 손님과 고객들이 적지 않다. 지금은 안 그렇지만 예전엔 주차비를 안 받는다는 걸 알고 무단주차에 장기주차는 기본이었다. 연락처마저 적어놓지 않아 소유자를 파악하는 것도 쉽지 않았다. 어찌어찌 어렵사리 연락을 취하면 십중팔구十中八九 통명스럽기 그지없었다. 욕이나 안 들으면 다행이란 생각에 묵묵부답黙黙不答했지만 경비원도 엄연히 사람이다. 따라서 이를 속으로 억누르고자 하니 화병火病까지 생기는 느낌이었다. 시중은행이 경비원을 불법으로 은행 업무에 동원하고 쌀 등을 배달하도록 하는 등 노동을 착취했다는 폭로가 이어져 논란이 되고 있다는 뉴스를 봤다. 은행 경비원은 경비업법警備業法에 따라 경비업무만 해야 한다. 나는 집에 있는 냉장고에 항상 음료를 채워두고 있다. 이는 나처럼 힘든 일을 하시는 집배원과 택배기사 아저씨들이 오시면 드리고자함에서다. 어느 노래의 가사에도 있지만, '님' 이라는 글자에 점 하나만 찍으면 '남'이 되는 게 세상사의 이치다. 님과 놈의 차이도 마찬가지다. 공공건물의 화장실에서 흡연을 하고, 몰래 주차를 하는가 하면, '하찮은 경비원'이라고 폭행하는 따위는 모두 더 이상 '님'이 아니라 '놈'일 따름이다. '좋은 님'보다 '나쁜 놈'이 많은 세상은 생각만 해도 끔찍하다.

조로서도
鳥路鼠道

———

새와 쥐의 길이란 뜻으로 매우 험난함을 일컫는 말.

"목숨 걸고 쌓아 올린 사나이의 첫사랑~ 글라스에 아롱진 그 님의 얼굴~ 피보다 진한 사랑 여자는 모르리라~ 눈물을 삼키며 미워하지 않으리~"

이 노래의 제목은 지난 1966년에 발표된 가수 정원의 가요 '미워하지 않으리'다. 세월처럼 빠른 건 다시 없다. 이 곡이 나온 지도 어느새 54년이나 흘렀다. 몹시 빨리 지나가는 세월을 비유적으로 이르는 말인 극구광음隙駒光陰을 새삼 논하지 않을 수 없다. 하기야 세월은 쏘아버린 화살이라고 했으니 어쩔 수 없는 일이지만 말이다. '미워하지 않으리'를 떠올린 이유는 이 노래의 가사 중 '미워하지 않으리'라는 가사가 마음에 낙점되었기 때문이다. 근무 특성 상 주근晝勤 하루에 이어 야근夜勤을 이틀 연속 한다. 따라서 이처럼 사흘 계속 근무를 마치는 날이면 녹초와 파김치가 된다. 여기에 대근代勤이 하루 끼어들면 이건 그야말로 초주검이다. 직장 동료에게 대근을 부탁해야 하는 날은 무시로 닥친다. 지인의 관혼상제冠婚喪祭가 발생할 때가 가장 절실하다. 그런 날에도 일(근무)을 하는 날과 맞물리면 관혼상제 장소에 갈 수 없다. 한마디로 '사람 구실'을 못 한다. 때문에 고육책으로 대근을 부탁하는 것이다. 그리곤 다음에 똑같은 형식으로 대근을 해 주거나, 임금의 일당을 쳐서 현금으로 지급하는 것이다. 그런데 후자의 경우는 돈이 개입되므로 가급적이면 몸으로 때우는 전자를 선호한다.

지난 6월까지야 코로나19 사태로 모임까지 모두 취소되었지만 이 상황이 종료되면 관혼상제冠婚喪祭와 각종의 모임(동창회, 작가 회동, 기자단 회의 등) 또한 봄꽃들처럼 활짝 만개할 게다. 대근은 주로 야근으로 하게 되는데 가장 힘든 시간이 이튿날 새벽이다. 가뜩이나 잠 한숨 못 자고 변변치 못한 체력으로 근근이 버티는 터다. 여기에 전날 밤 10시에 이어 오늘 새벽 4시에 다시 또 회사 건물 전체(21층) 순찰을 하자면 정말이지 KBS-TV 특선 다큐 '차마고도'에 나왔던 조로서도鳥路鼠道를 점철하는 양 그렇게 지치고 힘이 든다. '차마고도'는 중국 윈난성에서 생산된 차와 소금을 티베트, 미얀마, 인도로 실어 나르는 길이(었)다. 험준하기가 이루 말할 수조차 없는데 여기에 설상가상雪上加霜으로 새와 쥐만 다닐 수 있고 사람이 다니기에는 너무도 좁고 위험한 길이라 '조로서도'라는 이름이 붙었다. 본방송에 이은 'KBS스페셜 차마고도 700일간의 제작기록'을 보면 해발 4,000미터가 넘는 험준한 길과 눈 덮인 5,000미터 이상의 설산 등은 보는이 것만으로도 다시금 아찔함을 안겨준다.

코로나19는 사람의 면역력에 따라 걸리는 사람이 있고, 걸리지 않는 사람이 있다. 봄나물은 보약이며, 족욕과 반신욕을 자주 하면 면역력 강화에도 도움이 된다고 한다. 굳이 이런 말을 하지 않아도 요즘엔 정말이지 건강에 신경 써야 하는 때다. 외출이나 나들이를 할 때는 반드시 마스크와 손 세정제를 준비하여 건강을 도모해야 되는 나날이다. '눈물을 삼키며 미워하지 않으리?' 아니다. '입술을 꽉 물고 대근하지 않으리!'가 정답이다. 건강 얘기를 한 김에 '10가지 건강명언'을 첨언한다. 첫째, 항상 감사하게 산다. 둘째, 세상을 긍정적으로 본다. 셋째, 일부러라도 웃는 얼굴 표정을 한다. 넷째, 칭찬하는 습관을 들인다. 다섯째, 정직하게 산다. 여섯째, 상대의 입장을 생각한다. 일곱째, 가끔은 손해 보는 일도 한다. 여덟째, 인사를 잘 한다. 아홉째, 약속시간보다 일찍 가서 기다린다. 열째, 하루 세끼를 맛있게 천천히 먹는다. 이를 모두 실천하고 건강해진다면 그 어떤 조로서도조차 거뜬히 등정할 수 있으리라.

건곤일척

乾坤一擲

———

하늘과 땅을 걸고 운에 맡겨 한번 던져본다는 뜻으로,
자신의 모든 운을 하늘에 맡기고 어떤 일을 단행함을 비유하는 말.

한신韓信은 중국 한漢나라 초初의 무장이다. 애초 초楚나라의 항
우項羽를 섬겼으나 중용되지 않았다. 항우는 만인지적萬人之敵이었
으나 특유의 안하무인眼下無人과 잔인함으로 유방劉邦과 크게 대비
되었다. 한신은 어려서 매우 가난했지만 항상 칼을 차고 다녔다.
장차 불패不敗의 무장武將을 꿈꾸었기 때문이었다. 그는 끼니조차
제대로 먹을 수 있는 형편이 되지 못해 심지어 강가에서 빨래하던
아낙네에게 밥을 얻어먹었다. 진나라 말 나라의 국운이 기울면서
난세가 시작된다. 항우가 그의 숙부인 항량項梁과 함께 군사를 일

으켰는데 한신은 이에 가담하였다. 그렇지만 미천한 신분이라는 이유로 요직에 중용되지 못했고 한직으로 전전했다. 한신이 불우하던 젊은 시절에 시비를 걸어오는 시정市井 무뢰배의 가랑이 밑을 태연히 기어나갔다는 일화 때문에 과하지욕胯下之辱이라는 고사가 생겨났다.

아무튼 한신은 항우의 성품이 거만하여 자신의 재능을 알아보지 못하자 결국 유방劉邦의 진영에 가담하였다. 유방의 휘하에서도 인정을 받지 못하다가 하후영이 한신의 탄식을 듣게 된다. 하후영은 한신의 재능을 알아보고 승상 소하蕭何에게 추천하였고 소하는 한신의 재능을 인정하였다. 소하는 유방과 함께 군사를 일으킨 사람으로 유방의 절대적인 신임을 받고 있는 인물이었다. 소하는 한신이 한나라 진영에서 달아나자 그를 다시 데려와 유방에게 천거하였고 파격적으로 삼군 총사령관인 대장군에 임명되었다. 한신은 '해하의 결전'에서도 두각을 나타냈다. 해하垓下의 결전決戰은 중국 진秦나라 말기에 한나라의 유방과 초나라의 항우가 벌인 결전을 말한다. 항우는 해하에 포진하였으나 한漢 군에게 여러 겹으로 포위되었다가, 마침내 패주하여 양쯔강揚子江 북쪽 기슭 우장烏江의 도선장에서 자결했다. 사면초가四面楚歌와 우미인虞美人의 고사는 이 싸움에서 유래되었다. 유방은 이 싸움에서 참수斬首 8만이란 대승리를 거두고 초의 영토를 차지한 뒤, 같은 해 황제의 위에 올라 한왕조漢王朝를 성립시켰다. 한신은 유방의 군사를 지휘하여 위魏, 조趙, 제齊 등 제국諸國의 군세까지 격파하였다. 특히 조趙나라 와의 싸움에서 한신의 재능은 더욱 유감없이 발휘되었다. 한신의 기세가 날로 커지자 새로운 변수로 떠오르게 되었다. 아니나 다를 까, 한신은 크게 공을 세우자 유방에게 제나라 왕齊王의 자리를 요 구했다. 유방은 울며 겨자 먹기 식으로 그러마고 했으나 후일 이 일로 한신과 등을 돌리게 되었다. 유방은 한신을 초楚나라 왕으로 임명하지만 그 자리는 병권兵權이 없고 제왕으로 명분만 있는 자 리였다. 한신은 고향인 초나라 왕으로 금의환향錦衣還鄕하면서 예 전 자신이 불우한 시절에 밥을 먹여준, 빨래하던 아낙네에게 천금 으로 은혜를 갚았는데 이를 두고 일반천금一飯千金이라는 사자성어 가 생겼다.

유방이 황제로서 제후국을 순회하며 초나라를 방문하자 한신 은 자신에게 위협이 될 것으로 짐작하였다. 자구책으로 한신은 유 방을 안심시키고자 자신에게 의탁해 온 종리매鐘離昧의 목을 베어 유방에게 바쳤다. 종리매는 항우 휘하에서 활약했던 유명한 장수 로 유방의 진영을 괴롭혔던 인물이었다. 하지만 이 일은 오히려 한신에게 불리하게 작용하여 민심을 잃었고 유방은 한신을 모반

죄로 체포하여 장안長安으로 압송하였다. 이때 한신은 유방을 원망하며 토사구팽兎死狗烹이라는 유명한 사자성어를 남겼다. 유방이 원정으로 인해 자리를 비운 동안, 유방의 부인 여후呂后와 승상 소하에 의해 진희陳豨가 일으킨 반란을 공모했다고 모함받은 후 참살되었다. 유방의 아내 여후呂后는 잔인하기 이를 데 없는 여자였다. 유방의 총애를 가장 많이 받았던 후궁에 척부인戚夫人이 있었다. 여후는 유방이 죽자 곧장 척부인에게 복수의 칼날을 들이댔다. 척부인의 두 귀를 불로 지지고, 벙어리가 되는 약을 먹였다. 두 눈을 파내고 사지를 자른 후 변소에 버렸다. 여자의 용모가 너무 빼어나면 운명이 기박하다는 뜻을 지닌 가인박명佳人薄命의 사자성어를 떠올리게 된다. 일반적으로 천하삼분지계天下三分之計는 『삼국지』의 제갈공명이 유비에게 내놓은 엄청난 계획으로 알려져 있다. 이 아이디어는 그러나 이보다 먼저 한신의 책사였던 괴통이 내놓았다고 한다. 이에 한신은 망설이다가 '최대 공신인 날 어찌 하겠는가?'라는 생각에 그 조언을 물리쳤다. 건곤일척乾坤一擲과 기사회생起死回生의 기회를 모두 날린 것이다. 건곤일척은 운명과 흥망을 걸고 단판으로 승부나 성패를 겨룬다. 오직 이 한 번에 흥망성쇠興亡盛衰가 걸려있기 때문이다. 괴통의 말을 듣지 않아 비극을 자초한 한신에게서 기회란 것을 외면하면 그것이 반대의 해로움으로 돌아올 수 있다는 사실을 깨닫게 된다. 지난 4·15총선에서 건곤일척의 기회를 놓친 인사들이 적지 않았다. 물이 들어올 때 노를 젓는 것은 상식이다. 썰물이라서 노를 저을 수 없음에도 배를 띄우는 것처럼 어리석은 짓이 또 없다. 희대의 명장이었던 한신의 마지막이 꼭 그랬다는 느낌이다. 역사는 교훈이다.

성취는 태도에 달렸다

행복다집
幸福多集

―――

행복의 순간들을 많이 모아 살아감을 이르는 말
(저자가 지은 사자성어).

모처럼 계룡산鷄龍山을 찾았다. 계룡산은 충청남도 공주시, 계룡시, 논산시, 대전광역시에 걸쳐 있는 산이다. 지도상으로 대전·공주·논산을 연결하여 세모꼴을 그린다면 그 중심부에 자리 잡은 것이 계룡산이다. 주봉인 천황봉에서 연천봉, 삼불봉으로 이어지는 능선이 마치 닭 볏을 쓴 용의 모양을 닮았다고 하여 '계룡산'이라고 부른다. 계룡산은 풍수지리에서도 우리나라 4대 명산으로 꼽힐 뿐 아니라, 관광지로도 제5위를 차지하여 국립공원으로 지정되어 있다. 특히, '계룡팔경'은 경치가 아름다워 많은 관광객이 찾아든다. 계룡팔경鷄龍八景은 천황봉天皇峰의 해돋이, 삼불봉三佛峰의 겨울눈꽃雪花, 연천봉連天峰의 해넘이落照, 관음봉觀音峰의 구름閑雲, 동학계곡東鶴溪谷의 신록新綠, 갑사계곡甲寺溪谷의 단풍, 은선폭포隱仙瀑布의 자욱한 안개, 오뉘탑男妹塔의 밝은 달明月이다. 계룡산은 삼국시대부터 큰 절이 창건되었다. 지금도 갑사·동학사·신원사 등 유서 깊은 대사찰이 우뚝하다. 비단 불자가 아니더라도 연중무휴年中無休인 이 사찰을 찾는 인파의 발걸음이 분주하다. 계룡산은 공주·부여를 잇는 문화 관광지로, 유성온천과도 연결되는 대전광역시 외곽의 자연공원으로도 크게 소문이 났다.

계룡산을 찾은 날엔 비가 많이 내린 탓에 벚꽃나무는 얼추 끝판이었다. 그러나 제법 시원하게 부는 바람으로 인해 난분분한 벚꽃과 기타의 꽃잎들로 말미암아 역시 명불허전名不虛傳의 명산임을 느끼게 하였다. 한 시간여 동안 산책을 즐기자니 마음도 점차 '맑음'으로 치환되었다. 정류장으로 나와 잠시 기다리자니 버스가 왔다. 버스를 타고 둔산동에 도착하자마자 눈에 띄는 중국집으로 들어섰다. "여기 짬뽕 하나요~" 홍합이 수북한 짬뽕이 마침 시장기에 허덕이던 배를 포만감으로 채워줬다. '이 얼큰하고 시원한 짬뽕은 우리 딸도 참 잘 먹을 터인데……!' 그러나 딸이 집에 오는 날이나 돼야 비로소 그날 잘 먹은 해물짬뽕을 사줄 수 있을 것이었다. 외손녀의 양육에 하루가 어찌가는 지도 모르겠다는 딸이다. 그처럼 수고가 많은 딸을 보자면 당장이라도 아내를 서울에 올려 보내고만 싶다. 그렇지만 자기 몸뚱이 하나 건사조차 못 하는 고 삭부리 아낙이다 보니 늘 생각에 그칠 뿐이다.

외손녀가 첫돌을 지나면서 걸음마를 시작했다. 따라서 머지않 아 성큼성큼 걷는 날도 오리라. 올여름이면 친손자도 첫돌잔치를 한다. 친손자 역시 올겨울이면 아장아장 걸을 것이다. 그러면 딸 네와 아들네 식구 모두 초대할 작정이다. 그리곤 짬뽕이든 칼국수 든 배가 터지게 사주리라. 아들이 차를 가지고 온다면 계룡산 인 근에 포진한 '맛집 타운'으로 가 볼 일이다. 배가 부르자 공복空 腹의 짜증까지 말끔히 희석되었다. '이제 또 출근하여 오늘의 야근 에 최선을 다하자! 이른 시간이긴 하되 이왕지사 사무실 근방에 일찍 왔고 하니 전임자와의 업무 교대시간을 대폭 앞당겨 주자.' 그럼 오늘 주간근무를 하느라 심신이 녹초가 돼 있을 전임자는 거 의 한 시간 이상 일찍 귀가하는 셈이다. "안녕하세요? 오늘도 수고 많으셨습니다." "아이구, 벌써 나오셨어요?" "네, 계룡산에 갔다가 조금 일찍 출발했습니다. 어서 옷 갈아입으시고 퇴근하세요!" "번 번이 일찍 교대해 주셔서 정말 고맙습니다!" "아닙니다."

"행복은 멀리서 찾지 말고 가까운 곳을 살펴보라."는 말이 있다. 아직 건강하기에 딱히 장복하는 약은 없다. 그렇다면 이 또한 행복이 아닐는지. 업무교대를 마친 뒤 건물 밖으로 나가 잠시 바람을 쐬었다. 계룡산과 달리 미세먼지가 장악한 대전시내의 공기는 상쾌하지 않았다. 그럼에도 애써 마음속으로는 이렇게 부르짖었다. "행복 多 모여! 우물쭈물하지 말고 냉큼~" 내 스스로 느끼는 행복다집幸福多集의 구호였다. 행복은 스스로 만들어 가는 거다.

과욕필화
過慾必禍

과한 욕심은 화를 불러일으킨다는 뜻
(저자가 지은 사자성어).

"여보, 나 머리염색 하고 올게." 아내가 신발을 신으며 말했다.
"올 때 물 좋으면 생선도 좀 사와." 아내는 모 전통시장 안에 위치
한 단골미용실에 간다고 했다. 그 가게는 염색만 하면 1만 원, 거
기에 커트로 머리를 손질하면 추가로 1천 원이 추가된다. 그러므
로 머리를 깎고 염색까지 하자면 1만 1천 원이 드는 셈이다. 요즘
엔 염색만 주로 하는 이른바 '염색방'도 많다는데 그곳에선 8천 원
안팎으로도 머리염색이 가능하다고 들었다. 아내는 평소 이처럼
가격이 착한 미용실만을 찾는 '짠순이 아줌마'다. 하지만 그해 3월

의 딸내미 결혼식 때는 정말이지 큰맘을 먹고 모 예식장 안에 위치한 미용실을 찾았다. 한데 그곳에서 머리손질을 하고 집에 오자마자 불만을 담아 구시렁거렸다. "10만 원이나 주고 한 머리인데 영 맘에 안 들어!" 그러더니 거울을 보며 스스로 머리손질을 다시 했다.

지금은 풍속도가 과거와 달라져 남자들도 곧잘 미용실에 가서 머리를 만진다. 내가 자주 애용하는 동네에 단골미용실이 있다. 머리만 깎으면 6천 원, 샴푸 등으로 감겨주면 1천 원을 더 받는다. 언젠가 충주지역의 어떤 미용실 주인이 장애인을 대상으로 터무니없이 비싼 요금을 받아온 것이 알려졌다. 급기야 경찰이 수사에 나섰다는 뉴스가 화제였다. 충주경찰서와 충주장애인자립생활센터에 따르면 뇌병변 장애인 이 모 씨는 충주시 연수동 모 아파트 상가미용실에서 머리를 염색했다고 한다. 해당 미용실을 이용한 경험이 있는 이 씨는 종전대로 10만 원 정도 선에서 염색해 줄 것을 요구했단다. 그렇지만 미용실 원장은 염색이 끝난 뒤 이 씨의 신용카드를 사용해 미용요금으로 무려 52만 원이나 결제했다고 하여 전국적으로 비난이 거셌다. 이 뉴스를 접하면서 요즘도 유행(?)한다는 '갑질'이 심지어 미용실에서도 벌어지는가 싶어 분개심憤慨心이 하늘을 찔렀다. 피해자의 하소연처럼 52만 원이라면 당사자로선 한 달 생활비와 맞먹는 거액이다. 그처럼 엄청난 금액을 머리염색비로 받아 '챙겼다'는 사실은 도움을 주어도 시원찮을 사회적 약자인 장애인에게 끼친 또 다른 인권유린이자, 일반적 상식과 정서까지를 붕괴시킨 일종의 만행蠻行에 다름 아니란 생각이었다. 이 사건이 보도되고 일파만파一波萬波가 되자 결국 해당 미용실은 영업을 중단했다. 검찰은 결심공판에서 그 원장에게 징역 1년 6개월을 구형했다. 검찰은 장애인 등에게 상대적으로 과한 요금을 상습적으로 청구했고 죄질이 불량하지만 초범이고 범행을 인정한 점을 감안했다고 밝혔다.

이와 관련한 뉴스를 보며 소탐대실小貪大失에 따른 당연한 수순의 과욕필화過慾必禍라고 느꼈다. 세상이 왜 갈수록 사막처럼 황폐화되는 건지 도무지 모를 일이다. 국가인권위원회 인권기자와 서포터즈로 3년 동안 활동했다. 그래서 장애인의 고충을 누구보다 조금은 더 잘 안다고 자처한다. 정상인에겐 아무 것도 아닌 지하철 출입계단이나 보도 턱이 진 버스 정류장조차 장애인에겐 넘사벽(넘을 수 없는 장벽)이다.

욕심이 없는 사람은 없다. 나 또한 그 욕심으로 인해 지금도 술을 많이 마신다. 사업과 장사 욕심으로 전 재산을 다 까먹은 적도 있었다. 정치에 대한 욕심을 부려본 때도 없지 않았다. 내가 지닌 욕심은 당장은 나에게 달콤함을 준다. 로또복권을 사면서 마치 1등에 당첨된 듯한 희열의 데자뷔를 느끼는 것과 같다. 하지만 과욕은 시간이 지날수록 나를 욕망의 노예로 만들어 버린다. 내 마음 속에 웅크리고 있는 '욕심'이라는 못된 괴물이 준동하기 때문이다. 따라서 과욕을 버려야만 비로소 내 마음도 평안해진다. 그럼 어찌 해야 '과욕필화'에서 벗어날 수 있을까. 첫째, 애초 만족이라는 것은 존재하지 않는다고 믿어야 한다. 둘째, 과욕은 무조건 필패한다고 생각한다. 끝으로, 과욕은 내 몸과 마음까지 병들게 하는 악마라고 멀리 해야 한다. 달도 차면 반드시 기운다. 사자성어 '물극필반'物極必反이 이런 경우에 자주 쓰인다. 세상사의 무서운 이치가 아닐 수 없다. 천망회회소이불실天網恢恢疎而不失이란 경구警句가 있다. '하늘의 그물은 크고 성긴 듯하지만 빠뜨리지 않는다'는 뜻이다. 하늘이 친 그물은 눈이 성기지만(성기다: 물건의 사이가 뜨다) 그래도 굉장히 넓어서 악인惡人에게 벌罰 주는 일을 빠뜨리지 않는다는 의미다. 아무리 어려워도 사람답게 착하게 살아야 옳다. 그래야 복도 찾아온다. 이렇게 믿으며 육십 평생을 살아왔거늘 내가 여전히 못 사는 건 왜일까? 참 안 풀리는 수수께끼다.

일구이언
一口二言

―

한 입으로 두 말을 함.
즉 말을 이렇게 했다 저렇게 했다 일관성이 없는 것.

　두 달에 한 번 동창회가 열린다. 그럼 만사 제쳐두고 참석하는 터다. 나이가 늦가을처럼 깊어지다 보니 그 친구들을 만나 회포를 푸는 재미가 쏠쏠하다. 그렇게 참석한 동창회에서의 이런저런 사진을 찍어 오랜 기간 동창회 다음카페에 올리는 것이 다 내 몫이었다. 그런데 언제부턴가 그 동창회 카페는 얼추 적막강산寂寞江山으로 변질되고 말았다. 네이버 밴드 등 우후죽순처럼 생겨난 또 다른 SNS의 영향 때문이다. 그렇긴 하지만 앞으로도 동창회의 카톡 단체방에 올릴 각종의 '사진사' 역할은 꾸준히 계속할 생각이다.

  K 모 전 장관이 2016년 국회 인사청문회 과정에서 언론의 일방적 편파보도로 곤욕을 치렀다고 분개했다. 이에 대한 보복(?)으로 자신이 졸업한 K대학교 동문회 커뮤니티에 구구절절의 한탄성 글을 올려 빈축을 샀다. 여기서 그는 시골 출신에 지방학교를 나온 이른바 '흙수저'라고 스스로를 비하하면서 무시당한 것을 참을 수 없어 자신의 명예를 실추시킨 언론과 방송, 출연자를 대상으로 법적인 조치를 추진할 것이라고 밝혔다. 야당은 반대했지만 당시 대통령은 전자결재로 그 장관을 임명했다. 그처럼 K 장관이 자신의 출신학교 동창회에 올린 글이 밝혀지자 분개한 야당의원들은 그를 낙마시키겠다고 했다. 그럼 왜 그런 문제가 불거졌을까를 먼저 고찰해 볼 필요성이 대두된다. 우선 K 장관의 그러한 '발언'은 일구이언一口二言이란 게 나의 단견이었다. 인사청문회에선 깍듯이 고분고분하더니 정작 그 과정이 지나고 나니 돌변했기에 하는 말이다. 삼척동자三尺童子도 다 알다시피 '일구이언'은 한 입으로 두 말을 한다는 뜻으로 한 가지 일에 대하여 말을 이랬다저랬다 함을 이르는 말이다. 때문에 일구이언을 하는 경우, 주변으로부터도 구설수에 오를 공산이 높아진다. 시장과 길거리에서 이루어지는 교제交際라는 뜻으로, 이익利益이 있으면 서로 합合하고, 이익이 없으

면 헤어지는 市井(시정)의 장사꾼과 같은 교제를 일컬어 시도지교 市道之交라고 한다. 일구이언은 이와 비슷한 차가움을 생산한다. 굳이 '남아일언중천금男兒一言重千金'이란 진부한 얘기까지를 들먹이지 않아도, 더군다나 정부 고위직 인사의 그러한 일구이언은 세인들까지도 덩달아 손가락질을 하게끔 자초하는 일종의 자충수란 주장이다.

고루한 주장이겠지만 누구에게나 가파른 인생길은 축복 같은 시간을 선뜻 선물하지 않는다. K 장관이 억울하다고 피력한 '지방대학' 출신이란 편견 역시 바람직하지 못했다. 그가 졸업했다는 K 대는 지금 역시도 지역에선 으뜸대학으로 쳐주기 때문이다. 따라서 그의 어떤 옹졸한 피해의식에서 거론한 울분의 SNS(동창회) 글 올림은 지방대 출신의 공직자는 물론이요, 자신의 모교까지 싸잡아 욕을 보인 셈이 되고 말았다. 말이야 바른 말이지 동창회에 하소연 투의 글을 올려봤자 결국엔 자신의 부끄러운 치부만을 드러낼 따름이지 결국엔 말짱 소용없는 짓거리란 셈법이 도출된다. K 전직 장관이 대학원 경제학 박사까지 경유한 반면, 나는 고작 초등학교 졸업이 학력의 전부다. 그렇다면 그는 그가 주장한 것처럼 '흙수저'가 아니라 최소한 '준準 금수저'는 되는 반면, 나는 여전히 무명소졸無名小卒의 '개수저'에 불과하다는 논리가 성립된다 하겠다. 그럼에도 불구하고 결코 꿀리거나 부끄럽지 않(았)다. 자신이 동창회 커뮤니티에 올린 글이 일파만파로 확대되자 K 장관은 적절하지 못한 행동이었다며 뒤늦게 사과하는 또 다른 일구이언一口二言을 했다. 따라서 그의 일구이언은 마치 '침 뱉은 우물 다시 먹는다'는 속담까지를 연상케 하지 않을 수 없었다. 물론 그가 국회청문회 과정에서 모멸감을 느낄 수 있었을 것이란 걸 모르는 건 아니었다.

다 아는 것처럼 우리나라 국회의원들 대부분은 자신에겐 한없이 관대한 반면 타인에겐 야박하기로 소문이 짜하지 않은가! 하지만 그들마저 예리한 '송곳질문'을 하지 않으면 과연 뉘라서 그리 하겠는가? 지난 2013년 Y 모 전 해양수산부장관의 국회 인사청문회를 기억한다. 거기서 그는 시종일관始終一貫 자격미달과 함께 현안의 인식조차 못하여 의원들의 거친 질타를 받았다. 그럼에도 불구하고 대통령은 임명을 강행했지만 결국 임기를 채우지 못하고 물러났다. 인사청문회 얘기가 나온 김에 부언하자면 현행 국회 인사청문회는 사실 의미가 없다. 의원들이 반대해도 정작 대통령이 임명하면 그만이기 때문이다. 이런 요식적 행위에 불과한 청문회를 왜 자꾸만 고수하는 건지 이 무지렁이는 당최 알 수 없는 노릇이다. 법을 바꿔 국회를 통과 못 한 인사의 고위직 임명을 근원적으로 막든가, 아님 유명무실有名無實의 청문회 자체를 아예 없애야 한다는 얘기다. 경북 경주의 교동 12대 만석꾼이자 9대 진사를 지낸 최 부잣집에선 대대로 자손들에게 "과거를 보되 진사 이상의 벼슬을 하지 마라."고 가르쳤다고 한다. 이는 고위직일수록 말이 많고 힘도 들기에 그리했으리라 추측된다. 하여간 남아의 일구이언은 예나 지금이나 어질더분(어질러 놓아 지저분하다)하기에 반드시 피하고 볼 일이다. 나처럼 '개수저' 출신이야 사석에서 '입이 변소'라고 해도 이해하겠지만 명색이 장관님까지 되는 양반으로서야 일거수일투족一擧手一投足 공개는 자칫 낙마로까지 이어질 수 있으므로 그야말로 '조심, 또 조심'해야 한다. 햇빛 아래서 똑바로 서면 그림자도 바르게 서지만 몸을 구부리면 덩달아 구부러진다. 일구이언은 부끄러운 나 자신을 더욱 구부러지게 만드는 행위다. 쇠를 담금질하면 부드럽게 구부러진다. 그렇지만 사람이 비굴하게 구부러지는 것은 저잣거리의 무지렁이도 피한다.

Part 5

희망을 버리는 것은 바보짓이다

일상감사

日常感謝

일상의 소소한 순간들마저 감사해야 함을 이르는 말
(저자가 지은 사자성어).

일상의 행복이 뭔지 모른 채 그냥 그렇게 살아온 세월들 / 잠깐의 시내 나들이가 행복인 것을 / 지하철 북적임조차도 행복인 것을 / 친구와의 소주 한 잔이 행복인 것을 / 그 사람과 차 한 잔이 행복인 것을 / 따스한 햇살 받으며 걷는 한가로운 산책길이 행복인 것을 / 답답했던 미세먼지도 친구요 쾌쾌한 매연조차도 친구였던 것을 / 모두가 일상의 조건이란 걸 많은 세월 모른 채 살았나 보네요 / 모든 소소한 일상들이 행복인 것을 / 친구를 만나 수다를 떨고 맛집에 앉아 점심 한 그릇 같이 하며 / 마주 보고 웃을 수 있다는 것이 축복이고 행복인 것을

/ 까맣게 잊고 살았나 보네요 / 인간의 오만함을 꾸짖는 재앙일까요 / 모두가 보고 싶고 그리운데 / 우리에게는 많은 시간이 없는데 / 모두가 그립고 보고 싶습니다 / 햇살 드리운 창가에 앉아 / 봄이 오는 소리는 들리는데 / 불어오는 봄바람에 무서웠던 코로나가 소리 없이 날아가고 / 평화로운 일상이 우리 곁에 빨리 돌아오기를 / 간절히 소망합니다 / 끝까지 긴장의 끈을 늦추지 마시고 / 건강한 모습으로 만날 날을 기다립니다 / 창살 없는 감옥이지만 / 그래도 웃음만큼은 잊지 마세요

- 작자 미상

  지인께서 이 좋은 글과 함께 음악까지 담아 동영상으로 보내주셨다. 배경 음악은 '토셀리의 세레나데'라고 했다. 평소 무식하기 짝이 없는 터다. 그래서 배경 음악의 제목마저 지인께서 알려 주시지 않았음 무슨 음악이 이처럼 눈물까지 강요하는가 싶어 크게 반발(?)까지 했을 개연성이 농후했다. 코로나19의 확산과 장기화로 인해 우울증까지 겹친 국민들이 수두룩하다. 나와 아내가 바로 그 '감염자'다. 나야 출퇴근이라도 하고, 쉬는 날에는 취재까지 하면서 어찌어찌 그 우울증을 털어낸다곤 하지만 문제는 아내였다. 평소에도 두문불출杜門不出 하느라 우울증이 태산 같은 아내다. 그런 아내가 딱하여 쉬는 그날은 모처럼 보문산을 찾았다. '대전시

민의 허파'랄 수 있는 보문산 역시 인파가 뚝 끊기긴 매한가지였다. 먼저 사찰을 찾아 절을 했다. 코로나의 빠른 종식을 발원했다. 이어선 우리 가족의 건강을, 손주의 무럭무럭 성장을 기도했다. "오랜만에 나들이를 왔는데 외식을 안 하고 가면 실정법 위반이겠지?" 고개를 끄덕이는 아내의 손을 잡고 단골로 가는 식당을 찾았다. 평소의 주말이면 발 디딜 틈조차 없던 식당이었건만 그날은 텅 비어 있었다. 손님인 내가 외려 민망할 지경이었다.

버섯샤브를 주문했더니 어려울 때 찾아 주셔서 고맙다며 각종의 버섯을 한아름이나 더 주셨다. 감동이 물결로 다가왔다. 식사를 하는데 바로 곁에 허름한 빈가貧家가 보였다. 누군가 살다가 이사한 후 빈집이지 싶었다. 그럼에도 까치와 다른 새들까지 연신 찾아와 그 지붕에서 노래를 불렀다. '그래, 따지고 보면 니들이 우리네 인간들보다는 팔자가 더 낫구나….' 식당을 나오면서 홍진영의 노래 '산다는 건'을 들었다. "산다는 건 다 그런 거래요~ 힘들고 아픈 날도 많지만~ 산다는 건 참 좋은 거래요~ 오늘도 수고 많으셨어요~"

일상의 행복이 뭔지 모른 채 그냥 그렇게 살아온 세월들을 잠시 반성해 본다. 친구와의 소주 한 잔이 행복이라는 사실을 그날 새삼 깨달았다. 아내 역시 평생의 친구니까…. 윈스턴 처칠은 "비관주의자는 어떤 기회 속에서도 어려움을 보고, 낙관주의자는 어떤 어려움 속에서도 기회를 본다."고 했다. "오늘도 어렵사리 사느라 수고 많으신 대한민국 국민 여러분~ 어둠 끝엔 반드시 빛이 찾아옵니다. 코로나19에서 비롯된 오늘의 이 위기와 우울증 또한 마찬가지죠. 우리 모두 힘내자고요!" 일상감사日常感謝 마인드의 견지는 건강에도 좋다. 감사할 줄 아는 사람은 1류, 감사할 줄 모르는 사람은 2류, 감사는커녕 잘못을 하고도 사과할 줄 모르는 사람은 3류라고 했다. 코로나19의 빠른 종식을 간절하게 빌고 또 빈다. 종식鐘植아~ 너랑 동명이인同名異人인 종식終熄이 데리고 와서 함께 '코로나19'라는 저 못된 놈을 냉큼 끌고 가려무나!

혼수혼수

婚需昏睡

———

우리나라의 혼수문화가 과열되어 있어
거의 혼수상태에 빠질 지경에 가까움을 이르는 말
(저자가 지은 사자성어).

예전에 단독주택에서 살 때의 일이다. 대문 앞에 유인물이 부착되어 있었다. 살펴보았더니 우리 동네에 불고 있는 재개발과 연관된 반대성명이었다. 내용은 "재개발에 동의하여 재개발 추진위원회가 설립되고 나면 그때부턴 개인의 사유재산마저 그 위원회에서 총괄한다. 고로 자칫 잘못하면 평생 마련한 집까지 시세보다 낮게 손해를 볼 수 있으므로…" 이런 류의 내용이었다. 보아하니, 함부로 재개발에 찬성하면 안 된다는 논지였다. 반면 재개발을 위해 사무실까지 열어놓고 있는 사람들이 있었다. 당시 나로서는 집한 채마저 없는 명실상부名實相符한 서민이었다. 그래서 유인물과 재개발 사무실 역시 피부에 와닿지 않는 '강 건너 꽃구경'이었다. 수년 전부터 내가 살던 동네는 재개발이 될 거라는 풍문이 떠돌았다. 그렇지만 막상 재개발이 먼저 시작된 건 길 건너의 동네였다. 그처럼 우리 동네가 '소문난 잔치에 먹을 것 없다'는 식으로 어떻껏 재개발이 안 되고 있는 이유는 무엇 때문이었을까? 이와 관련해 당시 떠돌던 소문 중의 하나는 같은 동네군群에 위치한 거대한 예식장의 사장이 재개발을 극력하게 반대하기 때문이라는 설說이 있었다.

확인이 안 된 사항이긴 하지만 어쨌든 유추되는 건 거액을 들여 예식장을 지었다는 사실이다. 반대급부反對給付로 지금도 영업이 그야말로 '기가 막히게' 잘되고 있는 사업장이고 보니 누구라도 자신의 현재 건물을 없애려는 재개발에는 동의하지 않으리란 것이었다. 이런 얘길 왜 하는가 하면 현재 우리나라 혼수婚需문화는 그야말로 '혼수昏睡상태'라는 비아냥이 나올 만큼 사치와 호화 결혼식 풍조가 만연돼 있기 때문이다. 주지하듯 우리의 결혼식은 1999년에 해금된 호텔 결혼식이 붐을 이루면서 나날이 호화로워지고 있는 게 현실이다. 식장을 장식하는 꽃값만 1억 원 가까이 드는가 하면(일부 특급호텔) 하객들의 밥값은 1인당 10만 원도 예사라고 하니 어이를 상실하게 만든다. 이 경우, 적어도 밥값은 내야 하지 않느냐는 부담감 때문에 10만 원 미만의 축의금은 내밀기도 민망스러워진다고 한다면 도대체 이게 무슨 결혼식이란 말인가? 그야말로 '돈 내고 돈 먹기'의 전형적 천민자본주의賤民資本主義에 다름 아닌 것을.

프랑스는 국가대리인인 시장과 구청장이 주례를 서는 결혼식만 법적 효력을 인정한다. 따라서 결혼식도 대부분 시청과 구청에서 하기 때문에 호텔이나 전문 예식장이 필요 없다는 결론이다. 그리고 신랑과 신부는 자신들에게 필요한 생필품 위주로 선물 리스트를 만들어 가게에 맡겨 둔다. 그러면 하객들이 가게에 들러 자기 형편에 맞는 선물을 골라 사면 가게 측이 신랑 신부에게 보내준다는 시스템이 고착화되어 있다고 한다. 경제 위기 시대에 걸맞은 합리적인 결혼식이라 아니 할 수 없다. 금세 고개까지 끄덕여지는 저렴하고 실속 있는 결혼식이다. 자가용 행렬이 끝이 보이지 않을 만치 북적이고 흡사 자신이 결혼이라도 하는 양 '때 빼고 광까지 낸' 혼주婚主가 자신의 부富를 적나라하게 과시하는 꼬락서니를 보자면 눈살이 절로 찌푸려진다. 여기서 오늘날 우리의 호화판 결혼식을 하루라도 빨리 프랑스에 걸맞게 조정하고 실천하는 국민적 의식의 재정립 패러다임의 고착화가 시급함을 느끼게 된다. 나는 결혼할 적에 돈이 없어 아내에게 구리 반지 하나 해 주지 못하였다. 겨울엔 방 안의 자리끼까지 동태가 되는 반 지하 월세방에 둥지를 꾸리고 숟가락과 젓가락 두 벌, 비키니옷장으로 신혼살림을 시작했다. 그랬음에도 두 아이를 낳아 잘 길렀고 올해로 40년 가까이 변함없이 오순도순도 모자라 알콩달콩 잘 살고 있다. 그러므로 물질이 결혼생활의 척도이며 호화판 결혼식이 또한 행복의 지름길이란 주장엔 결코 동의할 수 없는 것이다. "결혼을 신성하게 할 수 있는 것은 오직 사랑이며, 진정한 결혼은 사랑으로 신성해진 결혼뿐이다." 이는 러시아의 작가 톨스토이가 남긴 말이다. 과도한 혼수(준비)로 인해 아예 결혼까지 거부하는 세태는 혼수상태昏睡狀態의 자본주의 괴리가 아닐 수 없다.

인간천사
人間天使

―

천사라고 불릴 만큼 선량한 사람을 뜻하는 말
(저자가 지은 사자성어).

언젠가 모 방송에서 인간의 여전한 혐오곤충인 바퀴(벌레)의 이모저모에 관한 다큐멘터리를 보여주었다. 사람은 누구라도 바퀴를 혐오하고 그래서 보이는 즉시 죽이려고 덤벼든다. 그러나 그날 방송에서 본 바퀴의 진면목은 평소 몸 청소를 자주 하는 '단정한' 곤충이었다. 물론 습도가 높고 어두우며 음식물이 많은 곳에서 여전히 기생하며 사람에게 안 좋은 균을 옮기는 매개체임엔 분명하였지만. 아무튼 이 프로를 보고 느낀 게 적지 않았다. 먼저 우리네 인간들은 고작 한 끼만 굶어도 "배가 고파 죽는다!"며 '난리'를 피운다는 사실의 고찰이다. 한 술 더 떠 '사흘씩이나' 굶게 되면 급기야 "남의 집 담을 안 넘는 놈 없다."는 속담까지를 인지상정人之常情으로 느끼고 공감한다는 현실의 발견이었다. 여하튼 바퀴들은 평소 필요 이상의 음식을 많이 먹는다고 했다. 즉 인간으로 치자면 배가 터지도록 먹는다는 것이다. 하지만 그 같은 그들만의 독특한 '생존법'이 있어서 바퀴들은 생애의 반을 굶고도 너끈히 견딜 수 있다고 했다. 가히 경이적 동물임에 틀림이 없었다. 그들의 이러한 생존 노하우를 우리네 인간에 견주자면 사람의 수명을 약 80년으로 쳐서 그 반半, 그러니까 무려 40년 동안이나 안 먹어도 살 수 있다는 셈법이 도출된다. 그런데 만약에 인간도 그들처럼 본디부터 생애의 반을 안 먹어도 살 수 있는 동물이었더라면 어땠을까. 그럼 오늘날과 같은 각종의 파렴치와 해괴망측한 따위의 범죄와 욕심 또한 창궐하진 않았겠지?

동물의 왕이라는 사자獅子도 정작 자신의 배가 부르면 곁에 제아무리 맛난 먹잇감인 토끼와 사슴이 어슬렁거려도 치지도외置之度外한다고 알려져 있다. 그렇지만 인간은 그렇지 않다. 인간은 예로부터 욕심의 동물이었다. 때문에 '아흔아홉 가진 놈이 백 개를 채우려고 욕심을 부리듯' 하는 에고이즘의 현상은 여전한 것이다. 이렇게 사막처럼 삭막한 와중에서도 진정한 천사들은 이따금 나타난다. 그래서 박수와 함께 진정 존경을 표하지 않을 도리가 없어 그나마 안심할 수 있다. 동국대는 2009년에 학교법인 영석학원의 안채란 이사장님이 이 법인을 대학에 기부키로 했다고 밝혔다. 이 법인의 재산은 의정부 용현동 4만 1900여 제곱미터 부지에 세워진 영석고와 임대용 건물 등을 합쳐 당시에 무려 시가가 1,000억 원을 넘는다고 했다. 날씨가 추워지면 길거리에 등장하는 것이 구세군의 자선냄비다. 이러한 자선의 모금함에 넣는 불과 1천 원조차 아까워 벌벌 떠는 사람들이 아직도 많다. 따라서 1,000억 원이나 되는 전 재산을 기꺼이 기부하신 안채란 이사장님을 어찌 '천사'라 하지 않을 수 있을까?

인간도 천사가 될 수 있다면 그건 단연코 '기부'라는 감사한 행동 때문일 것이다.

반면 얼굴 없는 천사의 기부금을 훔친 '몹쓸 인간'도 존재하는 것이 이 세상의 그늘이다. 작년 12월엔 전북 전주에 어김없이 '얼굴 없는 천사'가 다녀갔다. 즉 인간천사人間天使였다. 어느 날 그 기부금을 훔치는 사건이 발생해 도민들이 안타까움을 감추지 못했다는 속보가 날아들었다. 천만다행으로 그 사건 발생 4시간여 만에 범인이 경찰에 검거됐다니 안도했다. 예년처럼 얼굴 없는 천사는 그날 오전 10시 3분 노송동주민센터를 찾아 기부금이 든 상자를 놓은 뒤 주민센터에 전화를 걸어 "뒤쪽에 상자가 있다"며 최초 연락을 취했다고 한다. 전화를 받은 주민센터 직원들이 얼굴 없는 천사가 일러준 장소를 찾았으나 기부금이 든 상자는 이미 사라진 뒤였다. 신고를 접수한 경찰은 인근 CCTV를 통해 용의자 A씨(35)와 B씨(34)를 특정, 이들이 차량을 이용해 기부금을 훔치는 모습을 포착했다. 용의자들은 절도 이후 곧장 서해안고속도로를 통해 서울방면으로 이동했으며, 경찰은 충남 계룡시와 대전 유성구에서 이들을 모두 검거했다. 경찰은 이들이 훔친 기부금 6,000만 원 상당을 거둬들였다. 기부는 못할망정 그 기부금을 훔친 자들은 정말이지 바퀴벌레보다 못한 자들이었다. 늦었지만 나도 소액이나마 소외계층을 돕고자 매달 기부하고 있다. 이 책이 베스트셀러가 되어 기부금을 크게 확대했으면 참 좋겠다.

유유완완

悠悠緩緩

——

걱정이 없어서 느긋한 모양(模樣)으로
도도히 흘러가는 강을 뜻하는 말로 일이 순조로이 진행됨을 이르는 말.

시내버스를 탔는데 하차할 때가 되었다. 그런데 그만 정신이
빠졌지 싶었다. 하차하면서 단말기에 버스카드를 태그하는 걸 그
만 깜박했기 때문이다. 내려서 다른 시내버스에 탑승하며 태그
를 했더니 아뿔싸~ 1,250원이 순식간에 날아갔지 뭔가. 뿐만 아니
라 버스카드에 남은 잔액은 고작 650원 뿐이었다. 그 바람에 이틀
날 새벽에 출근할 적엔 '생돈' 1,400원을 현금으로 내고 버스에 올
라야 했다. 이런 경우에도 볼 수 있듯 나와 같은 서민은 주머니 사
정이 어려울 경우, 단돈 1천 원조차 아쉬운 경우도 발생한다. 오래

전 딸이 대학생이 되어 서울로 유학을 간 뒤 매달 용돈을 보내주었다. 박봉에 허덕이던 즈음이었기에 주머니 사정은 항상 빠듯했다. 돈이 없으면 배도 쉬 고파온다. 퇴근을 하며 대전역을 지나게 되었다. 그날따라 어찌나 배가 고프던지 현기증까지 날 정도였다. 주머니를 뒤지니 천 원짜리 지폐 두 장이 남았다. 역전시장으로 들어가 살폈더니 천 원짜리 국밥집이 보였다. 비록 반찬은 허술했으되 한 끼 식사로 손색이 없는 집이었다. 막걸리도 한 사발에 천 원이라기에 같이 마셨다. 그러자 비로소 배가 보문산처럼 불러오면서 기분까지 좋아져 집으로 걸어서 오는 데도 휘파람이 났다.

지난 2016년 4월부터 부산대학교는 학생들이 1,000원만 내면 아침식사를 해결할 수 있게 되었단다. 덕택에 앞으론 저녁식사 역시 같은 1,000원에 해결할 수 있는 길이 열렸다고 했다. 이는 이 학교 동문인 박종호 센텀의료재단 이사장이 학생들의 저녁식사 제공 비용 및 복리후생 비용으로 사용해 달라며 5,000만 원의 발전기금을 전달했기에 가능한 것이라고 했다. 이 같은 뉴스에 밥을 안 먹었음에도 괜스레 배가 불러오면서 흐뭇했다. 한편 1,000원짜리 아침식사는 지난 2012년 순천향대학교가 시작한 '천 원의 아침'이 원조라고 알려져 있다. 이에 화답(?)하여 2015년부터는 서울대와 전남대가, 2016년부터는 부산대와 충남대 등이 합세하면서 전국의 대학으로 퍼져나가는 모양새라고 했다. 다 아는 바와 같이 우리나라 대부분 대학생들은 돈이 없다. 따라서 한 잔의 커피 값이 4~5천 원이나 하는 소위 브랜드 커피는 사치이며 당장 오늘 저녁 하교 후 사먹어야 하는 저녁식대조차 빠듯한 학생들도 적지 않은 게 현실이다. 이런 곤궁의 처지에 있을 때 학교 측에서 제공하는 '천 원의 식사'는 과연 그 얼마나 고마운 존재일까!

부산대의 경우에서도 볼 수 있듯 학생들에게 아주 착한 천 원의 식사를 제공하자면 당연히 그에 따르는 발전기금과 장학금 등의 재원財源이 수반된다. 이런 측면에서 한 가지 짚고 넘어갈 사안이 돋보인다. 그건 바로 '200억 기부에 240억 세금으로 화답한 대한민국(2016년 7월28일 YTN뉴스)'이란 보도가 그 '실체'이다. 어려운 사람들을 돕겠다며 거의 전 재산을 기부했는데 기부한 것보다 더 많은 세금을 나라에 내라고 한다면 과연 어떤 생각이 들까? 평생을 모은 돈 180억 원을 기부했다가 140억 원의 세금폭탄을 맞은 황필상 박사와 42억 원을 기부하고 27억 원의 세금폭탄에 직면한 독립운동가 김구 선생 가문의 사례는 이런 주장의 근거다. 이러한 아이러니는 관계 법령이 미비하기 때문인 것으로 보였다. 이래 가지고야 뉘라서 기부를 하고 장학금에 이어 발전기금까지를 낼 수 있을까! 외국처럼 선행을 하는 경우 세금의 감면과 포상은 못할망정 세금폭탄을 내린다는 건 내가 아무리 무식하다지만 도무지 이해할 수 없는 노릇이다. 대학생들에 대한 변함없는 천 원 식사 '서비스'가 앞으로도 유유완완悠悠緩緩, 즉 걱정이 없어서 느긋한 모양模樣으로 도도히 흘러가는 강이 되길 바란다. 그러자면 (대학발전과 기타 장학금 등의) 기부금에 따른 현행의 관련조항과 법에 대한 보완과 손질은 당연한 수순일 터다. 더 많은 사람들이 앞다퉈 기부할 수 있는 문화의 조성과 장려가 절실하다는 주장이다. "당신이 오늘 베푼 선행은 내일이면 사람들에게 잊혀질 것이다. 그래도 선행을 베풀어라."는 기부 명언이 떠오른다. 우리나라 사람들이 유독 기부에 인색한 이유를 현행 세법과 연결짓는 아이러니는 서둘러 없애야 옳다. 잘못된 법은 고치는 게 당연하다.

여성시대

女性時代

―

말 그대로 여성들의 시대.
필자가 보낸 사연을 자주 방송해 주었던
MBC 라디오 프로그램의 이름이기도 하다

다음은 내가 수필가로 등단한 뒤 MBC 라디오 '여성시대女性時代'에 올린 글이다. 2010년 7월 26일에 올렸으니 어느덧 10년 전의 일이다.

= "축하한다! 우리 친구들 중에서 네가 가장 먼저 문인이 되는 구나." "고마워!" "자, 나도 축하할게. 그런 뜻에서 내 술도 한 잔!" 그렇게 얻어 마신 지난 주 금요일 밤 대전 동창생들과의 술자리는 얼추 자정까지 이어지는 억병(한량없이 많은 술. 또는 그만한 술을 마신 상태

나 그만한 주량)이었습니다. 채 깨지도 않은 술김으로 서울행 열차를 탄 건 토요일 아침이었고요. 서울역에서 내려 지하철로 두 정류장을 가니 곧바로 종각이 나왔습니다. 7번 출구로 나가니 곧장 행사장인 P 뷔페로 연결되더군요. 발행인님과 운영진 여러분들, 그리고 14기와 저와 같은 15기 등단 문인님들께도 빠짐없이 인사를 드렸습니다. 아울러 명함도 한 장씩 드렸고요. 등단패의 수여와 수상 소감 피력에 이어 노래를 너무 잘하시는(하기야 가수가 노랠 못 하면 안 되겠지만) 라이브 가수의 멋들어진 노래는 행사장을 더욱 뜨거운 열기로 후끈 달아오르게 하는 모티프였습니다.

생각 같아선 축하주를 나눴으면 했으나 행사가 오후 4시를 넘겨 끝나는 바람에 위장이 그만 쪼그라들었던가 봅니다. (^^) 겨우 초밥 네 개만 먹었을 뿐인데 금세 포만감을 느껴 술은 그만 단 한 잔도 할 수 없었지요. 하지만 제가 누굽니까! 자타공인自他共認의 주당이죠. (^^;) 먼저 온 딸에 이어 아들도 직장의 근무가 끝나는 즉시 올라와 저의 등단식을 함께 축하해 주었지요. "우리 아들과 딸, 정말 고맙다!!" 청계천에 잠시 들러 발을 담근 뒤 지척의 종로로 들어섰습니다. 그리곤 낙지 닭갈비에 시원한 소주를 한 병 비웠지요. 딸을 배웅한 뒤 서울역으로 나왔는데 무궁화 열차를 끊었으나 좌석은 없었습니다. 카페 열차로 가서 캔맥주를 네 개나 마시다

보니 겨우 대전역에 도착하더군요. 수원역에서 하차한 아들은 열차가 신탄진을 지날 무렵 염려 전화를 해 왔습니다. 혹시 만취하여 예전처럼 부산까지 가는 건 아닐까 싶어서였죠. "오늘 참 고마웠다! 졸지 않고 잘 내리마."

어제는 또 죽마고우들과 물놀이를 가는 날이었습니다. 겨우 깬 술을 억지로 저만치로 밀어내곤 천안으로 갔지요. 두 대의 승용차에 나눠 탄 우리는 천안시 광덕면을 지나 공주시 우성면의 모 하천에 자리를 잡았습니다. 물론 그 자리에 술이 빠진다는 건 응당 '실정법 위반'이었지요. "우리 친구, 이제부턴 작가님이라고 불러야겠네?" "그럼 고맙지~" "자, 내 술도 한 잔 받거라, 축하한다!" "고맙다!" 심산유곡深山幽谷의 맑은 물에까지 덩달아 취하는 바람에 어젠 또 어찌 집에까지 왔는지 도통 기억이 가물가물합니다. 그러나 기분은 참 좋더군요! 하지만 등단식 두 번 했다간 그야말로 술통에 빠져죽겠다는 느낌은 끝내 버릴 수 없었답니다.^^ 발행인님께서 말씀해 주신 '등단은 죽비소리와도 같은 것'이란 말씀을 항상 마음에 다지면서 반드시 좋은 글과 작품을 남기는 수필가가 되겠습니다. 끝으로 이번에 제가 수필가로 등단하게 된 연유는 저의 사연을 평소 잘 방송해 주신 귀 '여성시대'의 몫이라는 생각입니다. 고맙습니다! ▪

라디오의 장점은 시간과 장소에 제약 없이 청취가 가능하다는 것이다. 업무 중이나 행동 중에도 청취할 수 있어서 좋다. 사연이나 문자메시지가 당첨되면 반드시 선물도 준다. '여성시대'를 애청한 지도 꽤 오래되었다. 예전엔 이 방송에서 선물을 많이 받았다. 그런데 지금은 아니다. 작가로 소문이 나서 그런지는 몰라도 아무튼 선물을 받은 지도 한참이나 되었다. 후회는 없다. '여성시대' 덕분에 전국방송까지 많이 탔으니까. 기회가 주어진다면 양희은 씨와 공동진행자인 서경석 씨도 만나 대포 한 잔 나누고 싶다. 서경석 씨는 대전 출신 방송인으로 성공한 대표적 인물이다. 더구나 아들과 딸, 사위와 사돈도령과 같은 서울대 동문이기에 더 가깝다는 느낌이다. 가까운 사이끼리는 자주 만나야 정도 우물처럼 깊어진다.

표리부동

表裏不同

겉과 속이 같지 않다는 뜻으로
속마음과 다르게 말하거나 행동하는 것을 말한다.

잔 다르크Jeanne d'Arc는 프랑스를 구원한 소녀로 잘 알려져 있다. 1337년 프랑스와 잉글랜드 사이의 프랑스 왕위 계승권 분쟁으로 시작한 백년전쟁은 1453년까지 116년 동안 계속되었다. 100여 년간 거듭된 전쟁은 프랑스 땅을 피폐하게 만들었다. 프랑스 국민들은 지긋지긋한 전쟁을 끝내기 위해서는 어느 한쪽 편을 들어야만 했다. 그러는 사이 잉글랜드와 프랑스에서는 자연스럽게 근대적 국가의식과 애국심이 생겨났고, 마침내 이러한 의식의 변화 속에서 프랑스를 구원한 소녀 잔 다르크가 탄생하였다. 잔 다르크는 프랑스 동레미에서 한 소작농의 딸로 태어났다. 어렸을 때부터 신앙심이 독실했던 잔 다르크는 16살 즈음 천사의 계시를 들었다. 그녀는 대천사 미카엘, 성 카테리나, 성 마르가리타로부터 발루아 왕가의 샤를 왕세자를 도와 프랑스에 침범한 잉글랜드군과 그들을 돕는 부르고뉴를 몰아내고 프랑스를 구하라는 '음성'을 들었다고 한다. 당시 프랑스의 발루아 왕가는 백년전쟁 기간 동안 가장 불리한 입장에 처해있었다. 샤를 6세의 아들 샤를 왕세자는 프랑스 북부 지역을 잃어버리고, 대관식도 치르지 못한 채 잉글랜드와 부르고뉴 동맹군에 밀려 프랑스 남부 지역에 머물고 있었다. 동레미의 평범하고 작은 소녀, 잔 다르크는 자신이 받은 계시를 실천하기 위해 마을을 떠나 왕세자에게 충성하고 있는 보쿨뢰르의 사령관에게 왕세자를 알현하게 해줄 것을 요청했다. 처음에 사령관은 잔 다르크의 계시를 믿지 않았지만 거듭된 간청에 설득되어 6명의 기사를 내어주었다. 기사들은 잔 다르크가 왕세자가 있는 시농성으로 가는 길에 호위를 맡았다. 적진을 통과해야 하는 위험한 여정이었지만 과연 천사의 계시를 받은 소녀답게 잔 다르크는 무사히 시농성에 도착했다.

잔 다르크의 이야기를 들은 샤를 왕세자는 접견을 허락하면서도 그녀를 의심하여 낡은 옷을 입고 신하들 속에서 모습을 감추고 있었다. 잔 다르크는 접견장에 들어서자마자 가짜로 왕세자 자리에 앉은 사람은 거들떠보지도 않고 바로 샤를 왕세자 앞에 가 무릎을 꿇었다. 천사의 계시를 받아 잉글랜드 세력을 축출하고 샤를 왕세자가 왕으로 즉위할 수 있도록 돕기 위해 왔다고 엄숙하게 말하였다. 거의 100년을 지속하던 전쟁은 잔 다르크가 나타날 즈음 새로운 양상으로 흘러갔다. 왕가와 귀족 간의 싸움이었지만 막상 전쟁이 터지면 피해를 입는 것은 아무 상관없는 일반 백성들이다. 프랑스 왕위 계승권 전쟁이었던 만큼 모든 전쟁은 프랑스 내에서 치러졌고 100년간 지속된 전쟁으로 프랑스는 초토화되었다. 백성들은 왕가의 다툼에 병사로 동원되어 의미도 없이 죽어갔다. 누가 이기든 한편이 이겨야 끝날 전쟁이었고, 따라서 프랑스 사람들은 도버해협을 건너온 잉글랜드군의 횡포에 적개심을 품게 되었다. 함께 극복해야 할 적이 생기면 사람들은 똘똘 뭉치게 된다. 마치 작년에 발발한 반일反日감정과도 같은 궤軌다. 하여간 당시 구국의 영웅으로 떠오른 인물이 바로 잔 다르크였다.

"(전략) 지난 5월 이후 두 차례 삼성전자 기자실을 찾은 삼성전자 시스템 LSI사업부 핵심 경영진은 이미지센서에 대해 유독 '강한 자신감'을 보였다. 혁신 제품을 계속 선보여 세계 1위 소니를 이른 시점에 따라잡겠다는 다짐이었다. 이재용 삼성전자 부회장이 선언한 '2030년

시스템반도체 세계 1위'를 달성하기 위해 선봉 역할을 하겠다는 의지도 나타냈다. 그로부터 석 달이 채 지나지 않아 시스템LSI 사업부는 눈에 띄는 '실적'을 내놨다. 글로벌 시장에서 급부상하고 있는 중국 스마트폰 업체들에 이미지센서 신제품을 납품하기로 했다. 8일 외신과 전자업계에 따르면 세계 4위(올해 1분기 기준) 스마트폰 생산업체 샤오미는 삼성전자의 6400만 화소 이미지센서 신제품을 주력 스마트폰 '홍미(紅米)' 시리즈에 적용할 것이라고 지난 7일에 발표했다. 세계 5위 업체 오포 역시 신흥국 시장에 출시하는 스마트폰에 같은 센서를 적용할 예정인 것으로 알려졌다. (중략) 반도체업계 관계자는 "한국 업체들의 약진에 일본 소니가 긴장할 수밖에 없을 것"이라며 "중국 등 거대 시장을 놓고 한·일 업체 간 치열한 경쟁이 불가피하다."고 전망했다."

H경제신문中, 2019년 8월 8일, 샤오미·오포 "삼성 이미지센서 쓰겠다"… 세계 1위 소니, 떨고 있니?

삼성전자는 SK하이닉스와 함께 자타공인自他共認 + 명불허전名不虛傳의 우리나라 일등기업이자 글로벌기업이다. 그렇지만 좌파일변의 현 정부는 출범하기가 무섭게 삼성전자를 죽이려고 혈안이 되었다. 그러다가 상황이 안 좋아지자 돌변하는 야누스Janus의 두 얼굴로 표리부동表裏不同하게 바뀌었다. 비겁卑怯의 극치가 아닐

희망을 버리는 것은 바보짓이다

수 없었다. 말이야 바른 말이지만, 삼성전자가 무너지면 우리나라 경제는 그날로 끝이다. 이는 일본이 바라는 학수고대鶴首苦待이기도 하다. 주사파主思派에 경도된 듯 보였던 현 정부의 집권층 좌파들 인식이 그동안 얼마나 바뀌었는지는 잘 모르겠다. 그들도 진정 애국심은 있을 터다. 바라건대 정말로 극일克日을 할 양이면 제발 기업에 간섭干涉하고 괴롭히지 말라. 그들이 자국自國의 기업을 해코지할 때 일본의 정부와 국민, 기업들은 대한민국의 자중지란自中之亂과 내홍內訌을 보며 웃고 있다. 코로나19로 인해 경제는 붕괴되고 기업들은 극심한 경영난에 봉착했다. 해고와 실직자는 엄청나게 늘었으며 수출 역시 언제 예년처럼 활황으로 반전될지 까무룩하다. 이럴 때일수록 정부와 정치권의 지원과 응원이 절대적으로 필요하다. 삼성전자는 한국경제의 일등 견인차이자 명불허전名不虛傳의 현대판 '잔 다르크' 영웅임을 결코 망각하지 말아야 한다. 표리부동은 소인배도 꺼린다.

관계악화
關係惡化

관계가 악화되어가는 상황.

"사랑했던 그 사람을 말없이 돌려보내고 / 원점으로 돌아서는 이 마음 그대는 몰라 / 수많은 사연들을 네온 불에 묻어놓고 / 무작정 사랑을 사랑을 넘어버린 / 나는 나는 정말 바보야~" 설운도의 히트곡 '원점'이다. 원점原點은 시작이 되는 출발점, 또는 근본이 되는 본래의 점을 뜻한다. 사랑했던 그 사람을 말없이 돌려보내고 '원점으로 돌아서는' 마음은 이미 열정이 식었다는 표현이다. D일보 2019년 7월 27일자에 박상준 객원논설위원 겸 와세다대학교 국제학술원 교수의 '일본은 어떻게 희토류 분쟁에서 승리했는가?라는 제목의 칼럼이 실렸다.

"(전략) 2010년 9월 7일 센카쿠(尖閣) 열도에서 중국인 선장이 일본 해
경에 체포되는 사건이 있었고, 중국의 희토류 수출이 알 수 없는 이
유로 지연됐다. 중국인 선장 체포에 대한 보복으로 여긴 일본은 세계
무역기구(WTO) 협정 위반이라고 항의했고, 중국 정부는 환경 보호를
위한 것이기 때문에 위반이 아니라고 응수했다. 올해 7월, 한국에 대
한 반도체 소재의 수출 규제에 대해 일본 정부가 안전보장을 위한 것
이기 때문에 WTO 협정 위반이 아니라고 응수하고 있는 것과 많이
닮았다. (중략) 한국은 대통령이 바뀔 때마다 주요 정부 정책이 원점에
서 새로 출발한다. 이전 정부의 정책에 대한 공정하고 객관적인 사후
평가서는 존재하지 않는다. 2019년 한국에서도 기초소재산업 육성
에 투자해야 한다는 목소리가 높다. 2022년 새 대통령이 취임한 뒤
에는 얼마나 많은 사람이 2019년의 소동을 기억하고 있을까?"
　-D일보, 2019년 7월 27일, 일본은 어떻게 희로튜 분쟁에서 승리했는가?

국민들도 다 아는 상식이겠지만 우리나라는 수출로 먹고사는
국가다. 그런데 이 칼럼의 논조처럼 대통령이 바뀔 때마다 주요
정부 정책이 '원점'에서 새로 출발한다는 것은 보통 심각한 문제가
아니다. 한국을 화이트 국가에서 배제하는 방향으로 조율했던 일

본정부의 꼼수는 이번 기회에 한국기업들까지 저 아래의 바닥으로 추락시킬 속셈임이 자명했다. 그렇다면 서둘러 협상이라도 하는 게 국가의 도리였을 것이다. 하지만 현 정부는 대일정책을 강공모드로 일관했다. 그 바람에 한일관계는 최악의 국면으로 접어들었다. 노파심에서 첨언하는데 이런 주장을 한다고 해서 나를 절대로 토착왜구 따위의 '친일파'로 몰지는 말라. 누구보다 대한민국을 사랑하는 민주시민이니까!

작년까지 한일관계는 치킨게임chicken game을 방불케 할 정도로 보통 심각한 게 아니었다. 참고로 '치킨게임'은 어느 한 쪽이 양보하지 않을 경우, 양쪽이 모두 파국으로 치닫게 되는 극단적인 게임이론을 말한다. 국제정치학에서 사용하는 게임이론 가운데 하나이다. 1950년대 미국 젊은이들 사이에서 유행하던 자동차 게임의 이름이었다. 이 게임은 한밤중에 도로의 양쪽에서 두 명의 경쟁자가 자신의 차를 몰고 정면으로 돌진하다가 충돌 직전에 핸들을 꺾는 사람이 지는 경기다. 핸들을 꺾은 사람은 치킨('겁쟁이'를 뜻하는 속어)으로 몰려 명예롭지 못한 사람으로 취급받는다. 어느 한 쪽도 핸들을 꺾지 않을 경우 게임에서는 둘 다 승자가 되지만, 결국 충돌함으로써 양쪽 모두 자멸하게 된다. 즉, 어느 한 쪽도 양보하지 않고 극단적으로 치닫는 게임이 바로 치킨게임이다. 정치학자들은 1950~1980년대의 남북한 군비경쟁, 1990년대 말 이후 계속되고 있는 미국과 북한 사이의 핵문제를 둘러싼 대립 등도 치킨게임의 대표적인 예로 언급하고 있다. 외교와 경제에서 이러한 극단적 치킨게임은 두 국가 모두에게 심각한 상처가 부메랑으로 되돌아오기 마련이다. 따라서 이러한 관계악화關係惡化는 서둘러 봉합해야 옳다.

관계의 악화는 소통의 실패에서 기인한다. 그 악화는 또한 부정을 끌어들이는 자석역할을 한다. 한·미·일 3국 간 유대와 공조의 중요성은 아무리 강조해도 지나치지 않다. 여전히 견고한 동맹을 맺고 있는 북·중·러는 우리나라를 어떻게 보겠는가? 더욱이 북한은 한국의 대통령을 일컬어 '조선 당국자'도 부족했던지 '삶은 소대가리'와 "오지랖 넓은 중재자"라며 노골적으로 조롱했다. 그럼에도 정부는 함구하면서 대꾸조차 안 해서 정말이지 어이가 없었다. 그 결과가 북한 정권에 의한 일방적 개성 남북공동연락사무소 폭파로 나타났다. 강병부국強兵富國은 대한민국이 불변하게 추구하고 실천해야 마땅한 국가기조이다. 정권이 바뀔 적마다 이조차 원점에서 재검토하는 일은 이제 없어져야 옳다. 아무리 노력했음에도 불구하고 여전히 원점에서 맴돌고 있는 관계악화라면 이것처럼 대략난감한 일이 또 없다.

자찬경비

自讚警備

———

박봉의 경비원이지만 스스로를 칭찬한다는 의미
(저자가 지은 사자성어).

몇 해 전의 일이다. "이번에 홍경석 씨가 우리 보안(경비) 파트에
선 유일하게 우수사원 상을 받을 것 같습니다. 사흘 뒤에 시상식
이 있으니 준비하세요." 직장의 직속상관으로부터 이런 언질을 받
은 건 야근에 들어간 그날 오후의 일이었다. 순간 반가우면서도
내가 당면한(?) '화두'에 대해 문의했다. "그래요? 그거 참 듣던 중
반가운 소리네요! 근데 상품은 뭘로 준대요? 현금이나 상품권이면
좋겠는데…." 돌아온 답변은 뜻밖이었다. "차량용 블랙박스를 준
답디다." "네? 전 차도 없는데요." "그럼 아들이 차를 살 때까지 기

다렸다가 줘야겠네요. 아무튼 고맙습니다!" 사흘 후엔 또 주간근무라서 평소처럼 5시 40분 발차의 시내버스를 타고 출근했다. 오전 7시도 안 되어 출근하신 직속상관께선 그날 오전 8시 반에 시상식을 한다고 하니 같이 지하 2층의 방재센터로 가자고 하셨다. 이윽고 시간이 되어 내려갔더니 조회를 마칠 즈음이었다. 잠시 후 직속상관보다 한 계급 위 상관인 센터장님이 시상식을 주관하셨다.

"표창장, 중부본부 홍경석. 위 사람은 각별한 애사심으로 매사에 솔선수범하고 맡은 바 임무를 성실히 수행하여 타의 모범이 되어왔으며 특히 고객서비스 만족도 향상으로 회사 이미지 향상에 기여한 공로가 지대하므로 이에 표창합니다. 대표이사/사장 송○○." 먼저 방재실의 김○○ 과장님이 받으셨고 다음엔 미화부의 감독님에 이어 끝으로 내가 수상했다. "감사합니다!" 깍듯이 고개를 숙이며 진심으로 고마움을 나타냈다. 시상식을 마친 센터장님께선 의미심장한 '보너스'를 덤으로 주셨다. "우선 1년에 단 한 차례 실시하는 시상식에서 수상하신 세 분께 거듭 축하드립니다. 그리고 오늘 받으신 표창장은 후일 여러분들의 정년(퇴직)이 닥치더라도 제가 책임지고 3년 더 연장 근무하는 효력을 발휘할 수 있도록 해 드리겠습니다!" 그 말씀에 수상자 우리 셋은 물론이거니와 비非수상자들도 부러워하는 기색이 역력했다. 대충 따져 봐도 3년을 더 일할 수 있다면 무려 5천만 원이나 '더 버는' 셈이었기 때문이다. 근무지로 돌아오자마자 표창장을 스마트폰 카메라로 찍었다. 그리곤 아들과 딸에게 카톡으로 보냈더니 금세 답장이 왔다. "와~ 축하드려요!! ㅎㅎ" 시가市價로 무려 '5천만 원짜리 표창장'을 받아 고무된 나는 거기서 멈추지 않았다. 오후 2시부터 생방송으로 진행되는 대전 MBC의 라디오 프로그램에 "이러저러하여 제가 오늘 표창장을 받았으니 축하해 주시면 감사하겠습니다."라는 문자메시지를 보냈다. 그러자 금세 담당 작가님으로부터 전화가 걸려왔고 내처 생방송으로 전화인터뷰까지 마쳤다.

나는 작년에 정년이었다. 하지만 당시에 받은 표창장 덕분에 촉탁직으로 연장근무를 하고 있다. 그야말로 자찬경비自讚警備의 실화이다. 벌어놓은 것도 없는 형편에 정년퇴직을 하고 무위도식無爲徒食했더라면 과연 어찌 되었을까! 생각만 해도 끔찍하다. 지난 4월 20일 경북 경주경찰서는 보이스피싱을 예방한 외동농협 직원 A씨에게 시민경찰 배지와 표창장을 수여했다. 경주경찰서에 따르면 A씨는 4월 9일 오후 5시께 고객 B(65·남)씨가 농협을 방문해 "낮은 이자로 대출하겠다."는 말에 속아 계속적으로 고액의 현금(2000만 원)을 인출하려고 하자 보이스피싱 범죄를 직감하고 고객에게 설명하여 경주경찰서에 신고함으로써 주민의 소중한 재산을 보호

했다는 것이다. 지인이 순식간에 보이스피싱을 당하여 거액을 잃었던 적이 실재한다. 보이스피싱 범죄가 줄지 않고 있는 원인은 경제에 관한 무른 법이 문제라고 보는 입장이다. 매우 강력한 일벌백계一罰百戒의 법이 집행되어야 재발을 막을 수 있다. 아무튼 보이스피싱을 막은, '경제적으로 다 계획이 있었던' 외동농협 직원이 감사하고 흐뭇했던 인터넷 뉴스였다. 표창장은 다다익선多多益善이며 경제적으로도 상당한 가치를 발휘한다. 시상식 때 받은 차량용 블랙박스는 죽마고우에게 줬다. 친구는 고맙다며 술을 샀다.

초근목피
草根木皮

—

풀뿌리와 나무 껍질이란 뜻으로,
곡식(穀食)이 없어 산나물 따위로 만든 험한 음식(飮食)을 이르는 말.

'안동역에서'의 빅히트로 뒤늦게 개화開花한 톱 가수 진성 씨의
또 다른 히트곡이 바로 '보릿고개'다.

아야 뛰지 마라 배 꺼질라 가슴 시린 보릿고개 길 / 주린 배 잡고 물
한 바가지 배 채우시던 그 세월을 어찌 사셨소 / 초근목피의 그 시절
바람결에 지워져 갈 때 어머님 설움 잊고 살았던 한 많은 보릿고개여
/ 풀피리 꺾어 불던 슬픈 곡조는 어머님의 한숨이었소~

-진성, 보릿고개

희망을 버리는 것은 바보짓이다

참으로 구구절절 가슴을 쥐어짜며 눈물까지 요구하는 트로트가 아닐 수 없다. '보릿고개'에 등장하는 초근목피草根木皮는 풀뿌리와 나무껍질이라는 뜻으로, 맛이나 영양 가치가 없는 거친 음식을 비유적으로 이르는 말이다. 실제 지난 보릿고개 시절엔 그것으로 생명을 구걸하고 유지했다. 따라서 그 즈음, 윤기 나는 흰 쌀밥에 더하여 여유롭게 술까지 먹는다는 것은 고관대작高官大爵이거나 아주 잘사는 부자가 아닌 경우엔 불가능했다.

2월 초의 어느 날 출근하니 아주 반가운 선물이 와 있었다. 평소 나를 어여삐 봐주시는 맥키스컴퍼니 주류회사 조웅래 회장님께서 보내신 신제품 보리소주였다. 2병씩 포장되어 열 개, 그러니까 스무 병이 들어있는 박스였다. 개봉하여 직장 동료가 다섯 명이므로 그들 몫으로 다섯 포장(10병)을 추렸다. 포스트잇에 '기증'이라고 써서 붙였다. 그리곤 그들의 옷장에 넣었다. 직원들이 출근하여 옷을 갈아입노라면 내가 선물(?)한 소주를 볼 것이었다. 그럼 얼마나 반가워할까 싶어 괜스레 입가에 미소가 아지랑이로 피어올랐다. 그날은 오랜만에 외출한 눈보라가 갈 길을 잃은 날이었다. 폭풍한설暴風寒雪이 몰려왔다가 잠잠해지고 잠시 후엔 다시금 눈을 뿌리는 등 경거망동輕擧妄動을 일삼았다. 퇴근길 역시 마찬가지였다. 요양병원에 입원한 선배에게 들렀다. 근처의 식당에서 삼계탕 내지 갈비탕이라도 대접하고 싶다고 밝혔다. 하지만 휠체어에 의지하고 있는 선배가 손사래를 쳤다. "다음에 날씨 좋은 날에 가자." 건강처럼 소중한 건 다시없다는 사실을 깨달으며 집으로 돌아오는 시내버스에 올랐다.(불행하게 그 선배는 얼마 뒤 작고하셨다. 삼가 고인의 명복을 빈다.) 집으로 들어서는 골목의 초입 편의점에서 치킨 한 조각을 샀다. 회장님께서 주신 보리소주에 맥주를 섞어 소맥燒麥을 마셨다. 기분이 '흐림'에서 '맑음'으로 치환되면서 하루의 피로가 저만치 계족산으로 달아났다. 그럴 즈음 아들이 친손자 모습을 찍은 사진을 가족 카톡방에 올렸다. 미래의 장군將軍감으로 보이는 녀석이 한없이 사랑스러웠다. 칭찬의 댓글을 달자 아들은 이어서 날도 꿀꿀하기에 부침개를 부쳐 며느리와 막걸리 한 잔을 하고 있다는 인증샷을 올렸다. 때는 이때다! 나 역시 마침 맞게 즐기고 있던 소맥 사진의 업로드를 마다할 수 없었다.

'로드 투 퍼디션Road To Perdition'은 2002년에 개봉된 미국 영화다. 1931년 대공황과 금주령의 미국이 무대다. '죽음의 천사'라고 불리는 마이클 설리반(톰 행크스 분)이 주인공이다. 마피아 보스의 양아들이기도 한 그는 조직의 일원으로 중요한 임무를 해결하며 살아가고 있다. 물론 거기에는 상대 세력을 제거하는 일(킬러)도 포함되어 있다. 집에서는 자상한 남편이자 든든한 아버지인 마이클이다.

그렇지만 그는 세상에서 가장 사랑하는 두 아들에겐 차마 자신의 직업을 말하지 못한다. 어느 날 보스의 친아들 코너와 함께 라이벌 조직에게 경고 메시지를 전하러 갔는데 코너가 보스의 명령을 어기고 돌발적인 살인을 저지르고 만다. 그런데 그것보다 더 심각한 일이 발생한다. 평소 아버지의 직업을 궁금해 하던 마이클의 큰아들 마이클 주니어가 그 광경을 목격한 것이다. 설상가상雪上加霜 이 사건으로 아버지의 신임을 잃게 된 코너는 마이클의 아내와 막내아들을 처참하게 살해한다. 마이클과 그의 큰아들은 아슬아슬한 시간 차로 목숨을 건진다. 마이클은 이 모든 일의 배후에 조직이 개입되어 있다고 판단하고 어린 아들과 함께 거대한 조직을 상대로 힘겹고 험난한 복수의 여정을 시작한다. 결국 마이클은 철저한 복수를 실천하고 죽지만 살아남은 큰아들은 다음과 같은 독백獨白으로 영화 속 명대사를 남긴다. "아버지가 두려워한 건 하나였다. 내가 아버지처럼 되는 것." 이 영화에서도 볼 수 있듯 이 세상의 모든 아버지가 아들(딸)에게 바라는 건 청출어람青出於藍이다. 이 영화를 소환한 것은 다 까닭이 존재한다. 오래전부터 내가 아들에게 두려워했던 것은, 나처럼 술주정뱅이(?)가 되는 것이었다. "주정뱅이는 상감님 망건 살 돈도 술 사 먹는다."는 속담처럼 때론 대책이 없는 경우도 발생하기 마련이다. 그래서 지금껏 아들과 딸에겐 단 한 번도 술심부름을 시키지 않았다. 하여간 나에게 맛난 술을 보내주신 주류회사 회장님께 거듭 감사드린다. 아들이 집에 오면 다시 또 환상의 소맥燒麥을 나누리라. 이제 초근목피의 세월은 사라졌다. 다만 정서와 행동으로는 1842년 발표된 찰스디킨스의 소설 '크리스마스 캐럴'에 나오는 지독한 구두쇠 스크루지와 같이 마음이 초근목피처럼 인색하기 짝이 없는 사람은 여전히 적지 않지만.

양보운전

讓步運轉

교통이 혼잡할 때 상대차량을 위해
길을 내어줌으로써 양보하며 운전하는 일.

지난 1월에 아들의 집을 찾았다. 대전역에서 출발한 SRT열차는
불과 50분도 안 되어 동탄역에 도착했다. 마중을 나온 아들과 며
느리를 만나 사돈어르신께서 예약했다는 갈빗집으로 이동했다.
거기서 맘껏 먹고 마신 뒤엔 사돈어르신의 승용차에 올라 동탄역
으로 다시 나왔다. "오늘 덕분에 잘 먹고 갑니다. 다음엔 대전에서
제가 거하게 모시겠습니다!" 결혼 후 직장에서의 승진까지 겹친
덕분에 아들은 예전처럼 집에 자주 오지 못한다. 그러나 이따금
오더라도 승용차 대신 열차를 이용하라고 권하는 터다. 막히는 고

속도로와는 별개로, 모처럼 아들과 나눈 술이 혹여 '음주운전'으로 큰 봉변을 자초하는 건 아닐까, 라는 우려감에서 비롯된 이 아비의 조바심이 발동한 때문이다. 착한(?) 아들은 그래서 집에 올 적에 열차를 이용한다. 강화된 음주운전 단속에 주점과 음식점의 새벽 손님이 사라졌다는 뉴스가 돋보이는 즈음이다. 음주운전으로 인명 피해를 낸 운전자에 대한 처벌 수위를 높이고 음주운전 기준을 강화하는 내용 등을 담은 일명 '윤창호법'이 시행되고 있다. 이로 인해 밤거리의 음주문화까지 바뀌고 있다고 한다.

특히 직장인들을 주요 타깃으로 했던 일부 상권 주점의 경우엔 손님이 줄고 술 소비량까지 급감해 매출도 덩달아 줄어들었다는 후문이다. 아무튼 어떤 경우라도 음주운전만큼은 하지 않아야 당연하다! 아들과 며느리를 보려고 찾은 동탄행 열차 이용 얘기를 먼저 꺼낸 건 다 이유가 있다. 이 글을 읽는 독자 분들은 눈치챘겠지만 나는 승용차가 없다. 평소 술을 좋아하는 터라서 음주운전의 가능성과 위험을 미리 예방코자 하는 유비무환有備無患 차원에서 아예 차를 구입하지 않았기 때문이다. 앞으로도 차는 소지하지 않을 작정이다. 지난 2017년 10월, 자신이 살던 아파트 단지 안 횡단보도를 건너던 김○○(당시 5세) 양을 치어 숨지게 한 운전자가 있었다. 이 사건의 경각심 복기復碁를 위해 2018년 12월 5일자 D뉴스

24의 기사를 찾아봤다.

법정을 눈물바다로 만든 소방관 부부의 '간절한 편지' / 대전 서구의 한 아파트 단지내 횡단보도에서 발생한 사고로 5살 딸을 잃은 소방관 부부가 재판부를 향해 눈물의 편지를 읽어 법정을 눈물바다로 만들었다. (중략) 지난해(2017년) 대전 서구의 한 아파트 단지에서 발생한 교통사고로 5세 딸을 잃은 소방관 부부가 항소심 법정에서 눈물을 흘리며 가해자의 엄벌을 요구했다. 대전지법 제1형사는 5일 오전 교통사고처리특례법 위반 혐의(치사)로 기소된 A씨(45)씨에 대한 항소심 결심 공판을 열었다. 검찰은 A씨에게 1심처럼 금고 2년을 구형했다. 이날 법정은 한순간 눈물바다가 됐다. 사고로 인해 눈에 넣어도 아프지 않을 5살 딸아이를 잃은 소방관 부부가 재판부에 엄벌을 요구하며 눈물의 편지를 읽었다. 숨진 아이의 어머니는 "저는 지금 외상 후 스트레스 진단을 받고 정신과 약을 복용하지 않으면 하루하루를 버티기 힘들 정도다. 어떻게 가족의 고통과 아픔을 표현해야 판사님이 느낄 수 있을까"라며 말문을 뗀 뒤, 저는 아직도 그날 그 횡단보도에 서 있다. 지켜주지도 못한 엄마로, 같이 가주지 못한 엄마로 아직도 그대로 거기에 서 있다"고 흐느꼈다. 이어 "내 새끼의 마지막 모습을, 차디찬 바닥에서 생을 마감한 내 아기의 마지막 모습을 온몸에 품고 미친년처럼 서 있다"면서 "정말로 시간이 흐르면 무뎌지고 괜찮아질

까. 자식을 어떻게 가슴에 묻어야 하는지 지금도 모르겠다"고 눈물을 흘렸다.(후략)

- D뉴스, 2018년 12월 5일, 24의 기사

다른 직업도 아닌, 남의 생명을 구하는 최일선의 119 구급대원으로 일했던 엄마가 다섯 살 딸을 잃었을 당시의 그 심정을 떠올리면 나 역시 지금도 가슴이 아프다. 돌이킬 순 없겠지만 당시 운전자가 어린이를 위한 '양보운전'만 했더라도 어찌 그런 비극이 발생할 수 있었을까! 이 글을 쓰면서 거듭 강조한다. "운전자 여러분~ 역지사지易地思之의 입장으로 제발(!) 양보운전讓步運轉 좀 하시기 바랍니다! 당신도 핸들을 놓으면 보행자가 됩니다."

외가차별
外家差別

외가보다 친가를 우선시하는
우리나라의 사회분위기를 일컫는 말.

작년 3월 광양에 다녀왔다. 서대전역에서 KTX를 타고 순천역에
내리니 사위가 차를 가지고 나와 기다리고 있었다. 탑승하여 광양
까지 간 뒤 사위의 외할머니 상喪이 치러지는 장례식장에 도착했
다. 고인께 절을 한 뒤 사돈어르신과 일가친척들에게도 인사를 드
렸다. "어머님을 잃으신 아픈 마음을 무엇으로 위로를 드려야 할
지 모르겠네요."라는 나의 위안에 안사돈께서는 "손녀 얼굴을 그
렇게나 보고 싶어 하셨는데 이루지 못하고 돌아가셨어요."라며 눈
물을 보이셨다. 작년 1월에 출산한 나의 외손녀를 말씀하신 것이

었다. 덩달아 슬픔이 솟기에 제어할 요량으로 애먼 술만 들이켰다. 바깥사돈께서 안 계시기에(오래전 작고하셨음) 안사돈께서는 외아들 하나만을 보며 이 풍진 세상을 누구보다 열심히 살아오셨다. 그 아들을 누구나 선망하는 서울대까지 보내느라 고생하신 지난날은 이미 딸을 통하여 듣고 있는 터였다. 그래서 나의 '친정 어머니'를 여읜 안사돈을 향한 위로는 그 누구보다 진중하고 무게까지 무거웠음은 물론이었다. 사위를 애지중지로 키워주신 외할머니… 하지만 사위의 회사에선 단지 친할머니가 아니라는 이유만으로 휴가는커녕 장례용품의 그 어떤 것도 지원을 해주지 않았다고 했다. 순간 부아가 불끈 치솟았다. 따지고 보면 친할머니보다 외할머니가 손자(손녀)의 양육에 더 적극적인 것이 엄연한 현실 아니던가! 이에 대한 고찰考察이 2018년 4월 2일자 D일보 "외할머니가 키워주셨는데… 친할머니 발인만 지키라고요?" 기사에 드러나 있다.

일하는 엄마를 대신해 외할머니 손에 자라신 분들 많으시죠? 저도 그렇습니다. 올해 31세인 전 네 살 때부터 14세 때까지 10년을 대구 외할머니 댁에서 살았습니다. 외할머니는 '엄마'였습니다. 수저통을 두고 학교에 간 저를 위해 비 오는 날 우산도 없이 교문 앞까지 달려오시던 모습, 외할머니표 간식인 조청 찍은 찐 떡을 제 입에 넣어주시며 환히 웃으시던 모습…. 제가 기억하는 유년 시절의 모든 추억엔

늘 외할머니가 계십니다. 군대에 갔을 때도 여자 친구에게 전화할 카드를 조금씩 아껴 매주 할머니께 전화했죠. 엄마보다 외할머니가 더 애틋한 존재였으니까요. 지난해 취업 삼수 끝에 지금의 회사에 입사했을 때 외할머니는 눈물을 글썽이며 누구보다 기뻐하셨습니다. "아이고 우리 민석이, 맘고생 많았지!" 전 외할머니께 효도할 수 있게 해준 회사가 너무 고마웠습니다. 그런데 얼마 전 외할머니가 돌아가셨을 때 그 마음이 한순간에 푹 내려앉더군요. 회사가 '외조부모상은 상으로 치지 않는다'며 상조휴가를 줄 수 없다는 겁니다. 친조부모상에는 유급휴가 3일에 화환과 장례용품, 상조 인력과 조의금이 지원되지만 외할머니는 안 된다고 했습니다. 심지어 친가는 큰아버지, 큰어머니 장례에조차 유급휴가가 나온다던데 외조부모 장례는 가볼 수조차 없다니 대체 말이 되나요. 전 간신히 이틀의 연차를 내 장례식장에 갔지만, 셋째 날 업무 때문에 복귀하란 연락을 받고 발인도 보지 못한 채 출근해야 했습니다. 지금이 어느 시대인데…. 이런 일은 없어야 하는 것 아닌가요.(후략)

-D일보, 2018년 4월 2일, "외할머니가 키워주셨는데… 친할머니 발인만 지키라고요?"

여기서 볼 수 있듯 우리나라의 장례 관련 법은 잘못돼도 한참이나 잘못되었다. 외할머니는 내 어머니를 낳아주신 어머니다. 그럼에도 불구하고 단지 외가外家라는 이유만으로 이처럼 차별을 해서야 쓰겠는가? 이어지는 기사에서도 지적했듯 "올해 초등학교에 입학한 아들을 둔 직장맘 윤지영(가명·39) 씨는 아이를 낳고 시댁에 육아 도움을 요청했더니 '육아는 네 몫이니 친정 부모에게 여쭤봐라'라고 말하더라."라며 "시부모님이 늘 '우리 새끼 승준이(가명)'라고 말씀하시지만 사실상 승준이를 지금까지 키운 건 친정 부모님"이라고 말했다. 이처럼 외가를 더 가까운 가족으로 느끼는 한국 사회의 문화가 생긴 지 오래지만 기업들의 상조 정책은 여전히 친가 위주를 못 벗어나고 있다는 것이 문제다. 양현아 서울대 법학전문대학원 교수의 지적처럼 "(지금처럼) 기업들이 친가와 외가를 차별하는 건 친족 제도의 잔재를 그대로 유지해 왔기 때문"이다. 따라서 2005년 호주제가 폐지된 만큼 기업들의 문화적 사고도 바뀌어야 한다는 주장에 동의하는 것이다. 몇 년 전 숙모님께서 별세하셨을 때도 회사에선 단 하루의 휴가조차 주지 않았다. 그것은 내게 마치 '숙모님은 가족이 아니다'라는 의미로 읽혀졌다. 나는 그래서 얼마나 분노의 눈물과 횟술을 억수로 마셨는지 모른다. 잘못된 법은 하루빨리 바뀌어야 한다. 잘못된 법의 탄탄한 보완과 올바른 정비는 국민들에게 희망을 선사하는 것과 마찬가지다. 농땡이꾼 국회의원은 분명 직무유기다. 그러면서도 엄청난 액수의 세비를 꼬박꼬박 챙기는 어떤 모순은 결코 면책 특권이 될 수 없다.

함구개고
緘口開庫

입을 다물고 흔쾌히 돈 지갑을 연다는 뜻.
경제적 비용을 기꺼이 지불할 정도의 의향이 있을 때 쓰는 말
(저자가 지은 사자성어).

젊어선 여름이 좋았다. 겨울은 너무 싫었다. 늙으니 이마저 바뀌었다. 여름이 싫다. 겨울엔 옷을 껴입으면 견딜 수 있다. 요즘 의류는 어찌나 잘 만드는지 방한防寒까지 잘되어 안 춥다. 그렇지만 여름엔 견딜 재간이 없다. 한여름엔 마치 삶아댈 듯한 신랄한 폭염이 괴롭힌다. 에어컨이 없으면 밤에도 제대로 된 수면이 어렵다. 그래서 TV에서 전국의 해수욕장과 계곡이 피서객들로 연일 만원을 이루고 있다는 뉴스가 예사로 안 보인다. '아~ 만리포가 그립구나!' ― "똑딱선 기적소리 젊은 꿈을 싣고서 갈매기 노래하는

만리포라 내 사랑~" — 으로 시작하는 '만리포사랑'은 우리 베이비부머들에게서 여전히 애창되는 가요다. 동창들과 해마다 찾는 곳이 만리포 해수욕장이었다. 그러나 두 달에 한 번 동창들을 어렵사리 불러 모으자면 무더위가 창궐할 때, 즉 적기適期에 모이기가 어렵다는 현실적 한계가 아쉬움이다. 몇 년 전 6월초에 찾았던 만리포 해수욕장은 물이 차가워서 입수가 불가능했다. 꿩 대신 닭, 아니 '바다 대신 먹기'라고 만리포 해변에서 꽃게찜과 광어회 초밥 등을 먹고 오는 것으로 만족하는 수밖에 없었다. 더울 때 다시 찾아가서 1박까지 하고 온다면 올여름 무더위는 깨끗이 잊을 수도 있으련만….

오늘은 일요일이다. 남들은 다 쉬는 일요일에도 나는 그렇지 못하다. 직업의 특성상 주말의 개념조차 성립이 안 되기 때문이다. 한데 마침맞게 나도 오늘은 복불복福不福에 의거하여 쉴 수 있는 '행운'을 잡았다. 한 달에 1~2번은 오늘 같은 휴식의 날과 조우할 수 있어 얼마나 다행인지 모른다. '만리포'라는 환상을 접고 꿩 대신 닭이랬다고 서점에 갔다. 갈무리해 두었던 신문에 게재된 서평의 신간新刊을 샀다. 내가 비록 돈은 없으되 책만큼은 가득한 '책부자'다. 처음 우리 집을 찾은 사람은 서가書架에 가득한 책을 보곤 다들 놀란다. 책은 그 무엇도 허투루 된 게 없다. 또한 촌철살인

鐵殺人으로 다가오는 한 줄의 명문장名文章은 무더위쯤이야 금세 잊게 해주는 아주 시원한 소나기다. '작가는 저 명문장을 쓰고자 얼마나 치열하게 고민했을까?!'라는 생각을 한다. 이런 마음은 장래 베스트셀러 작가가 된 나의 모습을 떠올리게 한다. 독자들로 하여금 함구개고緘口開庫 = 입을 다물고 돈지갑을 열다의 동기 부여가 가능한 최고의 작품, 즉 천의무봉天衣無縫의 글을 쓰리라는 다짐의 횃불로도 작용한다.

책을 사서 집으로 돌아와 침대 맡에 두니 마음이 든든해졌다. 언제든 읽을 수 있는 책이 곁에 있다는 건 행복이다. 침대 맡에는 오늘 구입한 책 말고도 기타의 책들이 수북하다. 그중엔 몇 년 전 나의 인터뷰 기사가 게재된 에세이 전문 월간지도 보인다. 거기엔 "(겨우 초졸 학력만으로도 언론사의) 정식 논설위원에 도전해 보고 싶다!"는 나의 다부진 결심이 실려 있다. 간절한 꿈은 반드시 이루어진다. 실제로 나는 모 언론사에서 한동안 논설위원으로 활동하며 글을 썼다. 이후 편집위원으로 강등(?)되었지만 어쨌든 꿈은 이룬 셈이다. 사람은 누구나 고된 삶의 기억과 즐거운 사연을 가지고 있다. 그것들을 밑바탕으로 하여 마음 밭 사이사이 고랑에 이야기 씨앗을 심는 게 글쓰기의 묘미다. 사람이 이 세상에 태어난 것은 '행복하게 살다 가라'는 어떤 의무와 권리까지 부여받았기 때문이다. 내게 있어 글쓰기는 그러한 정서의 연장선상이다. 행복하자면 행복 씨앗의 발아發芽 외에도 그로 말미암아 익은 '감나무'의 열매를 따야 한다. 그런데 감나무에서 감이 떨어질 때까지 기다리는 것처럼 미련한 게 또 없다. 따라서 잘 익은 감은 장대로 따야 한다. 그게 없어서 바지랑대로 따는 경우도 없지 않다. 그러나 이럴 경우 빨랫줄이 늘어져서 일껏 해놓은 빨래가 땅바닥에 주저앉으면 아내와 어머니로부터도 경을 치기 십상이다. 감을 따는 도구인 장대(대나무나 나무로 다듬어 만든 긴 막대기)의 소재는 기왕이면 다홍치마랬다고 구슬처럼 꿰어 꿈으로 지어진 이야기라면 금상첨화錦上添花가 아닐까. 함구개고의 바람과 염원을 담아 오늘도 글을 쓴다. 이러한 저자의 진실과 진정성을 독자는 분명 간파할 것이라 믿는다. "진실도 때로는 우리를 다치게 할 때가 있다. 하지만 그것은 머지않아 치료를 받을 수 있는 가벼운 상처이다." 프랑스 소설가 앙드레 지드가 남긴 말이다. 그가 나를 위로해 주고 있다.

희망을 버리는 것은 바보짓이다

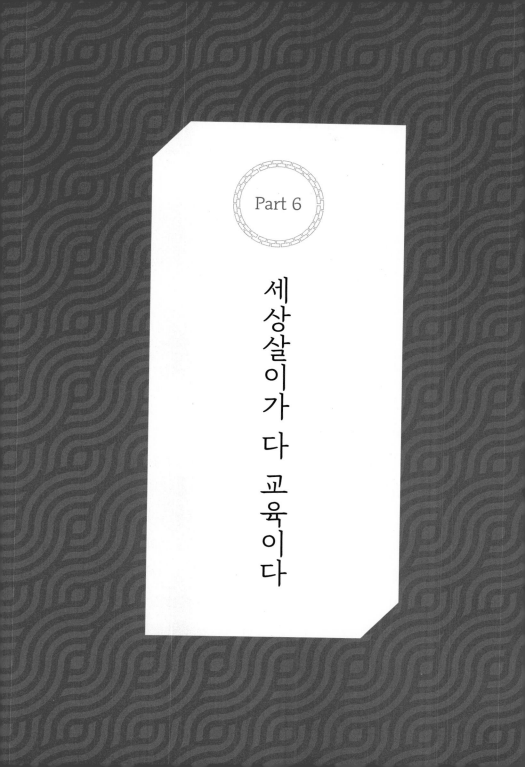

Part 6

세상살이가 다 교육이다

인사청문
人事聽聞

—

대통령이 임명한 행정부의
고위 공직자의 자질과 능력을 국회에서 검증받는 일.

지금도 메고 다니는 배낭은 2년 전에 1만 9천 원을 주고 샀다. 여기엔 도시락과 기타의 소지품을 넣고 다닌다. 출퇴근 때 나의 등에 찰싹 달라붙어 동행하는 친구다. 싸구려 가방인 데다가 지퍼가 고장 난 지 오래된 가방이다. 다행히 한쪽 지퍼는 아직도 멀쩡하여 어찌어찌 사용하고 있다. 언젠가 국회방송을 통하여 검찰총장 후보자에 대한 국회의 인사청문회를 보았다. 여기서 여당의원들은 그 후보자를 감싸느라 '고군분투'했다. '라이언 일병 구하기', 아니 '0 후보자 구하기'에 나선 모 당의 의원은 이런 말도 했다. "0

내정자가 검사(공무원)생활 24년 만에 재산이 14억~15억밖에 되지 않는 것은 보기 드물게 청렴하게 살아왔다는 것"이라고. 그런데 거기서도 의문이 드는 건 있었다. 공무원이 24년 간 근무하면서 재산을 10억 대 '밖에' 못 모았다는 것이 과연 청렴한 관리의 기준이란 말인가? 그럼 먹고살면서 자식들까지 가르치느라 여태껏 내 집 한 칸이 없는 공무원은 그럼 무능력자란 것인가! 반면 민주당 등 야당은 일제히 ○ 후보자의 28억 7천만 원짜리 고급 아파트 구입대금 의혹과 채권자인 박 모와의 관계를 집중 추궁했다. 이에 대하여 ○ 후보자는 "그를 잘 모른다."에 이어 해외 동반 골프여행도 함께 간 적이 없다느니 하면서 피해 갔다.

이 같은 '문제'뿐만 아니라 ○ 후보자 아들의 '조그만 교외'에서의 결혼식을 했다는 것도 사실은 워커힐 W호텔이라는 최고급 6성급 호텔을 그처럼 작위作為적으로 표현했음이 드러났다. 또한 시가 6천만 원을 호가하는 고급 차량 제네시스의 무상 사용 의혹과 호화 백화점 회원권에 이어 3천만 원이나 된다는 이른바 명품 외제 가방인 샤넬 핸드백 등 ○ 후보자 부인에 대한 '사안'도 인사청문회의 도마에 올랐다. 이밖에도 ○ 후보자의 부인이 사들인 고가품에는 60만 원짜리 샌들과 고가의 구두, 핸드백과 보석 외에도 향수와 속옷 등이 포함돼 있었다고 밝혔다. 이러한 국회방송을 보면서 다

세상살이가 다 교육이다

른 건 모두 차치하고라도 '가방 하나에 무려 3천만 원이나 한다는 외제 명품은 과연 그렇게 좋은 것인가?'라는 자문자답自問自答에 생각이 또 정박碇泊하게 되었다.

우리가 쉬 우스개로 하는 말에 "가방 크다고 공부 잘하냐?"는 게 있다. 여태껏 단 한 번도 명품가방은커녕 속칭 '짝퉁'이라고 하는 가방도 소지하지 못 한 터이다. 그러므로 그처럼 비싼 외제 명품가방을 가지고 다니면 신분과시와 함께 덩달아 명예와 돈도 그만큼 가득 들어오는지의 여부는 도통 알 길이 없다. 하지만 명색이 고위공직자의 부인이 그처럼 과도한 낭비를 했다는 건 분명 국민적 비판과 조소의 대상이 되고도 남음직한 현안懸案이 아닐까 싶었다. 그즈음 한국개발연구원이 발표한 '빈곤변화 추이와 요인분석'에 따르면 우리나라는 OECD국가 중 가장 빠른 속도로 빈곤층이 급격하게 증가하고 있다고 했다. 다 아는 상식이겠지만 검사(검찰)는 부정과 비리를 저지른 사람(혐의자)이 내놓는 변명의 논리적 허점을 파고들어 혐의를 입증해 내는 '국가가 보장한' 막중한 임무와 힘을 지닌 사람(들)이다. 그러하거늘 검찰의 수장이 될 분이 그처럼 앞뒤가 안 맞는 '궤변'으로 일관했으니 어찌 국민적 의혹이 증폭되지 않을 수 있었겠는가. 국회에서의 예봉이 심했던 덕분에 0 검찰총장 후보자는 청문회 하루 만에 전격 사의를 밝히고

자진사퇴했다. 내가 떳떳해야 누구에게든 당당할 수 있는 법이다. 대통령의 임명 의지만 확고하다면 기실 국회의 인사청문회는 유명무실有名無實한 종이호랑이에 불과한 것이 현생 법의 어떤 모순이자 약점이다. 그렇긴 하더라도 국회의 인사청문회는 곧바로 민심의 풍향계가 되느니만큼 결코 태산명동서일필泰山鳴動鼠一匹이 되어선 안 될 것이다. 태산泰山이 떠나갈 듯이 요동하게 하더니 이에 놀라 뛰어나온 것은 고작 쥐 한 마리뿐이어서야 뉘라서 이를 곧이 믿을까. 아울러 국회의 인사청문人事聽聞에서 의원들의 벼락 호통 대신 정말 보기 드문 청백리淸白吏였다며 고루고루 존경을 받는 인사의 모습을 보고 싶은 건 모든 국민들의 한결같은 바람이다.

세함단상

歲銜斷想

예전 서울이나 지방 관아의 군졸 등이 설날에 상관의 집에 문안을 드리고
그 증표로 명함을 놓고 오던 일을 '세함'이라고 한다. 그러한 일과 관련한
단편적인 생각들을 떠올리며 쓴 글이기에 이러한 제목을 붙였다.

작년 한가위를 지난 즈음이었다. 경기도 일산에 사는 동향^{同鄕}
의 죽마고우에게서 전화가 걸려 왔다. "우리 초등학교 총동문체육
대회는 언제니?" "응, 10월 13일이지, 왜 너도 참석하려고?" "아니,
그냥 네 안부가 궁금해서." "싱거운 녀석 같으니라고. 그건 그렇고
지난 추석엔 천안에 왔다 갔니?" "바빠서 그만 못 갔어. 처가^{妻家}도
마찬가지고." "누군 안 바쁘니? 그럴수록 더 자주 내려와서 친구
들도 좀 만나자꾸나. 이러다간 길거리서 널 봐도 못 알아보겠다."
"알았어, 술 작작 마시고 건강해라." "사돈 남 말 하네." 전화를 한

그 친구는 나처럼 자타공인自他共認의 애처가다. 따라서 우리 민족
의 최대명절인 추석에도 고향 본가本家에 이어 처가에도 갈 수 없
었다는 건 그 친구가 그만큼 바빴지 싶었다. "그나저나 온양엔 다
녀왔니?" 유일한 집안의 어르신인 숙부님께서 사시는 아산(온양)을
그 친구가 묻는 질문이었다. "추석에도 일해야 하는 때문에 그 전
에 미리 다녀왔다." 연전 작고하신 숙모님으로 말미암아 숙부님의
작년 추석 전의 표정은 여전히 허우룩(마음이 매우 서운하고 허전한 모양)
하셨다. 또한 외출을 나가신 터였음에 약간을 기다렸다가 뵈어야
했다.

"어디 다녀오세요?" "추석이 코앞인데 그러나 네 작은어머니가
부재不在한 상태가 다시금 마음을 바늘처럼 후벼 파기에 저수지(신
정호)에 가서 심란한 맘을 달래고 왔다." "……!" 언젠가 숙모님께서
살아계실 적의 설날에도 아산을 찾았다. 그렇지만 평소 자주 다
니신다는 사찰에 가시어 두 분 어르신 모두 안 계셨다. 전화를 드
렸더니 늦게 집에 도착 예정이니 그냥 가라고 하셨다. 그래서 준
비한 선물의 안에 내 명함을 넣으면서 명함의 뒤엔 간략하나마 못
뵙고 가 죄송하다는 메모를 남겼다. 모처럼 찾아온 길이었음에도
숙부님과 숙모님을 모두 뵙지 못하고 돌아서는 발길이 아쉬워 불
평을 내재한 통통걸음(발로 탄탄한 곳을 자꾸 세게 구르며 빨리 걷는 걸음)을

거듭했다. 어쨌든 내가 왔다 갔노라는 표시는 하였기에 이는 그렇다면 어떤 세함歲銜인 셈이었다. '세함'은 예전 서울이나 지방 관아의 군졸 등이 설날에 상관의 집에 문안을 드리고 그 증표로 명함을 놓고 오던 일을 의미한다. 또한 상관의 집에서는 이를 받기 위하여 문간의 적당한 곳에 칠기漆器=옻칠을 한 나무 그릇를 비치하였다고 전해진다. 새해 아침을 뜻하는 '설'은 우리말이다. 추석을 나타내는 한가위도 마찬가지다.

우리말은 이처럼 오묘하면서도 참 웅숭깊다. 아름다운 우리말은 부지기수로 많다. 고운 말이 너무도 많은 까닭에 적당히 '맛보기' 하겠다. 추운 겨울에 식어서 차가워진 밥이나 국수를 먹으려면 '토렴(밥이나 국수에 뜨거운 국물을 부었다 따랐다 하여 덥게 함)'을 하여 먹어야 한다. '온새미로'는 자연 그대로, 즉 '언제나 변함없이' 라는 뜻의 순우리말이며 '미쁘다'는 믿음성이 있다는 의미이니 올해는 이 기조基調를 계속하여 유지한다면 더 좋은 일이 거듭될 수도 있을 듯싶다. '도사리'란 익는 도중 바람이나 병 때문에 떨어진 열매를 가리킨다. 과수원 농가에서 가장 우려하는 것이다. 아주 맑은 날씨는 '드맑다', '새맑다', '샛맑다'가 자웅을 겨룬다. 조금 맑은 듯한 상태는 '맑스그레하다', '말그스름하다', '말그스레하다'로 표현한다. 반대로 흐린 날씨는 '검기울다', '그무러지다', '째푸리다' 등의 표현이 있다. 내가 좋아하는 비雨에도 붙는 말이 다르다. 초가을에 쏟아져 내리다가 개기를 반복하는 것을 '건들장마', 땅바닥을 두들기듯 오는 것은 '날비', 안개보다 조금 굵고 이슬비보다 조금 가는 비를 '는개', 빗발이 보이도록 굵게 내리는 비를 '발비'라고 한다. 겉보기는 괜찮은데 아무 소용없는 물건은 '나무거울'이며 겉은 그럴듯하지만 속은 보잘 것 없는 물건은 '굴퉁이'라고 한다. 아무리 좋은 말도 사용치 아니 하면 무용지물無用之物이며 '그림의 떡'이다. 참 아름다운 우리말, 자주 사용하고 볼 일이다. 코로나19의 장기화로 숙부님을 뵌 지도 꽤 되었다. 세함 대신 건강식품을 사서 택배로 자주 보내드리고 있다. 그럼에도 마음에 차지 않는 것은, 그리운 사람은 역시 만나는 것이 제일이기 때문이다. 조카인 나를 친아들처럼 맞아주시는 푼더분한 숙부님을 어서 뵙고 싶다.

반면교방

反面教防

국방(國防)처럼 중차대한 게 또 없음을 나타내는 어떤 가르침
(저자가 지은 사자성어).

가장 비겁(卑怯)한 사람은 누구일까? 바로 일구이언(一口二言)하는 사람이다. 또한 거짓을 밥 먹듯 하는 사람 또한 비겁의 절정이다. 사람이라면, 특히나 남아라고 한다면 절대로 비겁해선 안 된다. 가수 유승준 씨가 2015년 5월 19일 아프리카TV를 통해 한국 국적 포기에 대한 자신의 심경을 이야기하며 눈물까지 보였다. 그러나 우리나라 국민들은 여전히 그를 믿을 수 없다며 차가운 눈길을 거두지 않았다. 그는 "처음부터 군대를 가지 않기 위해 거짓말을 한 게 아니었다"며 눈물로 나름 호소했다. 한국 국적을 포기한 지 13년 만

에 한국 땅을 밟고 싶다며 그처럼 어떤 '악어의 눈물'까지 보인 것이었다. 그럼에도 불구하고 한때 그를 사랑했던 팬들마저 한번 속지 두 번은 절대로 안 속겠다며 냉대했던 것이다. '일구이언'은 이처럼 그 무게와 파급력이 보통 아니다. 유 씨는 지난 2002년 군 입대를 앞두고 돌연 한국 국적을 포기했다. 그 대신 미국 국적을 취득해 군 입대 대상자에서 제외된 인물이다. 그의 양두구육과도 같은 행태에 국민들은 분노했고 법무부는 이후 유 씨를 입국 금지자로 지정했다. 미국 국적의 외국인이 된 그는 따라서 작년까지 한국으로의 입국이 불허되고 있는 상태였다. 언제부터인가 병역의무자의 국적 포기 현상이 급증하고 있다고 한다. 병역의무자의 국적 포기는 한국의 국적자가 외국으로 이주해 그 나라의 시민권을 획득했거나 외국에서 출생해 복수국적을 보유했을 경우 만 18세가 되는 해에 발생한다. 이때 한국 국적을 포기하면 병역의무도 동시에 없어진다는 것이다. 여기서 더욱 문제가 되는 것은 그 같은 국적 포기자 가운데 상당수가 고위 공직자들의 직계비속直系卑屬이란 사실이다.

북한의 김정은은 툭하면 전쟁도 불사하겠다며 협박하고 있다. 핵개발까지 마친 북한정권은 기고만장氣高萬丈에 안하무인眼下無人까지 갖추곤 연일 우리 국민들의 심사를 불편하게 하고 있다. 이러한 때 누구보다 앞장서서 자신의 자녀(요즘은 여군도 많아졌다)부터 군에 보내야 마땅한 고위공직자들이 오히려 군대에 보내지 않으려고 국적을 포기한다는 게 말이 되는가? 그러므로 이러한 '일구이언'의 부끄러운 작태를 연출하고도 버젓이 고위직에 앉아 국민의 혈세로 조성된 급여를 수령하는 자들의 명단은 공개해야 마땅하다. 아울러 심한 말이긴 하되 그 직職마저 거둬야 옳다. 오래 전부터 국민들 사이에선 "만약 우리나라에서 전쟁이 발발하면 외국 국적을 가진 고위직들과 그 자녀들부터 달아날 것"이란 말이 회자되고 있다.

지진이 일어나면 쥐가 가장 먼저 알고 피한다는 말이 있긴 하지만 그 대상이 쥐도 아닌 사람들이라고 한다면 그들처럼 후안무치厚顔無恥한 자들도 없는 셈이다. 외국 국적까지 포기하고 귀국하여 우리 군에 입대하는 젊은이들에게 정녕 부끄럽지도 않은가! 그래서 병역기피자의 입국을 막는 출입국관리법 개정안인 일명 '유승준법'이 발의된 것은 만시지탄晩時之歎이되 환영하는 입장이었다. 국지주의에 편승하여 병역을 면탈하고자 고의로 외국에 나가 애를 낳는 사람들도 이 범주에 넣어야 한다. 우리나라에서 누릴 건 다 누리다가 막상 병역의무가 닥치면 국적마저 세탁하여 군에 안 가려는 행태는 국민 위화감 차원에서라도 반드시 불식돼야 마땅하다. 반면교사反面教師는 사람이나 사물 따위의 부정적인 면에서 얻는 깨달음이나 가르침을 주는 대상을 이르는 말이다. 따라서 내가 만든 사자성어 반면교방反面教防은 국방國防처럼 중차대한 게 또 없음을 나타내는 어떤 가르침이랄 수 있다. 현명한 부모가 재능 있는 자녀를 낳는다는 의미가 남전생옥藍田生玉이다. 그러한 부모라고 한다면, 특히나 고위직이라면 노블레스 오블리주 noblesse oblige 마인드의 견고함은 기본이 되어야 당연하다. 자기 자식이 안 귀한 사람은 없다. 그러나 그보다 우선인 건 국방이다. 나라가 망하면 가정도, 재산도, 개인까지 모두 붕괴된다. 유승준 씨가 비자 발급 소송에서 최종 승소하면서 국내 입국이 가시화됐다. 이 일을 계기로 중차대한 국방의무를 버리려는 젊은이들이 또 증가하지 않을까 많이 우려스럽다. 이제는 김정은의 여동생까지 나서서 아닌 게 아니라 그야말로 '막가파'로 들이대고 있는, 더욱 살벌한 남북관계다.

안하무인

眼下無人

───

눈 아래에 사람이 없다는 뜻으로,
사람됨이 교만(驕慢)하여 남을 업신여김을 이르는 말.

고려高麗를 뒤엎고 조선朝鮮을 창업한 태조 이성계李成桂는 걸출한 대장부였다. 중국의 원말명초元末明初 교체기의 혼란한 국제 정세를 틈타 고려의 자주성을 되찾고자 했던 공민왕은 1356년 원나라의 간섭 시기에 잃어버렸던 땅, 쌍성총관부를 수복하려 하였다. 이때 공민왕이 보낸 동북면병마사 유인우에게 협력하여 쌍성총관부 지역을 고려가 탈환할 수 있도록 도운 사람이 이성계의 아버지 이자춘李子春이다. 당시 20대였던 이성계도 아버지와 함께 원나라 세력을 몰아내는 데 일조하였다. 1361년 이자춘은 삭방도만호 겸

병마사로 임명되어 동북면 지방의 실력자로 급부상했다. 외침에 시달리고 내적으로는 권문세족權門勢族의 득세로 왕권이 약화되어 군사 조직이 붕괴하고 국가 재정은 말이 아니었던 고려 말이었다. 비록 변방의 세력이었지만 착실히 군사력을 키운 이성계 가문의 힘은 막강했다. 이성계 집안은 언제든지 동원할 수 있는 탄탄한 사병 조직을 가지고 있었고, 지역에 뿌리박고 살면서 키운 인맥과 경제력 또한 만만치 않았다. 더욱이 이성계는 급부상한 집안의 배경과 함께 뛰어난 무예까지 겸비하고 있었다. 그는 활을 매우 잘 쏘았으며 동북면의 여진족과 고려인들을 수하로 부리면서 장수로서의 자질도 키워나갔다. 아버지의 노력으로 고려의 정치 무대에 모습을 보인 이성계는 낭중지추囊中之錐처럼 곧 두각을 나타내기 시작했다.

이성계의 활약은 당시 극심해진 삼남 지역의 왜구 침입을 막아내는 데도 혁혁한 공으로 나타났다. 해안뿐 아니라 내륙에까지 침입하여 약탈을 일삼던 극악한 왜구를 황산에서 섬멸하여 그의 명성은 하늘을 찔렀다. 이후 이성계는 북쪽과 남쪽을 오르내리며 근 20여 년간을 고려 조정을 위해 일했다. 그가 치르는 전투는 모두 승리하였으므로 그는 '불패의 사나이', '난세를 구원할 영웅'으로 명성을 쌓아갔다. 거듭되는 승전은 그를 고려 조정에서 없어서는 안 될 인물로 만들었고, 벼슬길은 승승장구乘勝長驅였다. 또한 그의 인기와 명성을 좇아 많은 사람이 주변에 모여들게 되었다. 그중에는 이미 그 운이 다한 고려를 뒤엎고 새로운 세상을 열고자 하는 생각을 품은 신진사대부新進士大夫들도 있었다. 자신의 능력으로 일취월장日就月將하며 입지를 확고히 한다고 했음에도 이성계에게는 변방지역 출신이라는 꼬리표가 붙어 있었다. 따라서 누대에 걸쳐 뿌리내린 막강 권문세족權門勢族들이 버티는 고려 중앙의 정치 무대에서 그의 성장엔 한계가 있었다. 특히 같은 시기 이성계와 함께 외적을 퇴치하는 데 혁혁한 공을 세운 권문세족 출신의 고려 명장 최영崔瑩이 이성계로서는 그야말로 '넘사벽'의 난공불락難攻不落 존재였다. 공민왕의 사후 정계를 주름잡던 이인임 세력을 최영과 함께 물리친 이성계는 수문하시중守門下侍中의 자리까지 올랐지만 언제나 최영의 다음 자리였다. 기회를 도모하던 그는 결국 '위화도威化島 회군回軍'으로 조선 창업의 기치를 높이 들기에 이른다. 요동 정벌대에 군사 대부분을 내주었던 최영은 적은 숫자로 이성계에게 맞섰지만 역부족이었다. 이성계는 쿠데타에 성공했고 자신을 가로막고 있던 태산과도 같은 존재였던 최영마저 제거했다. 이성계는 정도전과 손잡고 고려에 대한 충성을 주장하던 정몽주까지 선죽교에서 죽이고는 역성혁명易姓革命의 발판을 마련하였다. 그렇게 파란의 개국 토대를 마련했건만 이성계가 조선을 통치한 재위 기간은 1392년부터 1398년까지 불과 6년여 밖에 되지 않는다.

　권불십년權不十年이란 아무리 막강한 권력도 10년을 못 간다는 말이다. 요즘은 이마저 '퇴색되어' 권불오년權不五年으로 축소되었다. 그럼에도 불구하고 지금도 권력을 쥔 자들의 일부는 오만방자傲慢放恣의 기색이 때론 안하무인眼下無人이라 칭하기에도 부족할 지경이다. 정부 기관의 모 수장이었던 인사가 재벌과 대기업을 혼내주러 다닌다고 한 말이 이런 지적의 과녁이다. 자신의 신분은 정권의 시한時限인 5년도 지탱하기 힘든 어공(어쩌다 공무원)이지만 기업은 최소한 개인의 정년까지 직장과 급여를 보장하고 있음을 왜 간과하는 건지 도무지 모를 일이다. 배울 만치 배웠다는 사람이 하지만 정작 '모든 화의 원인은 구시화문口是禍門으로부터 시작된다'는 말은 왜 모르는 걸까? "그때가 좋았어!"라는 세인들의 평가를 받고자 한다면 지금부터라도 잘하고 볼 일이다. 지금 정부와 여당은 지난 4.15총선에서 압승을 거두었다. 이럴수록 더 겸손해야 된다는 것은 민의民意이자 시대적 요구다. 국민들의 탄핵열풍에 힘입어 정권이 바뀌었으되 국민의 삶의 질 발전은커녕 오히려 빈곤으로 퇴보한다면 '그 나물에 그 밥'이라는 조소처럼 비난의 손가락질만 쇄도할 것임은 자명한 이치다. 이성계가 왕의 자리에 오를 수 있었던 것은 안하무인 대신 겸손으로 일관한 덕분이었다. 겸손은 자기를 낮추는 것이 아니라, 도리어 자기를 세우는 것이다.

역지사지
易地思之

처지(處地)를 서로 바꾸어 생각함이란 뜻으로,
상대방(相對方)의 처지(處地)에서 생각해 봄.

결국 그날이 오고야 말았다. 그랬음에도 아내와 나는 마치 죄라도 지은 양 조심스러워 입을 뗄 수 없었다. 우린 함구한 채 내 차에 올랐다. 차는 이윽고 논산의 연무대 초입에 들어섰다. 그제야 겨우 조심스레 입을 뗐다. "우리 뭐라도 먹고 갈까?" 근처의 식당에 들어섰지만 반찬과 밥도 도무지 목구멍으로 넘어가지 않았다. 언젠가 북한 조국평화통일 위원장 리선권이 했던 말, "(지금) 냉면이 목구멍으로 넘어가냐."는 그의 말이 딱 어울리는 순간이었다. 식당을 나와 연무대 육군훈련소에 진입하니 많은 입영장병들과 가족들로 가득했다. 찌는 듯한 염천더위의 날씨였지만 하나같이 바짝 긴장된 면면은 마치 추운 겨울에 반바지를 달랑 하나 입고 서 있는 듯 추레하게 보였다. 육군훈련소로 들어가 연병장 위의 의자에 잠시 앉아있자니 교관으로 보이는 군인이 집합 명령을 내렸다. 드디어 아들이 국가의 명에 따라 대한민국 군인이 되는 순간이었다. 순간 눈물이 분수처럼 솟았다. 아들을 부둥켜안고 오열했다. "씩씩하게 군대생활 잘하거라." 아내도 연신 눈물을 닦아냈다. "우리 아들~ 부디 건강해야 돼!" 아들은 눈물을 보이지 않았다. 의도적이었든 아니든 간에 그처럼 의연한 모습은 그나마 우리 부부를 다소 위로해 주었다. 이상은 아들의 입대 당시 풍경이다.

특이한 경우가 아니라면 우리나라의 젊은이는 당연히 일정기간 동안 군인이 되어야 한다. 그래야 여전히 남북으로 분단되어 첨예하게 대치중인 국방의 주역이 될 수 있다. 한데 '특이한 경우'의 군 징집 면제 사유에 소위 '신의 아들'로 불리며 군대에 가지 않은 경우가 왕왕 발생하여 국민적 공분의 대상이 되고 있어 유감이다. 이러한 경우는 정부 고위직 인사의 임명 시 국회청문회에서 곧잘 발견되곤 했다. 또한 젊음을 국가에 헌납하면서 병역을 필한 젊은이에게 취업 시 이익을 부여하는 군필자 가산점 제도에 있어 일부에선 성차별이라며 입에 거품을 물고 반대하는 이들도 눈에 띄곤 했다. 그래서 그런 사람들에겐 이런 질문을 던지고 싶었다. "댁의 아들은 군대 안 가우?" 사람은 매사를 역지사지易地思之의 관점에서 바라봐야만 비로소 공정함의 잣대와 저울까지를 발견할 수 있다. 딸만 둔 집안에선 모르겠지만 아들이 있는 집에선 언젠가 '군 입대'라는 현실과 직면하기 마련이다. 요즘엔 시류가 바뀌어 여군으로 가는 경우도 있다곤 하지만 아무튼 사랑하는 자제의 입대는 가족 모두를 눈물바다에 빠지게 한다. 더욱이 입대 후 뉴스에서 군대 내에서의 가혹행위 보도와 그로 말미암아 안 좋은 상황의 도출은 간을 덜컹거리게 만든다.

그동안 청문회를 보자면 미국 등지에서 일부러 자녀를 낳아 그 나라의 국지주의에 편승, 군대에 보내지 않아도 되는 '꼼수'가 종종 발견되곤 했다. 그런 이기주의利己主義와 국방을 도외시하는 행태는 일종의 부패이자 또한 과도한 '사유재산의 취득'에 대한 부작용이란 입장이다. 동양에 공자가 있었다면 서양엔 플라톤이 있었다. 그는 사유재산私有財産을 철저히 경계했다. 특히 나라를 다스리는 통치자, 혹은 그러한 반열에 위치한 이른바 사회지도층 인사들은 사유재산을 소유해선 안 된다고 강조했다. 이는 그 사유재산이 부패의 원인이란 이유 때문이었다. 고대 그리스의 대표 철학자였던 플라톤이 살았던 시대와 현재는 세월의 간극이 너무 넓다. 따라서 이제 와 그의 지론을 좇는다는 건 다소 어폐가 없지 않다. 그럼에도 그의 주장을 신봉하는 까닭은 지금도 여전히 부패하면서까지 치부致富에 혈안이 된 자들이 적지 않기 때문이다. 본인은 물론이요, 가족들 모두의 국적이 대한민국이 아닌 자의 정부 요직 등용은 그래서 강력 반대하는 입장이다. 더구나 그러한 국민적 지탄의 대상이 국민의 혈세로 조성된 급여를 받는 공직자라면 플라톤의 일갈은 여전히 존속되는 이유로 타당하지 않을까? 이런 걸 차치하더라도 최소한 자신의 아들과 딸이 군에 입대할 적에 울어보지도 않은 사람이 어찌 감히 국민을 다스리려 하는가! 그러한 부패의 사유재산을 지닌 윤똑똑이(자기만 혼자 잘나고 영악한 체하는 사람을 낮잡아 이르는 말)들이 가득한 나라는 불행하다. 이런 나라의 미래는 암울하다는 것 역시 두말할 필요조차 없는 화사첨족畫蛇添足이라 할 수 있다. '화사첨족'은 뱀을 다 그리고 나서 있지도 아니한 발을 덧붙여 그려 넣는다는 뜻으로, 쓸데없는 군짓을 하여 도리어 잘못되게 함을 이르는 말이다. 소중한 내 나라는 우리 국민이 지켜야 옳다.

영원숙제
永遠宿題

—

'영원한 숙제'의 줄임말. 이 글에서는 부모에게 있어서
자녀 교육이란 답이 없는 영원한 숙제 같다는 의미에서 쓰였다
(저자가 지은 사자성어).

가을은 그동안 씨 뿌리고 가꿨던 농사의 농작물을 수확하는 시기다. 농사 중에서 가장 힘든 농사를 일컬어 '자식농사'라고 한다. 이는 농사만큼이나 사람의 손길을 많이 필요로 하는 작업이다. 저 잣거리의 필부도 자식농사만큼은 남들 이상으로 잘하자고 작심하고 실천하기 마련이다. 그러니 천하의 패자覇者라는 자부심이 대단했던 중국의 역대 황제들은 그러한 사관이 오죽했을까! 『중국의 황태자 교육』이라는 책은 황위 계승 제1순위인 중국의 황태자들에게 당시의 황제들은 어떠한 방법으로 교육을 시켰는지를 여

실히 살펴볼 수 있는 지침서다. 중국 황손皇孫들에게 있어 학습이란 건 죽기 전까지 해야 할 일과 중의 하나로 인식되었다. 그 같은 신념은 어렵게 세운 자신의 왕국이 천 년 만 년 지속되길 염원한 황제의 인식에서 비롯된 당연한 조치였다. 그러했기에 황제는 황태자에게 당대 최고의 석학들을 붙여 스승으로 삼게 했다. 하지만 황제의 그러한 여망에 부응하기는커녕 나라 자체를 말아먹은 배은망덕背恩忘德하고 후안무치한 자식들이 속출하였다는 건 어찌된 아이러니일까? 자타공인自他共認 천하의 패자가 된 진시황은 그의 아들인 호해에게 조고라는 스승을 붙여준다. 그러나 간신 조고는 결국 호해를 무능한 황제로 만들고 망국의 길까지 걷게 한 장본인으로 각인되고 말았다.

당나라 태종 이세민李世民의 아들이었던 이승건 또한 최고의 스승들이 가르쳤으되 방약무인傍若無人했으며 결국엔 모반에 연루되어 평민으로 강등되기에 이른다. 물론 주나라의 성왕처럼 좋은 스승을 만나 어진 황제가 된 이들도 없진 않지만 말이다.

한가위가 지나면 기온이 많이 내려간다. 도도한 땡감으로만 머물 줄 알았건만 감나무들도 가을이 되면 빨간 홍시를 연신 만들어 내느라 분주하다. 이런 자연의 현상을 보자면 세상사의 모든 건 때가 있는 것이며 아울러 사람이든 사물이든 다 그처럼 세월이 흐르면 비로소 '철이 든다'는 사실까지 고찰하게 된다. 그런데 사람은 과연 다 그럴까? 대중교통을 이용하다 보면 콩나물시루의 시내버스에 늙은이가 탑승을 해도 여전히 자리에 앉아 휴대전화만 만지작거리는 녀석(들)이 있다. 목욕탕에 가면 수영장인 양 물장구를 치는 아이도 보인다. 아빠라는 사람은 그 모습을 흐뭇하게만 바라볼 뿐 뭐라 지청구도 안 한다. 그런 걸 보자면 자녀의 교육은 가정에서부터 부모가 시키고 볼 일이라는 느낌이다. 그것도 철저히!

여하튼 아무리 나는 새도 떨어뜨릴 정도의 막강한 황제일망정 자식 교육만큼은 맘대로 안 된다는 어떤 평범한 진리에 생각의 닻이 머물게 된다. 자녀 교육은 따라서 영원永遠한 숙제宿題와 같다는 느낌이다. 이러한 '영원숙제'엔 아내와의 백년해로百年偕老도 당연히 포함된다. 부부가 되어 한평생을 사이좋게 지내고 즐겁게 함께 늙음을 일컫는 백년해로는 모든 부부의 바람이다. 나에게 있어 이는 더욱 무거운 교훈과 울림으로 다가온다. 대동소이大同小異하겠지만 좋은 경험은 분절分節되어 기억에 없는 경우도 많다. 반면 아픈 경험은 지독한 트라우마로 남아서 심신에 달라붙는다. 이러한 사례는 몇 년 전에도 경험했다. 어깨가 빠질 듯 아파서 병원에 갔더니 '석회화건염'이란 병명이 나왔다. 이는 어깨 속에 석회가루가 쌓이는 증상인데 힘줄 조직에 석회가 침착되고, 이 때문에 통

중이 유발되는 상태라고 한다. 그래서 두 달여 치료를 받았다. 통원치료 마지막 날에 왜 이런 증상이 오느냐고 물으니 예전에 어깨를 다친 적이 없냐고 했다. '맞다! 40여 년 전 어찌어찌하여 어깨가 그만 부러졌었지!' 그러니까 신체 역시 지난 과거를 기억하는 셈이다. 미제未濟의 숙제를 물은 것이다. 숙제는 두고 생각해 보거나 해결해야 할 문제이기 때문이다. 숙제를 안 하면 애나 어른 역시 껄끄럽다. 더군다나 영원한 숙제는 반드시 풀어내야 비로소 마음까지 홀가분한, 빚 다 갚은 채무자의 입장이 될 수 있다. "자식들 잘 두어 정말 부럽다!"는 지인들의 이구동성異口同聲에 새삼 아이들이 고맙기 그지없다. 거금이 들어가는 황제 수업 조기교육은커녕 돈이 없어 학원조차 보내지 못한 아들과 딸이 자강불식强不息으로 이룬 오늘날의 결과가 눈부시기에 이런 칭찬을 하는 것이다. 천상병 시인의 '귀천'처럼 나도 후일 아름다운 이 세상에서의 소풍 끝내는 날이 바로 '영원숙제'를 마치는 날이라고 믿는다.

자위파롤
自慰parole

자위(自慰)는 자기 마음을 스스로 위로함을 뜻한다.
그리고 파롤(parole)은 특정한 개인에 의하여 특정한 장소에서 실제로
발음되는 언어의 측면이다. 스위스의 언어학자 소쉬르가 사용한 용어다.

"꽃게가 간장 속에 반쯤 몸을 담그고 엎드려 있다. 등판에 간장
이 울컥울컥 쏟아질 때 꽃게는 뱃속의 알을 껴안으려고 꿈틀거리
다가 더 낮게 더 바닥 쪽으로 웅크렸으리라. 버둥거렸으리라. 버
둥거리다가 어찌할 수 없어서 살 속으로 스며드는 것을 한 때의
어스름을 꽃게는 천천히 받아들였으리라. 껍질이 먹먹해지기 전
에 가만히 알들에게 말했으리라. 저녁이야 불 끄고 잘 시간이야."

안도현 시인의 '스며드는 것'이란 제목의 시다. 이 시를 읽노라
면 차마 간장게장을 먹을 수조차 없어진다. 그런데 꽃게 엄마는

왜 알들에게 "불 끄고 잘 시간이야."라며 거짓말을 했을까. 이는 자신으로선 당면한 죽음과 최후를 어쩔 수 없음을 인정하지만 알들에겐 차마 그 사실을 알릴 수 없음에 그리했지 싶다. 이러한 꽃게 엄마의 어떤 톨레랑스tolerance, 즉 용인과 관용, 아량과 내성耐性은 비록 작위적이긴 하되 만인의 심금을 울리기에 부족함이 없다. 모름지기 시란 이런 맛에 읽는다.

평소 간장게장은 비린내가 싫어서 피한다. 그렇지만 한창 제철을 맞은 꽃게찜이나 얼큰한 꽃게탕이라고 한다면 얘기가 달라진다. 간장게장을 전혀 안 먹는 건 아니다. 태안과 여수여행에서 먹은 간장게장의 맛은 정말 일품이었다. 비린내도 없어서 왜 '밥도둑'이라고 하는지를 여실히 느낄 수 있었다. 간장게장의 슬픈 운명과 톨레랑스 얘기를 꺼낸 건, 지난 시절 소년가장 시절의 고생담을 잠시 되돌아보기 위함에서다. 고향 역전에서 구두닦이를 하던 시절엔 신문에 이어 시외버스에 올라 껌도 팔았다. 그런데 이미 껌을 씹고 있는 사람에겐 별무효과別無效果였기에 모나미 볼펜을 함께 팔았다. 최초의 출시가 지난 1963년이라고 하니 모나미의 역사 또한 내 나이와 얼추 비슷한 셈이다. 그렇게 껌과 볼펜을 함께 팔자면 때론 불쌍하다며 아무 것도 받지 않고선 당시로선 거금이었던 1천 원이나 주는 사람도 없지 않았다. 부모의 재력과 능력이 너무 좋아서 아무런 노력과 고생을 하지 않음에도 풍족함을 즐길 수 있는 자녀들을 지칭하는 '금수저' 출신은 먹고살 걱정을 안 해도 된다. 반면 나와 같은 '완전 흙수저'는 만날 뭐 빠지게 일해 봤자 늘 그렇게 쪼들리기 일쑤다. 예전에 나처럼 초등학교 졸업 후 껌팔이 등으로 전전했던 사람이 중·고교를 검정고시로 통과하고 내처 사범대 영어교육과에 입학했다는 과거사를 지닌 입지전적_{立志傳的} 교장선생님의 기사를 봤다. 핑계 없는 무덤 없다고 나 또한 공부를 왜 아니 하고 싶었겠는가! 그러나 병이 든 아버지와 먹고살자면 당시의 공부는 내게 있어 정말이지 사치의 영역이었다. 지인 중에 딱히 하는 일도 없이 고가의 외제차를 타고 다니는 이가 있다. 앞으로 물려받을 유산도 많아서 그처럼 여유작작_{餘裕綽綽}하다고 뽐냈다. 반면 나는 박봉의 경비원인지라 허구한 날 형편이 쪼들리기 일쑤다. 이러한 불합리(?)의 구도를 깨뜨리고자 시민기자와 작가로 나섰다. 소년가장 시절에 인연을 맺은 볼펜과 다시금 찰떡궁합이 된 것이다.

코로나19가 종식되면 딸과 아들이 걸음마를 시작한 외손녀, 친손자를 데리고 집에 온다고 했다. 그날이 휴일이면 좋겠지만 근무하는 날이면 퇴근 즉시 얼굴만 보고 보내야 한다. 그런 까닭에 '아주 많이' 반갑지는 않다. 다만 사랑하는 아이들이 집에 온다는 부분에 있어서만큼은 자위$_{自慰}$의 파롤parole로써 즐거움이 동원된다. '파롤'은 특정한 개인에 의하여 특정한 장소에서 실제로 발음되는 언어의 측면을 의미한다. 스위스의 언어학자 소쉬르가 사용한 용어이다. 과거에 프랑스의 작가이자 계몽사상가인 볼테르가 남긴 '인류 역사상 최고의 명언'이 누리꾼들을 들끓게 했다. 볼테르Voltaire라는 필명으로 더 유명한 프랑스의 작가 프랑수아 마리 아루에는 "사람들은 할 말이 없으면 욕을 한다."는 말을 남겼다. 욕이란 "불 끄고 잘 시간이야."라며 거짓말을 한 꽃게 엄마마저 분개하게 만든다. 욕 대신 칭찬과 사랑이 답이다. 올바른 자녀교육과 미래의 성공에도 이만한 특효약이 없다. '성공은 확신하는 것이 성공의 첫걸음이다.'라는 자위의 주문을 오늘도 기도처럼 왼다.

위장취업

僞裝就業

———

학력이나 경력 따위를 감추거나 속이고
직업을 잡아 직장에 나감

나에게도 국가에서 징집영장이 나왔다. 32사 신병교육대에 입
소하여 신병교육을 받았다. 이어 예비군을 관리하는 방위병으로
동대洞隊에서 근무했다. 만기전역을 하였으나 딱히 해 먹고 살 직
업의 길이 막연했다. 꼭두새벽부터 공사장에 나가 막노동을 했으
나 비가 오면 일이 자동으로 사라졌다. 겨울엔 일 자체가 아예 없
었다. 따라서 아무리 부지런을 떨어봤자 일당 5천 원의 소위 '노가
다' 일은 한 달에 열흘 하기에도 급급했다. 당최 생활이 되질 않았
다. '취업을 해야 돼! 그것도 항구적인 직업으로.' 그렇게 작심하

곧 하루 날을 잡아 전신주 따위에 붙어있는 구인광고를 샅샅이 훑었다. 그 결과 내 눈을 반짝이게 한 건 다음과 같은 구인광고였다. '창립사원 모집! 학력불문. 우리 회사는 학력보다는 귀하의 능력을 사겠습니다. 지금 당장 노크하십시오. 전화번호 00-0000 (주) 00 어학연구소 천안출장소' 공중전화로 위치를 물어보니 천안 우체국 뒤에 위치한 모 한의원 건물이라고 했다.

쇠뿔도 단김에 뺀다고 냉큼 거기로 갔다. 소장님은 어찌나 달변으로 말을 잘하는지 이내 그분의 설득에 넘어가고 말았다. "처음부터 잘하는 사람은 없습니다. 다만 의욕만 있으면 됩니다. 모든 건 회사에서 지원해 드릴 테니 내일부터 교육을 받으세요. 그리고 이력서는 오늘 써 주시고요." 이력서를 한 장 내주는데 가슴이 마구 떨려왔다. 당연한 머뭇거림이 가슴을 콩닥거리게 했던 것이다. '곧이곧대로 내 학력을 고작 '국졸'이라고 써? 그럼 나를 얼마나 무시할까! 에라~ 모르겠다! '고졸'이라고 쓰자. 설마하니 그것까지 확인하겠어?' 작심하곤 얼른 머리를 굴려 천안 시내가 아닌 천원군(지금은 천안시로 합병이 되었지만 당시엔 천안시와 천원군은 별개였음 & 1963년부터 1991년까지 존재함) 관내에 있는 어떤 고등학교의 이름을 써서 냈다. 그렇게 하여 입사한 직장은 영어회화 교재와 테이프를 전문으로 판매하는 회사였다. 한데 이번엔 또 다른 현안과 고민이 대두되었다. 중학교라곤 문턱도 가본 적이 없었는지라 영어라곤 알파벳조차 알 수 없는 무지렁이가 바로 나의 현주소였기 때문이다. 그러나 그 또한 맨땅에 헤딩하는 각오로 고졸 학력을 지닌 초등학교 동창을 찾아가 밤마다 영어를 배웠다. 더불어 누구보다 열심히 뛴 결과, 입사한 지 두 달이 지나면서부터는 판매실적이 늘 상위권을 달렸다. 회사에선 이런 나를 어여삐 봐주었던지 입사한 지 1년도 안 되어 주임으로 승진시켜 주었다. 이어 입사 3년 차가 되던 해엔 지난 1984년, 그러니까 아들이 불과 두 살이었을 적엔 전국최연소 영업소장(과장급)까지 되는 영광을 거머쥘 수 있었다. 당시 내 나이는 겨우 스물여섯이었다.

소장으로 올라서자 회사에선 비로소 나에게도 기본급과 수당 등의 정규직 대우를 해 주었다. 하지만 또 다른 '암초'가 돌출되었는데 그건 바로 회사에서 나의 최종학력증명서를 제출하라는 것이었다. '미치겠네!! 여태 잘 지내왔거늘 이제 와서 뜬금없이 무슨 최종학력증명서를 내라는 거?' "홍 소장님, 왜 서류 안 내세요? 본사에서 홍 소장님 학력증명서만 아직 제출이 안 되었다며 어제도 전화가 왔거든요." "미스 리, 미안해! 내가 출장이 잦다 보니 그만 늦었네. 시간 내서 다녀올 테니 조금만 더 기다려 줘." 대책이 없기에 이런 핑계 저런 수단 따위를 내밀면서 차일피일 미루었다.

총무부서의 재촉은 더욱 심해만 갔다. '하는 수 없다. 위장 취업으로 망신을 당하기 전에 나 스스로 그만두는 수밖에는.' 그렇게 마음을 정할 즈음, 불행 중 다행인지 회사가 그만 부도가 났다. 내가 소장으로 승진한 지 불과 6개월이나 지났을까… 그 바람에 다른 회사의 영업사원으로 재취업을 했다. 재취업 당시 제출한 이력서 또한 고졸이라고 썼으니 위장취업僞裝就業이긴 매한가지였다. 그렇지만 그 위험과 무모함을 뛰어넘고자 누구보다 부지런했고 열심히 뛰었다. 덕분에 얼마 안 돼 나는 다시금 과장으로 승진했다. "인내와 뽕잎은 비단옷이 된다."는 중국 속담이 떠올랐다. 비록 취업은 위장서류로 이뤘지만 삶만큼은 진실로 일관하고자 노력했다. 진실과 겸손은 오늘날의 나를 만들어준 튼실한 아람치(밤이나 상수리 따위가 충분히 익어 저절로 떨어질 정도가 된 상태의 열매)의 교육적 가치였다. 지난 시절의 아픔은 때로 도전과 성취의 디딤돌이 된다. 단, 여기서 전제가 돼야 하는 건 남다른 열정과 불굴의 의지다.

군민유의
君民有義

임금과 백성(국민) 사이의 도리에 있어서도
그 바탕과 본질은 의리에 있어야 함을 일컫는 말
(저자가 지은 사자성어).

대전시 동구는 2019년 11월 1일 동구청 12층 공연장에서 '우리 역사 바로 알기'를 주제로 신병주 교수 명사특강을 개최했다. '3快한 인문도시樂 대전 동구를 디자인하다'를 모토로 14번째 인문주간 시리즈에 마련된 이날의 주제는 '왕과 참모'로 보는 지금, 여기였다. 조선왕조朝鮮王朝는 518년간 유지되면서 태조에서 순종까지 모두 27명의 국왕이 재위한 국가였다. 세종대왕 때의 태평성대가 있었는가 하면, 임진왜란과 병자호란 때 치욕과 부끄러움의 극치까지 보인 선조와 인조는 사실상 민초들로부터 버림받은 군주였

다. 따라서 '조선의 왕'으로 산다는 것은 하루하루가 와신상담臥薪
嘗膽의 험산을 점철하는 강행군이었다. 셰익스피어는 "세상에 절
대적으로 좋고 나쁜 것은 없다."고 했다. 그러나 군주, 즉 과거의
임금이나 지금의 대통령이 어찌 하느냐에 따라 민초(국민)의 삶까
지 영향을 받게 되는 건 어쩔 수 없는 부동의 명제이다.

임진왜란 당시 선조가 의주까지 몽진을 간 것은 여차하면 명나
라(중국)로 망명까지 불사했을 것이란 추측까지 가능하게 만든다.
그로선 왜군에 붙잡히는 것보다 낫다는 구차한 논리를 내세웠지
만 과연 그의 아전인수我田引水 주장에 동의한 민초와 신하는 몇이
나 되었을까? 이런 관점에서 인조 임금 치세 당시, 청나라에 끌려
갔다가 속환되어 돌아온 여인들까지 허투루 볼 수 없다. 그들을
일컬어 '환향녀'還鄉女라 했는데 하지만 귀국 후 철저히 버림받았
다. 그들은 이후 '화냥년'이라며 가족들로부터도 배척을 당했다.
이는 모두 무능한 군주가 자초한 부메랑의 비극이었다. 신병주 교
수는 이날의 강의에서 '1. 조선국왕의 정치적 위상', '2. 적장자 왕
위 세습의 아이러니', '3. 조선후기 국왕의 리더십', '4. 흥선대원
군의 개혁', '5. 조선의 왕, 현재와 대화하다' 등을 다섯 개의 챕터
chapter로 나누어 설명했다. 이중 더욱 눈길을 끌었던 대목은, 조선
시대 폭군으로 잘 알려진 연산군의 소위 '적장자嫡長子의 전횡專橫'

이었다. 현대판 적장자는 선거에서의 압승일 터다. 또 하나, 술을 좋아했던 조선의 군주는 일부러 경연經筵=고려.조선 시대에, 임금이 학문이나 기술을 강론.연마하고 더불어 신하들과 국정을 협의하던 일. 또는 그런 자리을 저녁에 맞추고 이후 신하들과 술잔을 나눴다는 대목이다. 대저 술을 잘 사는 군주와 상사는 신하와 부하(직원)로부터도 환영을 받기 마련이다. 반면 독불장군獨不將軍에 만기친람萬機親覽도 모자라 옳은 길이 아님에도 극구 그 길을 고집하는 군주는 언젠가는 반드시 그에 상응하는 대가를 치러야함은 당연지사當然之事의 교훈으로 다가왔다.

우리가 다 아는 사자성어에 군신유의君臣有義가 있다. 이는 임금과 신하 사이의 도리는 의리義理에 있음을 이르는 말이다. 나는 이를 약간 변형하여 '군민유의'君民有義라고 이 글의 제목을 달았다. 임금과 백성(국민) 사이의 도리에 있어서도 그 바탕과 본질은 의리에 있어야 한다는 주장이다. 모든 치자治者는 성군 세종대왕을 꿈꾼다. 그러자면 군민유의는 국정의 기본이자 철학을 이뤄야 한다. 세종대왕과 이순신 장군이 영원불멸永遠不滅의 영웅이 된 것은, 위민보국爲民輔國과 멸사봉공滅私奉公이란 정의의 칼을 양수겸장兩手兼將으로 휘두른 덕분이다. "'왕과 참모'로 보는 지금, 여기" 특강은 지역 주민들에게 수준 높은 강의를 제공함으로써 유용한 정보와 함께 바쁜 일상 속 힐링의 기회까지를 주고자 마련되었다. 동구민을 포함해 누구나 무료로 참여가 가능했던 이 특강에서 황인호 동구청장은 "국내 최고의 역사 전문가를 초빙해 역사가 갖는 깊은 의미를 깨닫고 교훈을 얻을 수 있는 유익한 시간이 되었길 바란다."고 밝혔다. 올해도 이와 유사한 역사 교육과 명사의 특강이 자주 열린다니 또 가고 볼 일이다. 유의有義는 다다익선多多益善이다. 부부간에도, 부자간에도, 직장상사와 부하직원 간에도 널리 통용되면 신뢰까지 폭설처럼 가득 쌓인다.

지적혁명
知的革命

———

인간이 지성적인 차원에서 큰 혁신을 이루게 됨을 일컫는 말
(저자가 지은 사자성어).

지난 2월, 외손녀의 출생 400일 기념 동영상과 사진이 밴드 가족방에 올라왔다. 작년 1월 세상과 만난 녀석이다. 세월이 빠르다는 걸 새삼 실감한다. 사람의 '내리사랑'의 본능은 모두 마찬가지다. 외손녀와 친손자가 하루가 다르게 쑥쑥 성장하는 모습은 내 삶의 비타민이다. 더욱이 벌써부터 책을 가까이하는 모습에선 공부를 정말 잘했던 제 엄마와 아빠까지 닮았다는 감흥까지 느끼게 된다. 책은 종이로 만든다. 세계적으로 잘 알려진 중국의 4대 발명품은 종이를 포함해 인쇄물과 화약, 나침반이다. 이들 발명품은

서양으로도 전해져 세계의 과학은 물론 문화 발전에도 큰 몫을 담당했다. 그런데 이 중 세 개가 중국 송나라 때 발명되었다고 한다. 송나라 때에는 학문을 매우 중요시했기에 교육에 대한 욕구도 덩달아 커졌다. 교육을 위해서는 책이 꼭 필요했다. 그 결과, 인쇄술이 발달하게 되었는데 마침맞게 송나라 필승이라는 사람이 점토와 아교를 혼합하여 '교니 활자'라는 것을 발명했다. 이후 이것은 목판 활자로 발전했으며 이때 성리학, 역사, 철학, 수학, 의학에 관련된 다양한 책이 출판되었다고 전해진다.

현대에 들어서 컴퓨터, 태블릿PC 등의 약진으로 종이는 점점 그 역할이 축소되어 가고 있다고 한다. 그렇지만 종이는 아직도 인간의 생각을 담아내고 기록하는 데 가장 큰 역할을 담당하고 있다. 이 종이의 발명가로 흔히 알려진 사람이 바로 중국 후한대의 사람 채륜蔡倫이다. 채륜은 중국 후한대의 환관이었다. 그는 성실한 인품에 학문을 좋아하며 결백하게 행동한 사람이었다. 채륜은 왕으로부터 두터운 신뢰를 받아 국가 기획기관에 참가하여 정책 입안에도 참여하였다. 그는 서기 105년 기존의 포장지 개념이었던 종이를 개량하여 글을 쓸 수 있는 종이를 개발했다. 그가 만든 종이는 학문 발전에 있어서도 일대 혁명과도 같은 것이었다. 이전에 문자 기록은 무겁고 부피가 큰 대나무나 나무판자 혹은 고가의 비단을 이용해야만 했기 때문이다. 따라서 채륜이 개발한, 글을 쓸 수 있는 가볍고 저렴한 종이의 탄생은 문자의 기록과 학문 전달에 있어서도 이전과는 획기적으로 다른 차원의 세계를 맞게 되는 그야말로 '지적혁명'知的革命이었다. 종이紙는 비단 글을 쓰고 기록하는 데 머물지 않는다. 화장실에 가서 볼일을 보는데 종이(휴지)가 없는 것처럼 '대략난감'의 사태가 또 없다.

  얼마 전 모 기관에서 주최하는 '2020 우수출판콘텐츠 제작 지원 사업'에 출간을 희망하는 원고를 출력하여 보냈다. 채택이 되면 발간 비용을 지원해 준다고 한 때문이다. 당연히 수백 장의 종이 출력물이 동원되었다. 이와는 별도로 지인 작가님의 또 다른 저서가 곧 출간된다고 한다. 그 작가님과 나의 이 책이 나란히 낙양지가귀洛陽紙價貴로 전국의 서점과 도서관까지 장악했으면 오죽 좋을까 하는 바람 간절하다. '낙양지가귀'는 책이 호평을 받아 잘 팔리는 것을 비유하여 이르는 말이다. 낙양지가洛陽紙價라고도 한다. 낙양의 종이 값을 올린다는 뜻의 이 말은 오늘날 책이 잘 팔려 '베스트셀러'가 된 것을 가리키는 말로 쓰인다. 중국 육조시대 진晉나라 때, 제齊나라의 도읍인 임치 출신에 좌사左思라는 사람이 있었다. 그는 한번 붓을 들면 장엄하고 미려한 시를 막힘없이 써 내려가는 뛰어난 문재文才를 지녔다. 그러나 용모가 추하고 말까지

어눌했기 때문에 사람들과의 접촉을 피하고, 시작詩作에 열중하며 세월을 보냈다. 낙양으로 이사하게 된 그는 『삼도부三都賦』라는 제목 아래 일생일대의 대작을 집필하였다. 10년이라는 오랜 시간을 들여 마침내 이 작품이 완성되었으나 진가를 알아주는 사람이 없어 절망했다. 좌사는 좌고우면左顧右眄 끝에 당시 박학하기로 소문난 황보 밀을 찾아간다. 황보 밀은 널리 알려진 재야의 석학이었는데 좌사의 글을 읽어본 그는 크게 감탄하며 그 자리에서 서문을 써 주었다. 이 말이 전해지자 『삼도부』는 즉시 낙양의 화제작이 되었다. 글에 관심이 있는 사람들은 너나없이 이 작품을 다투어 베껴 쓰게 되었다. 당시는 인쇄술이 발달하지 못하던 때라 종이를 사서 직접 베껴 썼으므로 그 바람에 '낙양의 종이 값이 올랐다洛陽紙價貴고 전해진 것이다. 종이의 역사가 자그마치 2000년이나 지났다. 한때는 위기설까지 돌았으나 오히려 지금은 종이가 더 필요한 시절이다. "독서는 정신적으로 충실한 사람을 만들고, 사색은 사려 깊은 사람을 만든다."고 한 벤저민 프랭클린의 말처럼 종이, 즉 '책'을 더욱 사랑하는 대한민국 국민이 되길 희망한다. 출판계가 여전히 어렵다. 지금보다 책을 많이 읽어 개인의 지적혁명과 아울러 출판계 활황으로 변모하는 또 다른 사회적 혁신이 도래하길 기대한다.

Part 6

안투지배
眼透紙背

눈빛이 종이를 뒷면까지 꿰뚫는다는 뜻으로,
책을 정독하여 그 내용(內容)의 참뜻을 깨달음을 이르는 말.

작년 가을, 지인으로부터 한 통의 전화를 받았다. "지금 서점에서 홍 작가님의 저서를 구입했습니다. 시간 되시면 점심이나 함께 하시죠." 지인을 만나 음식을 주문한 뒤 식탁에서 저서에 사인을 해드렸다. 점심값도 지인이 냈다. 그야말로 일거양득一擧兩得이 아닐 수 없었다. 이튿날엔 논설위원으로 참여하고 있는 모 언론사의 편집회의가 있는 날이었다. 시간에 맞춰 가고자 목욕을 하고 나왔는데 전화벨이 울렸다. 발신인을 보니 작년 5월에 출간한 내 저서의 출판사 편집국장님이었다. "네, 어쩐 일이세요?" "홍 작가님께

반가운 소식을 알려 드리려고요. 다음 주에 2쇄刷 인쇄(제작)에 들어갑니다. 축하드립니다!" 통화를 마쳤지만 어리벙벙한 기분, 아니 기쁨은 마치 목욕 중 비눗물이 눈에 들어가 눈을 뜰 수 없을 만큼을 상회했다. '아, 노력하니 되는구나!'

작가들이라면 다 아는 상식이 하나 있다. 그건 바로 저서의 초기 물량이 소진되어 2쇄를 제작한다는 건 그 어떤 것에도 비교할 수 없을 정도의 낭보朗報라는 사실을. 편집회의는 19시부터였다. 그러나 평소 쓸데없이 부지런한 터였기에 단골로 가는 '책 읽어주는 서점' 계룡문고를 찾았다. 신문에서 갈무리해 둔 신간을 구입했다. 이어선 숍인숍shop in shop 형태로 이루어진 '계룡문고 책 갤러리'를 찾았다. 지역문화의 창달과 지원에도 아낌없는 이동선 대표께서 그 공간에 많은 작가와 예술인들의 작품 활동까지를 지원하고 있다는 건 아는 사람은 다 아는 상식이다. 참고로 계룡문고는 1996년에 문을 연 대전의 대표 서점이다. 지역발전을 위해서도 많은 성원을 마다하지 않는 분이라서 존경한다. 계룡문고의 계산대 바로 앞에는 나의 저서가 전시되어 있었다. 아까의 '2쇄 인쇄'라는 즐거움에 이어 '꿩 먹고 알 먹고'라는 속담까지 떠오르면서 행복감은 사이다처럼 상쾌했다. 편집회의는 금강산도 식후경이란 말도 있듯 18시로 예약된 중국음식점에서 식사를 하는 것부터 시작되었다. 연방 희희낙락喜喜樂樂의 표정을 짓자 옆의 기자님이 물었다. "뭐 좋은 일 있으세요?" "그럼요! 다음주에 2쇄를 찍는다고 하네요."

식사를 마친 뒤 카운터에서 식당의 명함을 손에 쥐었다. 이어선 습관적으로 명함을 주인아주머께 드렸다. "이 책을 보시면 더욱 성공하실 겁니다. 꼭 읽어보세요. 정말 좋은 책입니다!" 나의 명함 앞쪽은 평범하다. 반대편은 내 저서의 광고로 꽉 채웠다. 읽어보고 구입을 안 하면 못 견딜 정도로 심혈을 기울인 나름 '작품' 수준이다. 편집회의 불과 하루 전날에도 모 화백님의 작품전시회 취재를 했다. 거기서도 작가님께 나의 명함을 드렸음은 물론이다. 숨길 수 없는 속내지만 '나는 당신의 작품을 소개할 테니 당신은 내 책의 구입과 함께 지인들에게도 홍보해 주시오!'라는 무언無言의 간절함이 그 명함 위에 포개졌다.

문화체육관광부가 발표한 '2017 국민독서실태조사' 결과에 따르면 우리나라 성인 중 40%는 1년 동안 한 권의 책도 읽지 않는 것으로 나타났다. 이처럼 책 읽기를 가장 어렵게 하는 요인으로는 성인과 학생 모두 "일(학교·학원) 때문에 시간이 없다."는 이유가 가장 많았다고 한다. 이어 성인은 '휴대전화 이용, 인터넷, 게임', '다른 여가 활동으로 시간이 없어서'라고 답했다. 학생은 '책 읽기가 싫고 습관이 들지 않아서', '휴대전화, 인터넷, 게임 때문' 순으로 독서를 방해하는 요인을 꼽았다. 평계 없는 무덤은 없다. 또한 평계는 만들면 된다. 나는 고된 경비원으로 일하면서도 한때는 무려 열 군데나 되는 언론 등의 매체에 왕성한 기고를 하였다. 지금도 야근 중에 한 권의 책을 꼭 읽는다. 허투루 읽지 않으며 반드시 서평書評까지 남긴다. 출판시장이 여전한 암운暗雲이라고 한다. 그렇지만 나의 저서가 2쇄에 이어 3쇄, 4쇄, 5쇄…… 로 계속 이어지길 학수고대鶴首苦待한다. 대한민국 국민들의 독서량이 폭발적으로 증가한다면 금상첨화錦上添花겠다. 학생들은 부모님으로부터 귀가 따갑도록 "공부해서 남 주냐?"는 말을 들어왔다. 그래서 하는 말인데, 책을 읽으면 그건 다 '나에게 주는 것'이다. 절차탁마切磋琢磨의 자세로 위편삼절韋編三絶 하면 개권유득開卷有得은 물론이요, 안투지배眼透紙背의 지혜까지 생성되며 격물치지格物致知와 일취월장日就月將의 고착화까지 이룰 수 있다. '안투지배'는 눈빛이 종이의 뒷면까지 꿰뚫는다는 뜻으로, 책을 정독하여 그 내용을 정확하게 이해함을 이르는 말이다. 코로나19 사태는 가뜩이나 어려운 서점가에도 불황의 직격탄을 쏘아댔다. 코로나19가 정말이지 너무나 징그럽고 싫다. 아무리 반가운 손님도 사흘이랬거늘. 어쨌거나 조선시대 최고의 독서왕이자, 독서를 바탕으로 당대 최고의 시인으로 유명한 김득신金得臣 선생은 여전한 나의 스승이자 롤 모델이다. 그 양반께선 사기의 '백이전'을 무려 1억 번 이상 읽으셨다고 한다. 그에 반해 겨우 1만 권의 책을 읽은 나로선 기껏해야 조족지혈鳥足之血이다. 무려 1천 배의 차이다. 앞으로도 더 열심히 책을 봐야 하는 이유다.

진정남아

眞正男兒

'의리의 길'을 좇는 진정한 남성로서의 표본
(저자가 지은 사자성어).

유튜브를 통해 『수호지』를 재미있게 봤다. 『수호지』는 중국의 북송시대 양산박에서 봉기하였던 호걸들의 이야기를 그린 시대극이다. 여기엔 노지심魯智深과 이규李逵, 무송武松 등 신분이 낮은 인물과 임충林冲, 양지杨志, 송강宋江처럼 지주 출신자 또는 봉건정권을 섬긴 적이 있는 활발하고 용감한 사내들이 중심인물로 등장한다. 줄거리는 북송北宋시절 송강을 수령으로 한 108명의 호걸이 양산박에 모여 간악한 무리와 탐관오리貪官汚吏를 징벌한 후 조정에 귀순한다는 내용이다. 방대한 내용이지만 시추에이션 드라마

situation drama라서 볼 적마다 그 맛이 다르다. 여기에 나오는 인물 중 가장 매력적인 사내는 단연 '무송'이다. 무송은 맨손으로 호랑이를 때려잡은 자타공인自他共認의 장사다. 술을 마시면 보통 스무 그릇일 정도의 두주불사斗酒不辭인 그는 자신을 길러준 형 무대를 극진히 모신다. 하지만 그의 형수인 반금련은 정부情夫인 서문경과 통정하다 들키자 무대를 독살한다. 격분한 무송은 그들을 때려 죽인 뒤 양산박으로 들어간다. 이 드라마에서 무송에 대한 별명은 딱히 없다. 그러나 개인적으로 그에게 붙여주고픈 별명은 '진정남아眞正男兒'였다. 그는 그만큼 의리를 중시하고 실천하는 삶을 살았다. 나 역시 무송처럼 술을 사랑한다. 일주일에 보통 2회 정도 음주하는데 주량은 2홉들이 소주 세 병이다. 혹자는 과음한다지만 소주의 도수가 자꾸 내려가는 바람에 주량도 상대적으로 증가한 것이다.

사람은 누구나 별명別名이 있다. 예전의 내 별명은 '왕눈이'였다. 왕눈이는 두 가지의 의미를 지니고 있다. 하나는 심마니들의 은어로 '호랑이'를 말한다. 다음으론 눈이 큰 사람을 놀림조로 이르는 말인데 내가 그렇게 눈이 컸다. 눈을 일컬어 마음의 창이라 했던가. 눈이 단추 구멍처럼 적거나 찢어지지 않고 시원스레 크고 보니 "첫인상이 좋다."는 말을 자주 들었다. 지인 중에도 별명을 지닌 사람들이 많다. 그중 한 사람의 별명은 '쥐새끼'다. 평소 지독한 기회주의와 이기심이 바다보다 더 넘치는 사람이다. 다만 불행(?)한 건 그 몹쓸 별명을 정작 본인만 모른다는 사실이다. 최순실의 부역자 중 하나인 인물이 송 모 전 한국콘텐츠진흥원장이었다. 그는 차 모 전 창조경제추진단장 측이 포스코 계열 광고사인 포레카를 인수한 광고업체 대표에게 "포레카 지분 80%를 넘기지 않으면 당신 회사와 광고주를 세무조사하고 당신도 묻어버릴 수 있다."고 협박했다는 혐의로 국민적 공분의 대상이 되었다. 따라서 그에게 별명을 '묻어'라고 부여해도 크게 억울하진 않을 듯싶다.

나도 좋아하는 배우가 하정우 씨다. 영화배우로도 이름을 떨친 그는 명불허전名不虛傳 탤런트인 김용건 씨 아들이다. 인터넷에 오른 '거의 작명소 수준, 하정우가 지은 연예인 별명'이 눈길을 끈다. 이에 따르면 마동석은 '누나'이며, 이정재는 '염라언니'와 '염라스틴'이란다. 김태리는 '태리야끼'인데 데리야끼랑 발음이 비슷해서 작명했다고 한다. 김윤석은 '가필드'이며, 수지는 '회장님'이다. 평소 밥과 술을 잘 사서 붙여진 별명이라는데 나와 비슷하구나 싶어 웃음이 났다. 전혜진은 주식투자에 관심이 많아서 '슈퍼개미'가 되었고, 김향기는 '김냄새'로 작명했다. 끝으로 오달수는 막걸리를 너무 좋아해서 '막걸리파이터'라는 별명이 붙었는데 언제 기회가 된다면 막걸리를 나누고 싶어졌다. 사람이 늙으면 눈도 덩달아 작아지는 듯싶다. 과거엔 '왕눈이'였지만 이제 내 별명은 일부 소수에 의해 '술고래'로 변질되었다. 물론 기존의 별명 '홍키호테'는 여전하다. 이는 나의 첫 저서인 『경비원 홍키호테』에서 비롯된 것이다. 평소 엉뚱하기가 돈키호테Don Quixote조차 명함을 못 내민다. 그만큼 지금껏 매사를 좌충우돌左衝右突과 성동격서聲東擊西로 살아왔다.

『수호지』의 무송에 비하면 내 주량은 조족지혈鳥足之血이다. 그렇지만 앞으로도 그가 추구했던 '의리의 길'을 좇는 진정남아 마인드에 입각하리라. 이어 남에게 폐와 해를 끼치지 않으며 기왕이면 흔쾌히 내가 술값을 모두 내는 착한 '술고래'까지 되고자 노력하고자 한다. '군자는 의리에 밝고, 소인은 이익에 밝다.'는 공자의 가르침이 내 삶의 나름 교육관教育觀이자 모토motto이다. 진정남아의 반대편에 있는 '쥐새끼'와 '문어' 같은 소인배는 살위봉법殺威棒法으로 다스리고 싶다. 이는 『수호지』에 나오는 말로, 옥졸이 새로 온 죄수에게 '살위봉'이라는 몽둥이로 마구 때려 군기를 잡는 것을 뜻한다. 죄수는 기가 죽어 고분고분해진다.

Part 7

모 든 건 아 는 만 큼 보 인 다

멸사봉공

滅私奉公

—

사(私)를 버리고 공(公)을 위(爲)하여 힘써 일함.

청백리淸白吏는 관직 수행 능력과 청렴淸廉, 근검勤儉, 도덕道德, 경효敬孝,인의仁義 등의 덕목을 겸비한 조선시대의 이상적인 관료상이었다. 조선시대 당시 청백리는 총 217명이 배출되었다. 명종 대부터 살아 있는 자는 염근리廉勤吏라는 명칭을 붙여 선발했고, 특별한 과오가 없는 한 사후에는 청백리로 녹선錄選하였다. 청백리가 되면 후손들에게 선조의 음덕을 입어 벼슬길에 나갈 수 있는 특전도 주어졌다고 전해진다. 음서제蔭敍制가 바로 그런 의미다. 217명의 조선시대 청백리를 모두 열거할 순 없기에 태조 때부터 세종 때까지 35년간 벼슬을 지낸 류관柳寬:1346~1433의 경우만을 고찰코자 한다. 그는 성품이 소탈하고 청렴결백하여 황희, 맹사성과 함께 세종 시대의 대표적인 청백리로 꼽히는 인물이다. 1371년에 전시에 장원급제하여 비서교감이란 벼슬길에 오른 뒤 승승장구乘勝長驅한 뒤 부임지마다 백성들의 신망을 받았다. 이후 우의정의 자리에까지 오른 그가 여러 차례 나이가 많음을 이유로 관직에서 물러나려 하였으나, 세종대왕이 그의 학문과 인품을 아껴 허락지 않았다. 우의정이란 벼슬을 지내면서도 비가 새는 초가집에 담도 없이 산 류관의 성품을 아껴 세종대왕께선 종신토록 국록을 급여하였다고 하니 그 총애가 실로 대단했지 싶다.

청백리의 대척점엔 탐관오리貪官汚吏가 있었다. '탐관오리'는 탐욕이 많고 행실이 깨끗하지 못한 벼슬아치를 이르는 말이다. 과거든 현재든 불변한 건 벼슬아치, 즉 공무원이라고 한다면 반드시 청백리에 버금가는 사람이어야 한다는 사실이다. 조선 시대 탐관오리에게 가해진 형벌로는 팽형烹刑이란 것이 있었다. 팽형은 본디 고대 형벌 중 하나로, 말 그대로 '삶아 죽이는 사형'이다. 끓는 물에 처박거나, 불타는 기름가마에 던져서 죽였다. '초한전楚漢戰'의 주인공 유방劉邦의 곁에서 그의 천하평정에 크게 기여한 인물이었다는 모사謀士 역이기酈食其가 실제 이 형벌로 죽었다고 전해진다. 이 팽형은 그러나 너무 잔인하다 하여 조선시대에 이르러선 명예형으로 바뀌었다. 미지근한 솥에 들어갔다가 나오는 순간부터 죽은 사람 취급을 받는 것이었다. 따라서 이 형을 받은 자는 평생 지울 수 없는 주홍글씨가 각인되어 살아있으되 산목숨이 아니었을 게다.

과거 제주 사람들에게 각인된 청백리 중 으뜸 인물에 이약동李約束이 꼽힌다. 그는 성종 때인 1470년에 부임했다. 그는ㄴ 3년간 제주목사로 근무하고 떠날 때 옷가지나 모든 도구 가운데 관청에 비치된 공공물은 관부에 두고 떠났다. 다만 채찍질하는 데 쓰는 회초리 한 자루를 가지고 가다가 말하기를, "이것 역시 섬의 물건이다."하고는 관아의 누각에 걸어두고 나갔다. 그 뒤 섬의 관리들이 이것을 보배로 소장하여 새로운 목사가 올 때 보게 하려고 걸어두었다. 세월이 흐르면서 그 회초리가 너무 낡아지자 제주도 사람들이 그 자리에 회초리의 그림을 그려 그의 정신을 기렸다고 한다. 그가 탄 배가 망망한 바다에 이르렀을 때 배가 기우뚱하여 위험스럽게 되자 사공들이 모두 얼굴빛이 사색이 되었다. 그때 이약동은 의연한 모습으로 바로 앉았다. 그를 호위하던 비장裨將이 앞으로 나아가 아뢰기를, "제주 사람들이 공의 청덕淸德에 감동하여 선물로 한 포갑鮑匣을 주면서 대야로 쓰도록 했습니다. 아마 신명神明이 알아차린 게 아닌가 합니다."라고 말하자 공이 바로 명해 그것을 바다 가운데 던지게 했고 금세 파도가 잔잔해졌다. 사람들은 훗날 그곳을 일컬어 '투갑연投甲淵'이라고 불렀다. 이따금 공직에 있음을 빙자하여 뇌물을 받는 공직자가 뉴스에 뜬다. 그러면 공직자의 기본이랄 수 있는 멸사봉공滅私奉公과 더불어 지양해야 할 자세인 근묵자흑近墨者黑까지를 덩달아 떠올리기에 부족함이 없다. 다산 정약용 선생은 "높은 자리는 과녁과도 같아서 누구나 거기를 향해 활을 쏘고자 하니 항상 처신에 조심해야 한다."며 공직자, 특히 고위 공직자들의 처신에 대하여 강조하였다. 청빈했던 공직자도 일단 부정과 뇌물수수 따위에 연루되는 순간부터 '근묵자흑'이란 치료불능의 전염병에 감염되는 셈이다. 공직자들이 멸사봉공으로 일관하는 청백리의 나라가 진정 민주국가이며 선진국이다. 멸사봉공 앞에선 그 어떤 것도 걸림돌이 없으며 유유자적悠悠自適의 편안함까지 보장된다.

월간내일

月刊來日

—

이 글에서는 '월간내일(月刊來日)'이라는
제목의 실재하는 잡지를 뜻하는 말로 쓰였다.

일터에 출근出勤 할 수 있다는 건 행복이다. 더욱이 요즘처럼 코
로나19가 직장까지 빼앗는 살벌한 시기엔 행복감幸福感이 배가된
다. 출근을 함으로써 나와 내 가족이 생활할 수 있다. 대인관계의
구축 역시 출근이 가져다주는 힘이다. 한데 출근에도 각자의 개성
이 양립한다. 나처럼 새벽 첫차로 출근(주간근무 때)하는 이가 있는
가 하면, 정해진 시간에 '걸어다니는 시계'라는 별명이 붙은 칸트
처럼 도착하는 사람도 있다. 나는 8년째 근무하고 있지만 지금껏
지각 한 번을 모른다. 당연한 얘기겠지만 부지런한 사람이 일도

잘한다는 건 상식이다. 다른 직원보다 1시간만 일찍 출근해도 아침 출근길의 '지옥철'은 강 건너 불구경으로 치부할 수 있다. 그 시간에 책을 본다면 1년에 최소 200권은 뚝딱이다. 이런 관념과 습관으로 그동안 읽어낸 책은 만 권이 훌쩍 넘는다.

나는 사자성어四字成語의 달인(?)답게 평소 사자성어를 자주 활용한다. 그중 비교적 많이 차용하는 사자성어에 '종두득두種豆得豆'가 포진한다. 콩 심은 데 콩이 나며, 원인에 따라 결과가 나온다는 말이다. 이를 동원시킨 것은 나의 또 다른 믿음인 "좋은 나무가 되려면 그 근원의 뿌리가 좋아야 한다."는 주장을 강조하기 위함이다.

위에서 출근의 중요성과 성실을 함께 논했다. 성실誠實은 '정성스럽고 참됨'을 나타낸다. 따라서 성실은 출근과 동격인 셈이다. 이른바 '김영란 법'이 시작되면서 많은 사(외)보들이 사라졌다. 그러나 지금도 꿋꿋이 명맥을 잇고 있는 사보들이 있는데 『월간내일月刊來日』이 그중 하나다. 고용노동부 발행인데 작년 6월호에 게재된 '옛 직업을 찾아서' 코너가 유익했기에 소개한다.

과거엔 식자공이란 직업이 있었다. 스마트폰으로 책을 읽는 요즘, 이런 세상에 익숙해진 사람들은 책의 글자 하나하나에 누군가의 정성이 담겨 있다는 걸 실감하지 못할 수도 있다. 하지만 아주 오래전, 신문의 탄생부터 함께 해 온 이 사람들은 기자가 원고를 넘기면 빠른 손놀림으로 판을 짰다. 신문의 형태로 인쇄가 가능하도록 활자들을 정교하게 배치하는 게 이들의 일이었기 때문이다.

우리는 날마다 다양한 인쇄물들을 만난다. 간단한 홍보물부터 두꺼운 책에 이르기까지 무수한 인쇄물들이 있다. 지금이야 컴퓨터의 도입으로 인쇄물을 만들어내는 과정이 간단해졌지만, 예전에는 하나의 인쇄물이 만들어지기까지 많은 이들의 인력이 투입되었다. 활자 조각공, 문선공, 식자공, 인쇄공까지 각자 맡은 바 역할을 충실히 해내는 사람들이 있었다. 기자들이 작성한 원고를 받아 식자 작업하는 이 사람들은 당시 신문사에서 절대적인 존재였다.

악필로 쓴 원고도 알아보며 원고에만 집중한 채, 활자를 뽑아내는 손놀림 덕분에 마감 시간을 지킬 수 있었기 때문이다. 1896년에 창간된 우리나라 최초의 민간신문인 『독립신문』에서도 식자공의 흔적을 찾아볼 수 있다. 독립운동가 김산은 독립운동에 뜻을 품고 상하이 임시정부로 찾아가 당시 임시정부 기관지였던 『독립신문』의 식자공으로 일하기도 했다. 식자공으로 일하며 안창호, 이동휘와 같은 전설적인 독립운동가들을 만나 독립운동에 힘을 보탰다. 역사 속 중요한 순간순간마다 식자공들의 활약이 있었기에 지금까지도 많은 인쇄물들이 보존되고 남겨질 수 있었던 것이다. 식자공에게는 판을 짜는 능력은 물론 빠른 판단력과 미적 감각도 필요했다. 속보가 들어오면 그에 맞게 기사를 줄이고, 알맞은 사진을 선택하고 배열하는 것까지 이들의 몫이었기 때문이다. 오탈자誤脫字가 나와서도 안 되기 때문에 문장에 대한 이해력 또한 겸비해야 했다. 그래서 일제강점기 때 이들은 지식인 노동자로 불렀다. 그러다 1988년, 『한겨레신문』의 창간으로 인쇄업은 새로운 전환기를 맞는다. 당시 숙련된 식자공을 구하기 어려웠던 신생 매체인 『한겨레신문』은 컴퓨터 조판 방식을 도입했다. CTS 시스템이라 불리던 컴퓨터 조판 방식은 식자공을 거의 필요로 하지 않았다. 그 후 점차 많은 신문사들이 이러한 컴퓨터 조판 방식을 도입하면서 식자공들의 일자리는 점차 줄어갔다. 시대 변화에 따라 역사 속으로 사라지게 된 것이다. 그들을 지금은 만날 수는 없지만 글자 하나하나에 담긴 식자공의 정성은 우리 마음속에 오래도록 기억될 것이다.('월간 내일' 기사 인용) 식자공이 업무에 태만하여 늘 지각이나 하고 툭하면 결근까지 했다고 가정해 보자. 그랬다면 매일 아침 신문을 기다리던 독자들은 과연 어찌 되었을까? 오늘도 신문을 읽으며 과거 식자공들의 노고를 떠올렸다. 오늘보다 나은 내일을 만들자면 지식의 창고에 알토란 정보를 더 가득 채우고 볼 일이다. "내 과거를 말하지 마라 바람처럼 살았다~ (…) 내 인생의 괴

로움을 술잔 속에 버렸다~ (그럼에도) 내일은 해가 뜬다 ~"라는 장철
웅의 '내일은 해가 뜬다'라는 가요도 있지 않던가?

수수방관

袖手傍觀

—

팔짱을 끼고 보고만 있다는 뜻으로,
어떤 일을 당(當)하여 옆에서 보고만 있는 것을 말함.

한여름의 휴일엔 두문불출杜門不出해야 한다. 밖에 나가 움직이
면 돈이 들기 때문이다. 한증막처럼 뜨거운 날씨는 짜증까지 수반
하므로 집에서 있는 게 훨씬 낫다. 그런데 집에서만 있어도 무더
위의 횡포로부터는 결코 자유롭지 못하다는 한계가 노정露呈된다.
따라서 만만한 게 뭐라고 늘 그렇게 선풍기만 혹사시키고 있는 중
이다. 너무 더우면 선풍기의 바람조차 더위에 감염된 듯 뜨겁기에
눈 한 번 질끈 감고 에어컨 가동 스위치를 눌러야 한다. 그러나 덩
달아 '가정용 전기요금의 누진제'라는 가히 살인적 요금 부과 체계

에 따른 불안감이 엄습한다. 2016년 기준으로 가정용 전기요금 누진제를 살펴보면 최저 1단계는 60.7원이지만 최고 6단계에 이르면 709.5원으로 무려 11.7배나 차이가 났다. 또한 이는 미국은 2단계에 1.1배, 일본의 3단계에 1.4배, 대만의 5단계에 비해 2.4배 차이라고 했다. 이건 "이쯤 되면 막가자는 거지요?"가 아니라 아예 막가파적 횡포가 아닐 수 없었다. 그래서 우리 집은 물론이거니와 대부분의 서민들 입장에서 에어컨이란 마냥 바라만 보는 장식용이 될 수밖에 없는 입장이었다.

가정용 전기요금 누진제는 지난 1970년대 오일쇼크 때 부족한 전기를 되도록 산업용으로 사용하기 위해 만들었다고 한다. 얼추 50년이 지난 지금껏 역시도 존속되고 있다니 어이가 없는 노릇이다. 시내에 나가보면 에어컨을 빵빵 튼 뒤 문까지 활짝 열곤 호객 행위를 하는 점포가 쉬 눈에 띈다. 이를 단속하노라면 "문을 닫아놓으면 손님들이 안 들어와요."라고 강변한다지만 점포 역시 현행 가정용 전기요금 누진제를 적용한다면 언감생심 어찌 그런 '사치'를 부릴 수 있을까 싶다. 지난 2016년 4.13총선에서 여당은 참패했다. 이러한 결과의 도출은 담배가격 인상 등 서민경제를 등한시한 결과의 부메랑이라고 보았다. 1천만 명으로 추정되는 흡연자들은 국민적 동의조차 없이 갑당 2천 원이나 대폭 올린 담뱃값에 분노했다. 더욱이 참여 정부 시절, 노무현 대통령이 갑당 500원 인상안을 내놓자 서민경제에 역행하는 처사라고 펄쩍 뛰며 반대했던 당시 야당대표였던 박근혜 전 대통령의 어떤 이중성에 혀를 내둘렀음은 물론이다. 주지하듯 국민건강을 담보로 한 담뱃값의 인상은 '빛 좋은 개살구'로 드러났다. 부자들에겐 여전히 관대한 반면, 만만한 게 서민(흡연자)인지 부자감세로 인해 줄어든 세수를 보충하기 위해 담뱃값을 올려 결론적으론 서민의 호주머니를 턴 것이란 흡연자들의 비판이 거셌던 것이다.

　1명의 범인을 잡기위해 10명의 억울한 사람을 만들어 내는 나라는 결코 민주국가가 아니다. 따지고 보면 흡연자들에게도 나름의 흡연권이라는 '인권'이 있거늘. 하지만 당시 정부는 그조차 무시하였다. 가격을 천정부지天井不知로 올린 탓에 전국의 흡연구역(그나마 가뭄에 콩 나듯 보이는)은 남녀노소男女老少가 두루 어울려 맞담배질을 하는 그야말로 '합법적 개판'으로 바뀐 지 오래다. 이는 또한 과거엔 상상조차 어려웠던, 어르신 앞에서의 담배 꼬나물기로 나타나 '동방예의지국東方禮儀之國'이란 미명美名까지 담배연기처럼 순식간에 사라지게 만든 단초가 되었다. 그럼에도 정부는 여전히 담배를 제조 판매하고 있으면서 흡연자는 마치 토끼몰이인 양 내쫓는 어떤 양두구육羊頭狗肉의 혐연권 이중행태를 멈추지 않고 있다.

이 부분에서 문득 드는 또 다른 얄팍한 졸견拙見은 왜 우리나라에 '여성가족부'는 있되 '남성○○부'는 없느냐는 거다. 이처럼 경도된 여성 우선과 위주의 사례는 방송에서도 드러난다. 애청하는 라디오 프로그램 중에 'MBC 여성시대'가 있다. 이 중에 '남성시대'는 매주 목요일에 한하여 방송하는데 그래봤자 고작 1시간에 불과하다. 잠시 찔끔 내보내고 마는 구두쇠의 행보를 보이고 있다는 느낌이다. '남편시대'와 '남학생시대'라는 새로운 코너의 등장을 기대한다. '남성시대'는 포괄적 개념인 반면, '남편시대'와 '남학생시대'는 각층적各層的으로 대상이 더욱 또렷해지는 장점이 있다. 요즘엔 과거와 달리 라디오 애청자도 유튜브 등으로 많이 갈아탔다.

올 여름은 또 얼마나 더울까! 에어컨은 꽃이 아니다. 더울 때 써먹자고 거금을 들여 구입한 에어컨이건만 전기료가 무서워 일 년 내내 마치 꽃처럼 바라만 봐야 하는 서민들의 고충과 고통을 정부는 수수방관袖手傍觀하지 말아야 한다. 현 정부의 탈원전 정책 고수로 인해 전기료 인상은 피할 수 없게 되었다. 아직 정부에서는 '시치미를 떼고 있지만' 시기상조時機尙早라고 본다. 더군다나 2020년 올해는 사상초유의 정부재난지원금까지 지급하는 바람에 나라의 곳간이 많이 비어있다는 느낌을 지울 수 없다. 적자가 계속되고 있음에도 언제까지 정부가 한전의 손실금을 보전해 줄 것인가.

전기료의 인상은 서민들에겐 직격탄으로 다가오는 피하기 어려운
한여름밤의 공포다.

신토불이
身土不二

—

몸과 태어난 땅은 하나라는 뜻으로,
제 땅에서 산출(産出)된 것이라야 체질(體質)에 잘 맞는다는 말.

깔끔하게 포장된 육류·생선을 파는 서구식 대형 마트가 중국에선 이상하리만치 인기가 없다. "오래된 걸 눈속임한 건지 어떻게 아느냐"는 것이다. 아직도 중년 이상 중국인에게 신선한 고기란 '산 것'이어야 한다. (중략) 말이 수산물 시장이지 고슴도치, 낙타, 대나무쥐, 여우, 악어도 판다. 양쯔강 중류의 우한도 광둥처럼 습하고 따뜻하다. 인구가 1100만쯤 된다. 주민들은 박쥐를 약재로 안다고 한다. 사스 바이러스도 박쥐에서 시작됐다는 게 정설이다. 1910년대 동북 지역에 창궐한 페스트는 '마못'이라는 큰 설치류를 사냥해 그 가죽을 쓰는 풍습에서 비롯됐다. 사냥꾼부터 감염돼 수만 명이 목숨을 잃었다. 가금류와 붙어 사는 환경 탓에 조류인플루엔자가, 야생동물을 약재로 쓰다 보니 사스와 '우한 폐렴'이 퍼졌다. 전염병이 사회의 풍속을 바꾸는 경우가 많다. 한국에선 간염이 술잔 돌리기를 줄였다. 민물고기의 기생충이 위험하다는 게 알려지자 그걸 회로 먹던 습관이 사라졌다. 중국에선 그런 변화가 느리다.(중략) 이번 사태가 그 계기가 되기를 바란다.

-C일보, 1월 24일, '[만물상] '중국발 전염병' 왜 많은가'-

위 〈초근목피〉에서 다뤘듯 과거엔 '보릿고개'가 실재했다. '보릿고개'는 대략 음력 4월 보리가 익기 직전의 시기를 말한다. 옛날엔 농촌이 궁핍하여 해마다 음력 4월경이 되면 겨우내 묵은 곡식은 다 먹어서 없어지고 보리는 아직 여물지 않아서 농가 생활이 매우 어려웠다. 흔히 춘궁기春窮期라고 불리는 이 시기를 대부분 초근목피草根木皮로 간신히 연명하다시피 하였다. 워낙 지내기가 힘들어 마치 큰 고개를 넘는 것 같다 하여 '보릿고개'라는 이름까지 붙여졌다. 이런 보릿고개 동안에는 도무지 먹을 게 없으니 심지어 겨울잠을 자던 개구리까지 먹었다고 해도 딴지를 걸지 않았다. 하지만 지금은 먹을 게 얼마나 많은가!

15년 전 모 문학 공모전에서 수필 부문 금상을 받았다. 그 보너스로 중국여행을 공짜로 갔다. 내 나이 마흔여섯일 때였다. 『열하일기』의 저자 연암 박지원보다 두 살 늦은 즈음에 간 것이었다. 나처럼 술을 즐겼던 연암은 당시 중국 사람들은 한여름에도 술을 데워서 먹는다고 흉봤다. 술잔도 너무 작아서 양에 안 찬다며 보시기에 따라 '원샷'으로 마신다. 이에 중국인들이 놀라 나자빠진다. 여기서 연암은 조선인의 기개를 보여주었다는 자화자찬自畫自讚으로 함박 웃는다. 당시 나는 단체로 움직이는 바람에 호텔에서 숙식을 해결했다. 그 바람에 시장 등 중국의 서민들이 사는 풍경은 볼 수 없었다. 그렇지만 칼럼의 내용처럼 고슴도치와 쥐에 이어 박쥐까지 먹는다면 전염병의 숙주라는 박쥐의 전염 속도는 과연 어떨까 싶었다.

쥐는 일반적으로 체내에 바이러스를 많이 보유하고 있어 인간에게 쉽게 전염병을 퍼뜨린다고 알려져 있다. 그래서 우리는 쥐만 보면 기겁을 하며, 심지어 본능처럼 죽이려 달려드는 것이다. 박쥐는 비행 능력까지 있어 전염병을 더욱 빨리 확산시킨다. 지난 1월 내내 중국발 신종 코로나바이러스 감염증인 '우한 폐렴'의 확산이 실로 공포스러웠다. 그럼에도 사태가 이 지경이 되도록 중국 당국은 초기대응에 실패하여 화를 키웠다. 이를 J일보 1월 29일자 '차이나인사이트'에서 유상철 베이징 총국장은 "기상천외 식도락이 '박쥐의 역습'을 불렀다…중국 우한의 비극"을 통해 다음과 같이 일갈했다.

"중국은 '보희불보우報喜不報憂'의 전통이 있다. 황제에게 좋은 일은 알리지만 걱정을 끼칠 나쁜 일은 보고하지 않는다. 우한은 1911년 신해혁명辛亥革命의 기치를 올려 2000년여 넘게 지속한 황제 제도를 깨뜨렸지만 이 악습만큼은 부수지 못했다. 여기에 신중국 건국 이래 공산당 일당제의 장기집권을 가능하게 하는 '안정이 모든 걸 압도한다穩定壓倒一切'는 구호도 한몫했다. '안정'이란 대의를 위해 관방官房과 다른 말은 용서가 되지 않는다."

공산주의다운 폐쇄정책閉鎖政策과 언론 통제를 새삼 발견하는 대목이었다.

음식과 연관된 사자성어는 부지기수다. 해륙진미海陸珍味는 산과 바다에서 나는 온갖 진귀한 물건으로 차린, 맛이 좋은 음식을 뜻한다. 산진해착山珍海錯은 산과 바다에서 나는 온갖 진귀한 물건으로 차린 음식이며, 고량진미膏粱珍味는 기름진 고기와 좋은 곡식으로 만든 음식이다. 그러나 아무리 단사표음簞食瓢飮=대그릇의 밥과 표주박의 물이라는 뜻일 망정 그 식재료가 신토불이身土不二여야 건강에도 이상이 없다. 코로나19의 장기화로 인해 요즘 다들 어렵다. 특히 자영업자와 시장 상인들은 고통이 더 심하다. 코로나19의 여파는 온라인 개학(강)으로 이어졌다. 학교급식이 이뤄지지 않아 천문학적 급식예산이 고스란히 남았다고 한다. 친환경 우리 농수축산물의 판로까지 뚝 끊겨 관계자들은 사면초가四面楚歌의 절벽에 몰려 있다. 이럴 때일수록 나들이도 할 겸 전통시장을 찾는 건 어떨까. 신토불이 식재료를 구입하여 우리 가족 식탁에 올리면 다들 맛있고 몸에도 좋다며 가가대소呵呵大笑할 것이다.

계륵풍자
鷄肋諷刺

—

계륵(鷄肋)은 닭의 갈비라는 뜻으로, 그다지 큰 소용은 없으나 버리기에는 아까운 것을 이르는 말이다. 또한 풍자(諷刺)는 남의 결점을 다른 것에 빗대어 비웃으면서 폭로하고 공격함을 뜻한다(저자가 지은 사자성어).

작년엔 이른 장마가 시작된다는 일기예보가 있었다. 그에 걸맞게 하늘마저 꾸물꾸물했다. 6월임에도 바람까지 선선하여 마치 가을과도 같은 청명함이 볼을 때렸다. 대저 이런 날엔 술 한 잔이 제격이었다. 퇴근시간에 맞춰 후배를 호출했다. "오늘은 닭갈비랑 '주님영접'하자." "그러쥬 뭐." 그 후배는 20년 이상 돈독한 의리로 맺어온 지기知己다. 후배랑 춘천닭갈비를 시켜 소주를 들이켰다. 지역마다 소문나고 유명한 음식이 즐비하다. 대전에 '두부두루치기'가 우뚝하다면 춘천엔 '닭갈비'가 있다. 양념 고추장에 재위 둔 닭갈비를 양배추, 고구마, 당근, 파 등을 얹어 함께 볶은 음식인 닭갈비는 한 끼의 영양식으로도 손색이 없다. 그럼 왜 춘천이 닭갈비의 '메카'로 부상했는지를 알고 볼 일이다. 춘천닭갈비는 군사도시인 강원도 춘천의 향토음식鄕土飮食으로 자리 잡은 지 오래다. 1960년대 말 선술집 막걸리 판에서 숯불에 굽는 술안주 대용으로 개발되었던 춘천닭갈비는 이후로도 입소문을 타면서 중심가까지 파고들었다고 전해진다. 당시 주머니가 추웠던 군인들조차 부담 없이 먹을 수 있을 만치 값이 착했던 측면 역시 닭갈비가 그 지형을 더욱 넓히는 데 한몫하지 않았을까 싶다. 닭갈비는 지금도 그 맛과 양에 비해 가격이 저렴하다. 그야말로 가성비(가격 대비 성능) 으뜸인 셈이다. 과거엔 그 가격이 더욱 싸서 1970년대 초의 닭갈비 1대 값은 고작 100원이었고, 따라서 별명이 '대학생갈비', 혹은 '서민갈비'였다고 하니 칭찬받을 만하다. 그런데 닭갈비를 먹자면 반드시 만나게 되는 게 계륵鷄肋이다. 계륵은 닭의 갈비라는 뜻으로, 그다지 큰 소용은 없으나 버리기에는 아까운 것을 이르는 말이다.

'계륵'은 『삼국지』의 조조를 떠올리게 한다. 유비는 책사 제갈량의 말을 좇아 촉에 입성해 한중왕의 자리에 오른다. 위나라의 조조는 이를 괘씸히 생각해 유비를 정벌하기 위해 나선다. 하지만 막상 쳐들어 갔지만 더 진군하기는 애매하고, 그렇다고 회군하자니 자존심은 안 서는 대략난감의 상황에 봉착했다. 고민 중이던 조조에게 한 장수가 그날 밤 사용할 암구호를 물었고 조조는 무심코 '계륵'이라고 한다. 이날 암구호가 '계륵'이라는 말을 듣고 조조의 책략가 양수는 짐을 꾸렸다. 이를 이상히 여긴 다른 장수들이 왜 그러는지를 묻자 양수는 "계륵은 먹자니 먹을 게 별로 없고 버리기는 아까운 것이죠. 주군의 한중에 대한 심중을 은근히 내비친 것이니 곧 회군하자고 할 것이오."라고 말했다. 조조는 진심이 들킨 것이 부끄럽고 자신의 심중을 너무나도 잘 아는 양수를 두려워해 곧바로 양수를 참수하고 다음날 정말로 회군回軍하여 위나라로 돌아가게 되었다.

기획재정부는 지난 2016년 6월 16일 공공기관 운영위원회를 열어 '2015년도 경영실적 평가결과'를 의결했다. 이에 따르면 낙제점인 D, E등급을 받은 기관은 6개나 차지할 정도로 부진을 면치 못했다고 한다. 그러나 최고 등급인 S등급을 받은 기관은 한 곳도 없었다고 하여 아쉬움이 적지 않았다. 어쨌든 당시 전체 116개 공공기관 중 성과급을 받는 C등급 이상 기관은 103개로 전년보다 2개 늘었다고 하니 그들 기관은 잔칫집 분위기였을 것이다. 주지하듯 공공기관이 받는 급여와 성과급은 모두 국민의 세금으로 조성된 것이다. 그 즈음 기획재정부의 발표처럼 최고 등급인 S등급을 100점으로 환산할 때, 그렇다면 C등급은 아마도 68점의 성적으로 간주할 수 있으리라. 그래서 말인데 '고작' 68점에게도 학교서 학업우수상(성과급의 비유)을 줄까? 어이없는 정책과 함께 마치 '계륵'과도 같은 공공기관과 공적자금이 투입된 기업이 너무도 많음을 개탄하지 않을 수 없었다. 기껏 해봤자 별 것 없는 계륵을 멀쩡한 통닭 한 마리와 동일시同一視하는 개념은 버려야 옳다. 통닭은 먹을 거라도 있지만 계륵은 '당나귀 귀 떼고 뭐 떼고 나면' 아무 것도 아니듯 먹고 나서 이쑤시개를 동원하기에도 민망하다. 한편 기획재정부가 발표한 〈2019년도 공공기관 경영실적 평가 결과〉는 올 6월 19일에 공개되었다.

용호상박

龍虎相搏

—

용과 호랑이가 서로 싸운다는 뜻으로,
곧 힘이 강한 두 사람이 승부를 겨룬다는 말.

우리나라 전국의 축제는 약 2,000개가 넘는다고 한다. 이 중 대전의 '칼국수 축제'는 전국에서 유일하게 칼국수를 테마로 한 축제이다. 다음은 2018년에 열린 '제4회 2018 대전 칼국수 축제'의 현장중계이다. 사실감 강조 차원에서 당시의 감흥을 그대로 옮겼다.

맛과 멋의 화양연화(花樣年華)를 이루는 명불허전의 '제4회 2018 대전 칼국수 축제'가 서대전시민공원에서 화려한 막을 열었다. 10월 19~21일까지 열리는 이 축제는 대한민국 유일의 칼국수만을 모티브

모든 건 아는 만큼 보인다

로 한 '맛의 잔치'다. 칼국수는 남녀노소 누구나 좋아하는 음식일 뿐 아니라, 빈부격차(貧富格差)의 벽까지를 허문 일등공신(一等功臣)이다. 또한 "누구는 소주 먹고 누구는 양주 먹고…"라며 세상이 왜 이렇게 불공평하냐고 개탄하는 가수 박일준의 가요 '왜왜왜'처럼 시빗거리에서도 자유롭다. 그만큼 가격까지 착하다는 얘기다. '대전 칼국수 맛집, 여기 多 있슈~'를 표방하고 있는 이 축제엔 그럼 어떤 칼국수(집)들이 출사표를 냈는지부터 살펴볼 일이다. 먼저 'SBS 생활의 달인, 칼국수의 달인'으로도 유명한 '뽀뽀분식'은 개그맨 컬투의 김태균도 인정한 맛집이다. 김치칼국수로 승부수를 던져 적중한 '대전칼국수'는 멸치육수의 특별한 맛이 처음 맛본 사람까지 냉큼 칼국수 마니아로 돌변시킨다. 밥을 말아 먹으면 더 맛나는 '동큐칼국수'는 미니족발과 수육까지 주당들을 매혹시킨다. 삼겹살과 수육은 물론 칼국수까지 일품인 '본가 칼국수' 역시 대전 칼국수 르네상스 시대에 불을 붙였다.

걸쭉한 팥 국물에 열무김치와 함께 먹는 환상의 '목포팥칼국수'는 할아버지 할머니도 즐겨 찾으시는 별미다. 부추와 칼국수의 만남이란 궁합을 이뤄 대박을 친 '소문난부추칼국수'는 들깨칼국수와 수제비까지 갖춰 맛의 확장까지를 도모했다. 완도에서 공수된 싱싱한 매생이가 살아있는 '완도매생이(칼국수)'는 매생이 두부전과 매생이 굴전까지 있어 좀처럼 맛보기 힘든 영양만점 해산물의 잔칫집이다. 어르신들께는 씹기 좋게, 젊은이들에겐 탱탱한 식감의 면발로 만들어 제공하는 '종로할머니칼국수'는 손으로 뚝뚝 뜯어 삶은 수제비도 일품이다. 바지락과 얼큰이칼국수 외에도 비빔국수와 콩국수로도 소문이 짜한 '내담(밀사랑)'은 지역 토박이들이 숨겨놓고 자신들만 은밀히(?) 찾았던 집으로도 유명하다. 어죽과 칼국수의 조합에 부추까지 잔뜩 얹어주는 '손이가어죽칼국수'는 숙취로 고생하는 주당들이라면 다 아는 단골집이다. '메밀꽃 필 무렵' 하면 강원도와 옹심이가 떠오르는데 '할매옹심이메밀칼국수'에 들어서면 옹심이와 메밀칼국수 등의 강원도의 맛과 정취까지를 선사한다. 깍두기와 겉절이까지 맛있으며 몸에 좋은 쑥갓까지 무한리필로 마구 내주는 '현대칼국수'는 대전 칼국수의 메카인 대흥동에서도 이름난 맛집의 강자다. 줄서서 먹는 집으로도 소문난 '칼국수와지짐이'는 칼국수와 지짐이에, 수육 등의 푸짐함이 추가되었음에도 1인분에 고작 8천 원인지라 가성비에서도 으뜸이다. 얼큰한 만두 샤브 육수에 칼국수를 넣어 먹는 맛이 별미인 이곳 식당의 이름은 '아리랑만두샤브칼국수전문점'이다. 갖가지 채소까지 풍성하여 영양에서도 만점인 음식이다. 파전과 족발도 맛이 훌륭한 '다올칼국수'는 식당 안에 들어서면 이곳저곳에 붙어있는 연필초상화까지 동네 사랑방에 들어선 듯 편안함을 안겨준다.

-뉴스에듀TV '맛과 멋의 화양연화, 대전 칼국수 축제'-

모든 건 아는 만큼 보인다

위의 글은 내가 취재본부장으로 글을 올리고 있는 언론매체 '뉴스에듀'에도 실린 나의 글이다. 따라서 저작권 침해 걱정도 없다. 칼국수는 소박하면서도 든든하기에 한 끼 식사로도 충분하다. 넉넉한 그릇에 담긴 바지락과 홍합, 멸치와 새우, 오징어 등이 혼거混居하며 만들어낸 환상적인 뽀얀 국물의 맛에 더하여 고추와 부추, 호박과 계란, 김과 쑥갓이 가세하면서 만들어낸 대전만의 특화된 칼국수는 갈수록 쌀쌀해지는 즈음엔 더 당기는 맛의 진수眞髓임에 틀림없다. 비록 '대전 칼국수 축제'에 출전은 하지 않았지만 이밖에도 "칼국수만큼은 우리 집이 으뜸!"이라고 자처하는 자천타천自薦他薦의 칼국수 명품 집들이 대전엔 수두룩하다. 사랑하는 딸도 칼국수 마니아인데 꽤 매운 소위 '얼큰이칼국수'를 몹시 좋아한다. 맛과 멋의 환상적 만남, '대전 칼국수 축제'에 여러분들도 꼭 한번 가보시라! 그야말로 용호상박龍虎相搏의 맛 전쟁에 다름 아닌 '대전 칼국수 축제'엔 대한민국 칼국수의 모든 것이 망라돼 있다. 특화된 명불허전의 '제5회 2019 대전 칼국수 축제'는 2019년 9월 27~29일까지 대전시 중구 침산동 뿌리공원 주차장에서 열렸으며 올해도 푸짐하고 먹음직스럽게 열린다. 다만, 이 축제의 개최 관건은 역시나 럭비공처럼 어디로 튈지 가늠하기 힘든 코로나19의 향배向背다.

우한지옥
武漢地獄

—

2019년 12월 12일, 중국의 우한에서 최초로 코로나 감염자가 발생하였다. 이로 인해 전 세계가 전염병의 도가니에서 헤어 나오지 못하고 힘들어하고 있다. 지옥이나 다름없는 이 사태를 일컫는 말이다(저자가 지은 사자성어).

우한武漢은 중국 후베이성湖北省의 성도省都다. 인구는 약 1천만 명이 거주한다고 하니 우리나라 수도 서울에 비견하면 되겠다. 후베이성과 화중華中지방의 정치·경제·문화·교통의 중심지를 이룬다. 양쯔강揚子江과 그 지류인 한수이강漢水의 합류점에 입지하며 예부터 '우한삼진'이라 하여 중국 중부의 군사·교통의 요충지로 널리 알려져 왔다. 1858년 톈진天津조약에 의해서 개항장開港場이 되고, 서구열강의 조계지租界地가 되었다. 중국의 3대면시三大綿市, 3대차시三大茶市의 하나로 널리 알려져 면과 차가 우한의 특산품으로 유명하다. 교통면에서는 동서방향의 수운과 남북방향의 육운의 십자로에 해당하며, 교통로는 사통팔달四通八達하여 '9성省의 회膾'라고 하였다. 이러한 우한이 그야말로 우한지옥武漢地獄으로 변했다.

지난 1월, 우한에 거주한다는 중국인이 유튜브를 통해 현지 사정을 고발했다. "사방이 봉쇄된 우한은 마치 지옥과 같다. 병원에 가면 환자들은 구름처럼 몰려들지만 정작 의료진은 얼굴도 볼 수 없다."며 하소연했다. 공산주의인 중국당국에 걸려들까 무서워서였는지 아무튼 마스크를 착용하고 이런 주장을 펴는 중국인을 보면서 새삼 우한의 공포와 중국당국의 사통폐쇄四通閉鎖 정책을 보는 듯 하여 전율戰慄했다.

1월 28일자 J일보에 '지도에도 없는 샛길로 우한 탈출… 우리 차 뒤로 수십 대가 따라왔다'는 박수찬 특파원의 우한 '리얼 탈출기'가 실렸다. 이 내용을 보자 영화 '택시운전사'에서 '광주의 진실'을 취재한 뒤 목숨을 걸고 광주를 탈출하는 독일 특파원 위르겐 힌츠페터가 떠올랐다. 중국 우한시에서 집단 발병 사태를 일으킨 신종코로나바이러스감염증(일명 코로나19)의 국내 확진 환자가 계속 늘어나면서 지난 2003년 당시의 '사스SARS · 중증급성호흡기증후군 대유행'을 연상케 했다. 사스에 걸리면 심한 열이 나고 기침을 하며 숨

쉬기가 힘들다. 심각한 폐렴으로 발전해 죽음에 이를 수도 있었다. 특히 사스는 이전까지 없었던 새로운 질병이라서 치료제나 백신도 개발되지 않았기 때문에 사람들은 더욱 두려움에 떨었다. 사스는 2002년 중국 남부의 광둥 지방에서 처음 생겨난 것으로 알려졌다. 조니 첸이라는 중국계 미국인 사업가가 이곳을 다녀간 뒤 사스에 감염되었고, 베트남에 머무는 동안 증상이 발생하여 홍콩의 병원으로 옮겨졌다. 그와 함께 비행기에 탔던 사람들, 같은 호텔에 묵었던 사람들, 또 그를 치료했던 의료진들도 감염되었다.

뿐만 아니라 사스는 펜데믹(세계적 대유행)으로 발전해 전 세계적으로 퍼지게 되어 문제의 심각성까지 함께 전파되었다. 약 7개월 동안 32개국에서 8,000여 명의 환자가 발생했고, 그 가운데 774명이 사망했다. 당시 사스를 일으킨 것은 사스-코로나 바이러스로 밝혀졌다. 바이러스는 입자가 매우 작기 때문에 공기 중에 떠다니다가 사람에게 접촉하면 쉽게 전파된다. 그래서 환자를 격리하고 위생적인 환경을 만드는 것이 중요하다. 사스는 조기에 발견하여 치료하면 회복이 가능하고 건강한 사람은 회복률도 높았다. 하지만 노인이나 어린이, 다른 질병을 앓고 있는 환자의 경우에는 매우 위험할 수 있어 당시 전국이 초긴장 상태에 빠졌다. 사스 바이러스가 불과 6개월 만에 30여 개 나라에 퍼진 것을 보면 그 전파

속도가 얼마나 빠르고 광범위한지를 알 수 있다. 인구 천만이 넘는 도시를 폐쇄하고 봉쇄하는 중국당국의 고육책을 모르는 바는 아니었다. 그러나 이럴수록 외국의 의료진에까지 손을 벌려 빠른 조치를 취하는 것이 더 이상의 사망자와 감염자 증가를 막는 방책, 그리고 적대적 인식 형성 무마가 아닐까 싶어 안타까웠다. 중국 수도 베이징의 천안문 광장까지 텅 빈 사진을 보면서 폐쇄주의로 일관하는 중국의 공산주의 정책과 '우한폐렴'의 민낯이 크게 오버랩 되었다. 우한시에 내려진 76일간의 봉쇄조치가 지난 4월 8일 풀렸다. 그럼에도 봉쇄의 상처가 도처에 남아있음은 '우한지옥'의 지난날을 교훈으로 떠올리게 했다. "한 명의 죽음은 비극이요, 백만 명의 죽음은 통계이다."라는 말을 남긴 구 소련의 독재자 스탈린은 월 평균 4만 명을 처형했다. 그런 악마조차 지옥엔 가기 싫어한다. 미국이 코로나 바이러스 발원지로 중국 우한연구소를 지목하며 중국 책임론을 들고 나왔다. 중국은 "냉전 시대 화석 같은 거짓말"이라며 발끈했지만 제2의 미중갈등으로 번질까 우려스럽다. 미국과 중국의 충돌과 나아가 전쟁은 무역으로 먹고사는 우리나라에도 커다란 손해의 파편이 될 수 있다. 특히 우리 한반도는 지정학적 요충 지대이기 때문에 예부터 외부 세력의 침입에 시달려 왔다. '우한지옥'은 사스와 코로나로 잠시 지옥이 되었지만 가까스로 벗어났다. 전쟁으로 멸망하면 다시는 재생의 기회조차 없다.

정신 똑바로 차리고 국방과 경제에 있어서도 불패자不敗者의 각오를 굳게 다져야 하는 이유다.

거수마룡

車水馬龍

———

수레는 흐르는 물과 같고 말의 움직임은 하늘을 오르는 용과 같다는 뜻으로,
수레와 말의 왕래(往來)가 많아 매우 떠들썩한 상황(狀況)을 말함.

우리나라는 사계절이 뚜렷하다. 이에 걸맞게 춘하추동春夏秋冬
처럼 사람 역시 십인십색十人十色이다. 그래서 누구는 봄을, 다른
사람은 여름 내지 가을, 심지어 겨울이 좋다는 이도 있다. 하지만
압도적으로 많은 사람들이 반기는 계절은 역시 봄이다. 봄은 사자
성어에서도 쉬이 만날 수 있는데 먼저 사면춘풍四面春風이 돋보인
다. 이는 사면이 봄바람이라는 뜻으로, 언제 어떠한 경우라도 좋
은 낯으로만 남을 대함을 이르는 말이다. 이어 양춘방래陽春方來=따
뜻한 봄이 바야흐로 온다와 '따뜻한 봄날에 온갖 생물이 나서 자라 흐드

러짐'을 뜻하는 만화방창萬化方暢도 봄을 찬미하고 있다. 이와 대척점엔 두문불출杜門不出이 포진한다. 바야흐로 봄이 왔다. 말 그대로 '완연한 봄이 왔나봄'이다. 그러나 이 좋은 계절 봄이건만 나들이를 갈 수 없다. 여행도 마찬가지다. 코로나19 사태가 드러낸 팬데믹pandemic 후유증에 우리나라 전역이 큰 시름의 먹구름에 덮여 있기 때문이다. 그렇지만 지금 이 시간에도 봄은 오고 있다. 시작이 있으면 반드시 끝도 있는 법이다. 코로나 사태도 분명 종착역이 있을 것이다. 우리 모두 희망을 버리지 말자! 이런 관점과 맥락에서 지난 3월엔 봄이 완연히 도착한 대전천 인근의 둔치(물가의 언덕)와 천변(냇물의 주변)을 찾아 나들이 겸 운동을 했다.

목척교를 출발지로 하여 한남대교~한밭대교까지 약 1시간을 걸었다. 대전천에 닿기 전에 들른 조그만 간이공원엔 목련꽃이 반 이상 개화해 있었다. 물가의 능수버들 또한 봄기운이 솟는지 휘영청 한껏 기지개를 펴는 듯 보였다. 대전천에서 낚시삼매경에 빠진 사람들은 마치 세월을 초월한 듯 보여 부러웠다. 저만치서 달려오는 호남선 열차는 코로나 사태를 타개할 요량인지 그야말로 전광석화로 질주하는 모습을 보였다. 두루미로 보이는 녀석은 물고기를 낚을 속셈에 물에 발을 담그고 있었으며, 그러거나 말거나 수정처럼 맑은 대전천은 합류지점인 갑천을 향해 줄달음질치고 있었다. 하늘을 날던 까치가 내려와 타는 목마름을 적시는 곁에는 자전거와 도로로 산책을 즐기는 시민들의 표정이 제법 밝았다. 이윽고 한밭대교와 오정 농수산물도매시장 건물이 눈에 들어왔다. 코로나 사태로 요즘 다들 어렵다는데 오정 농수산물도매시장의 상인 여러분들 역시 현 위기를 어찌 극복하고 계실까 싶어 마음이 짠하였다.

코로나 여파로 인해 직장까지 잃은 사람은 밤에 택배 알바 등으로 근근이 살고 있다는 뉴스를 봤다. 참으로 안타까운 일이 아닐 수 없다. 직장에서 근무할 때, 요즘 들어 부쩍 증가한 '신입' 택배 사원들을 볼 수 있음은 이런 뉴스의 증거다. 비록 야근이 주근의 두 배가 넘긴 하지만 일할 수 있는 직장에 있음에 새삼 고마움을 느꼈다. 잠시 후 돌다리를 건너노라니 '돌다리도 두들겨 보고 건너라'는 속담이 떠올랐다. 코로나의 위기를 교훈 삼아 다시는 이런 아픔이 없길 기도했다. 착용하면 갑갑하고, 구입하기조차 어려운 마스크는 이제 그만! '완연한 봄이 왔나봄!'을 누릴 수 있는 명실상부名實相符의 봄을 진정 소망했다. 지금의 두문불출과 개점휴업開店休業을 거둬내고 대신에 그 자리를 거수마룡車水馬龍이 들어서길 바라는 마음 간절했다. '거수마룡'은 수레와 말의 왕래往來가 많아 매우 떠들썩한 상황을 뜻한다. 즉, 행렬이 성대盛大한 모양을 말하는 것이다. 장사가 잘 되고 관광지에도 사람들이 많길 바라는 마음을 표현한 것임은 물론이다. 천만다행千萬多幸으로 5월에 들어서면서 나들이를 나온 사람들도 부쩍 늘었다. 5월 1일 근로자의 날에도 일했지만 퇴근길엔 막역한 후배들과 참 오랜만에 화기애애和氣靄靄의 술자리를 가졌다. 대흥동 맛집타운에도 손님들이 가득하여 보기 좋았다. 아울러 코로나19가 야기한 지독한 불황, 관광의 포기 등 그동안 관행적으로 습관화되었던 무기력 현상이라는 3개월 동안의 비정상이 비로소 정상화로 치환되는가 싶어 많이 반가웠다. 그런데 이는 커다란 착각이었다. 집요한 코로나19는 6월 하순에 이르자 더욱 기승을 부리고 있다. 걱정이다. 큰일이다! 인간의 이러한 고민과는 사뭇 달리 오늘도 창공을 힘차게 박차고 나는 새들이 차라리 부러웠다. '참새가 작아도 알만 잘 깐다' 더니 그 말이 어쩜 그렇게 꼭 맞던지. 참새들은 오늘도 거수마룡을 이루고 있거늘 우리는 대체 언제?

선인선과

善因善果

착한 원인(原因)에 착한 결과(結果)라는 뜻으로,
선업(善業)을 닦으면 그로 말미암아
반드시 좋은 업과(業果)를 받음을 이르는 말.

"와~ 유레카Eureka!" 지난 2월, 밀알복지재단 굿윌스토어를 처음 찾던 순간, 나는 이렇게 부르짖었다. 그럼 굿윌스토어가 무엇인지를 알려 드리는 게 순서이지 싶다. 밀알복지재단이 운영하는 굿윌스토어는 '장애인의 일자리를 만드는 착한 소비'를 모토로 하고 있다. 그래서 시민들이 기증하는 각종의 물품 중 깨끗하고 견고하며 쓸 만한 것들만 엄선하여 매장에 내놓는다. 그리곤 아주 염가(!)에 소비자들에게 전달하는 정말 착한 소비를 견인하고 있다. 먼저, 굿윌스토어 밀알대전점에서 구입할 수 있는 품목을 소개한다. 의

류와 잡화, 문화용품, 건강/미용제품, 생활용품, 가전 등 없는 것 빼곤 다多 있는 그야말로 만물상萬物商이었다. '이렇게 좋은 곳을 입때껏 몰랐다니…!' 후회막급後悔莫及의 아쉬움이 밀물로 마구 몰려왔다. 하지만 '늦었다고 생각할 때가 실은 가장 빠른 것이다'라는 명언을 차용하면서 앞으론 자주 애용하리라 다짐했다.

'굿윌스토어 밀알대전점'은 대전광역시 대덕구 송촌동 (주)오뚜기 대전사옥 건물 1층에 위치한다. 경부고속도로 대전 IC초입이며, 바로 옆에는 대전웰니스요양병원이 있어 찾기도 쉽다. 나도 마찬가지인데, 사용하지는 않지만 왠지 그렇게 버리기엔 아까운 물품이 반드시 있게 마련이다. 개인적으로 대표적인 게 책(신간)이다. 평소 '독서벌레'인 까닭에 책장엔 책이 범람한 강물처럼 넘친다. 얼마 전에도 모 기관에 100여 권의 도서를 기증했다. 굿윌스토어는 중고물품 거래장터다. 기증 내지 기부 받은 제품을 저렴하게 공급하기에 아는 사람은 꼭 이곳만 찾는다고 한다. 실제 내가 찾은 날 역시 개점하기 무섭게 많은 손님들이 오시어 북적였다. '굿윌스토어 밀알 대전점'의 영업시간은 오전 10시 30분부터 오후 19시까지이며 매주 일요일은 휴무다. 그즈음엔 코로나19 확산으로 말미암아 손님이 약간 줄었다지만 곧 회복세로 치환될 듯 보인다고 책임자께서 말씀하셨다. 굿윌스토어의 존재 이유는 장애인들에게 양질의 좋은 일자리를 마련해 주는 데 있다. 따라서 소비자들이 이곳에 기증을 하면 밀알복지재단에서는 물품의 판매 이윤으로 다음과 같은 좋은 사업을 진행하게 된다. 우선 1단계로, '직업 전 교육'이 있다. 내용은 안전교육, 출·퇴근 훈련, 일상생활훈련, 대인관계훈련, 사회적응훈련이다. 2단계는 '직업훈련'인데 작업활동, 직업습관 형성, 작업환경 적응, 현장 견학 및 실습, 직무 기능강화 훈련이다. 3단계는 '맞춤훈련'인데 지원고용, 일반 고용 전이훈련, 취업 후 적응지도, 사후관리가 이 커리큘럼에 속해 있다. '참 좋은 일을 많이 하시는구나!' 싶어 밀알복지재단 관계자님들이 모두 존경스러웠다.

이곳에 기증의사를 갖고 계신 분들을 위해 기증 가능한 물품을 소개해 드리겠다. 먼저 '의류'의 경우는 정장, 캐주얼, 등산복, 블라우스, 스커트, 잠옷, 진, 아동복, 유아복, 속옷이다. '잡화'는 신발, 넥타이, 스타킹, 스카프, 우산류, 가방, 모자, 사용하지 않는 침구류다. '문화용품'은 책, 음반, 비디오, 레저용품, 스포츠용품, 문구류가 속한다. '건강/미용'은 위생용품, 화장품, 가사용품이다. '생활용품'은 주방용품, 인테리어, 정원용품, 소형가구이며 '가전'은 드라이기, 토스터기, 스탠드, 밥솥 등이니 지금 이 시간 집에서 언제 깨어날지 모를 기나긴 동면冬眠이 들어가 있는 제품(용품)이 있다면 망설이지 마시고 밀알복지재단 굿윌스토어에 오시거나 전화 주시기 바란다. 사과 박스 3개 이상에 채울 만큼의 물건이라면 직접 댁으로 찾아가 받는다. 아니면 가장 편리한 택배 업체를 이용하셔서 착불로 보내도 된다. 기증하실 때 소득공제용 자료를 요청하시면 기부금 영수증까지 발급해 드리니 그렇다면 꿩 먹고 알까지 먹는 일거양득一擧兩得이 아닐까 싶었다. 10분만 집 안을 찾아보시라. 반드시 멀쩡함에도 안 쓰는 물품이 있을 테니까! 여러분께서 기증하시는 물품은 궁극적으로, 소외받고 있는 장애인들의 일자리 창출로 이어지는 징검다리 역할을 하게 된다. 집에서 두문불출했던 장애인들이 신나게 일할 수 있는 다리橋를 만들어 주시라. 어렵지 않다! 발품을 파시거나 전화 한 통화만으로 가능하니까. 없는 것 빼곤 다 있는 밀알복지재단 굿윌스토어는 일의 힘을 통해 장애인들이 능력을 키워 자립할 수 있도록 함은 물론, 삶의 질과 존엄성을 세워 사회통합을 이루는 데 이바지하고자 지난 2018년 9월 11일에 문을 열었다. 뭐든 마찬가지겠지만 만인의 관심과 성원이 있어야만 비로소 발전할 수 있다. 학교에 다닐 적엔 갈 곳이라도 있었지만 막상 졸업 후에는 갈 곳이 없는 게 우리나라 장애인들이 처한 현실이다.

굿윌스토어 대전점의 또 다른 자랑거리는 다른 직업재활시설의 장애인에 대한 처우와 비교할 때, 장애인 직원 전원에게 최저임금을 지급한다는 사실이다. 다른 장애인 단체에서는 시행하기 힘든 과제, 아니 난제難題라는 생각에 나도 모르게 존경심이 발아發芽하는 느낌이었다. 최저임금은 일반 정규직 직원에게만 적용되는 줄 알았는데 정말 놀랍고 감사한 팩트가 아닐 수 없어 진짜 감격했다. 그러면서 선업善業을 쌓으면 반드시 좋은 과보가 따름을 이르는 선인선과善因善果가 떠올랐다. 밀알복지재단은 '국내사업'으로는 장애인복지사업, 노인복지사업, 지역사회복지사업, 아동복지사업, 장애인활동지원센터, 디아코니아연구소,지원사업신청을 병행하고 있다. '해외사업'은 재활복지사업, 아동결연사업, 교육지원사업, 보건의료사업, 인도적지원사업, 분야별특별사업까지하고 있으므로 후원하면 더 많은 사람들에게 양질의 혜택이 부여될 것으로 보였다. 주지周知하듯 식품그룹 오뚜기는 오랫동안 소비자들에게 사랑받으면서 브랜드 인지도까지 껑충 상승하여 일명'갓뚜기'로도 소문이 왁자한 기업이다. 그 오뚜기와 기타의 식품기업에서도 굿윌스토어를 돕고자 흔쾌히 기증한 우수한 식료품도많이 판매하고 있으니 오늘부터 이곳을 단골 삼아 나들이 겸 장보기로 가시는 건 어떨까? 처음 방문했음에도 불구하고 "앞으론 여기만 와야겠네!"라는 생각이 은은한 커피향과 달콤한 팥찐빵처럼 앙상블로 다가옴을 확연하게 느낄 수 있어 흐뭇했다. 결은 다르지

만 '선인선과'와 비슷한 사자성어라면 고진감래苦盡甘來를 내세워
도 무방하겠다.

산수경석

山水景石

산, 골짜기, 폭포수 등 자연의 경치가 조화된 것 같은
모습을 갖춘 壽石(수석).

'이장과 군수'는 2007년에 개봉한 방화다. 평화롭고 한적한 충청도 산골마을 강덕군 산촌 2리가 무대다. 마을 단합대회를 열던 날, 마을 이장의 갑작스러운 죽음으로 인해 산촌 2리는 새로운 이장을 뽑게 된다. 이번엔 젊은 놈으로 이장을 시키라는 마을 최고 어른의 말씀이 떨어진다. 이에 의해 자신의 의지와는 상관없이 단독후보로 나서게 된 산촌 2리 대표 노총각이 조춘삼(차승원 분)이다. 그는 얼떨결에 초고속, 최연소 이장으로 전격 선출된다. 평소 동네 노인네들과 함께 고스톱치기를 일삼고 치매에 걸린 아버지를

부양하던 평범한 시골 노총각 춘삼은 그러나 갑작스러운 이장 감투가 부담스럽기만 하다. 그러던 어느 날 춘삼은 어린 시절, 자기 밑에서 꼬봉 노릇이나 하던 노대규(유해진 분)가 군수에 출마한다는 소식을 접하게 되고, 묘한 경쟁심과 시기심에 사로잡힌다. 결국 대규는 최연소 군수가 되고 이들은 과거의 만년 반장과 부반장에서 이장과 군수라는 뒤바뀐 위치로 재회한다. 산촌2리를 휘어잡던 얼짱과 몸짱에 반장 출신의 현직 이장 춘삼과 어린 시절 춘삼에게 늘 치이고 맞기까지 한 아픈 트라우마의 기억 때문에 더 생색을 내는 군수 대규의 맞대결이 관객들의 배꼽을 잡는다.

지난 2월, 2주 동안 충남 아산시 경찰인재개발원과 충북 진천군 국가공무원인재개발원에서 생활했던 우한 교민 366명이 퇴소했다. 이들이 탑승한 전세버스를 향해 주민들은 손을 흔들고 응원을 보냈다. 참 아름답고 훈훈한 모습이었다. 이와는 별도로 "국가공무원 인재개발원에 머물고 있는 173명의 우한교민들이 좋은 기억을 담고 떠날 수 있도록 막바지 퇴소 준비에 여념이 없는 송기섭 진천군수님이 바쁜 시간을 쪼개 현장 초소에서 점심식사를 하며 퇴소식 계획을 검토하고 있다"는 요지의 보도자료와 관련사진이 그즈음 진천군청에서 나의 이메일로 들어왔다. 하지만 말이 점심식사였지 사실은 '초라한' 컵라면을 드시는 모습이어서 마음이

모든 건 아는 만큼 보인다

짠했다. 나는 야근할 적마다 컵라면이 주식主食이다. 하나 군수님은 엄연히 다르지 않은가! 나는 '이장과 군수'에 나오는 이장보다도 직급이 한참이나 낮은 때문이다. 아무튼 신종 코로나바이러스(코로나19) 사태는 전시戰時에 버금가는 국가적 퇴치의 함의이자 화두였다. 더욱이 우한 교민들이 입소한 충남 아산시 경찰인재개발원과 충북 진천군 국가공무원인재개발원이 속한 아산시의 수장인 오세현 아산시장님과 진천군수님은 그야말로 야전군 사령관 역할을 해야만 했다. 그동안 노심초사勞心焦思하느라 얼마나 애간장이 타셨을까 싶었음은 물론이다.

여기서 잠깐, 방화 '기생충'이라는 샛길로 빠진다. 이 영화에 산수경석山水景石이 등장한다. 산수경석이란 산, 골짜기, 폭포 따위의 자연 경치가 축소된 듯한 멋진 모습을 갖춘 수석壽石을 말한다. 영화에서 산수경석은 기우(최우식)에게 본인의 정체성을 깨닫고 자신의 길을 가게 해주는 소재로 등장한다. 재물운財物運을 가져다준다고 믿었던 산수경석이었다. 그래서 기우는 이를 빗대 "상징적인 거네."라고 말한다. 반면 딸 기정과 엄마 충숙은 "차라리 먹을 것을 사 오지."라며 불만을 드러낸다. 기우는 처음에는 산수경석이 재물운을 안겨 주었지만 점점 불행해진다는 것을 깨닫는다. 뿐만 아니라 산수경석에 의해 기우는 머리가 깨지는 비극과 조우한다. 산수경석은 본디 의미는 좋았다. 그렇지만 식칼을 요리사가 쓰면 요리를 만들어 손님의 배고픔을 해결해 주지만 강도가 쓰면 흉기로 돌변하듯 결국엔 파멸로 마무리 된다. 농담이지만, 산수경석 대신 '주당경석酒黨卿碩'이었다면 나에게 딱 맞는 사자성어가 되었으리라.(ᄉᄉ) 어쨌든 경찰인재개발원과 국가공무원인재개발원, 그리고 해당 지역민들께서 일심동체一心同體로 수고한 보람 덕분에 우한 교민들이 모두 건강하게 퇴소했다. 두 지역의 관계자님들과 주민 여러분들께 감사 말씀 올리며 앞으로도 '산수경석'의 의미 그대로 아름답고 건강한 명불허전名不虛傳 온천도시 아산과 생거진천生居鎭川 살기 좋은 진천으로 더욱 발전하길 응원한다. 코로나19가 물러가면 아산에 가고, 진천도 찾아 그동안 단절되었던 온천욕과 관광까지 흠뻑 향유享有할 작정이다.

마스크전

mask戰

코로나 사태로 인해 벌어진 마스크 대란 사태는 가히 전쟁에 가깝다.

이 사태를 일컫는 말

(저자가 지은 사자성어).

영화 '남한산성'은 2017년에 개봉되어 400만 가까운 관객을 끌어모았다. 김훈의 소설을 모티브로 한 이 작품은 2011년에 선보인 '최종병기 활'과 함께 병자호란丙子胡亂의 아픔을 새삼 곱씹게 하는 우리의 지난至難한 역사를 다룬다. 당시 조선은 보수적이며 새로운 흐름을 받아들이지 못했다. 그래서 새로이 강국이 된 청나라를 무시하고 여전히 명나라에만 충성하고 있었다. 이로 인해 청나라와의 전쟁이 시작된다. 청나라는 조선에게 청의 황제가 직접 쳐들어가겠다고 위협한다. 전투에 단련된 청나라 군사들은 임진왜란王辰倭亂 당시의 왜적들보다 훨씬 강한 전쟁의 프로였다. 압록강을 건넌 지 닷새 만에 청나라 군대는 개성에 도착했다. 어릴 때 친구였던 최명길과 이시백은 술자리에서 한탄한다. 이는 세상 돌아가는 걸 모르고 여전히 정쟁에만 매몰돼 있는 임금과 정국까지 싸잡아 꼬집는 것이다. 고립된 조정은 전국에 도움을 요청하는 파발을 띄우지만 효과가 없다. 물론 뒤늦게 지방 군軍이 등장하지만 실기失機한 탓에 대패하고 만다. 남한산성으로 피신하지만 북풍한설北風寒雪의 그곳은 언제 붕괴될지 모르는, 그야말로 '시한부 인생'들의 임시 거처로 전락한다. 성 안에는 1만 3천의 병력이 있었으나 혹한으로 얼어 죽는 자가 속출하였고 식량은 고작 40여 일을 버틸 양밖에 없었다. 결국 아흐레 후에 인조는 신하를 뜻하는 푸른색 옷을 입고 남한산성 밖으로 나왔다. 패전국의 임금인 그는 홍타이지 앞에서 삼배구고두례三拜九叩頭禮의 예를 행했다.

패전의 결과, 소현세자와 세자빈 강씨, 인조의 차남 봉림대군이 인질이 되어 심양으로 떠났으며 조선 백성 50~60만 명도 포로로 함께 끌려갔다. 병자호란 8년 후, 명나라의 황제 숭정제는 반란군이 북경을 점령하자 자결하였고 이로써 명나라는 완전히 멸망하게 된다. '남한산성'이 주는 교훈은 명징明徵하다. 힘이 없는 국가 혹은 정쟁이나 일삼으며 국방을 도외시하는 국가는 반드시 필패한다는 것이다. 병자호란으로부터 한참 후에 발발한 게 6·25 한국전쟁이다. 이 참혹한 전쟁으로 말미암아 인명 피해자수는 사망, 실종, 부상자를 포함해 한국군 및 유엔군이 119만 명, 공산군이 204만 명으로 쌍방 군인 피해자만 모두 323만 명에 달했다. 뒤늦게 1950년 10월에 참전한 중공군은 15만 명에 달하는 사망자를 냈다.

코로나19의 공포로 인해 전국에서 '마스크 대란'이 벌어졌다. 마스크를 구하고자 하는 우리 국민들에 더하여 사재기한 뒤 중국에 되팔려는 중국 '다이궁代工 · 한국에서 물건을 구입해 중국에서 파는 보따리상'까지 가세한 탓이었다. 웃돈을 주고도 구하기가 힘들다는 말이 속출했다. 온라인에도 "마스크 구매 결제까지 했는데 일방적으로 취소당했다. 그런데 훨씬 높은 가격으로 다시 올려놨더라."는 인증 글이 줄지어 올라왔다. 이 같은 현상은 직접 현금을 싸들고 마스크 제조 공장으로 가서 큰 웃돈까지 제시하면서 수백만 장씩 물량을 싹쓸이해 가는 중국 상인들 탓이었다. 이러다 보니 기존의 국내 마스크 유통망은 사실상 붕괴 상태로 빠져들었다. 돈이 있어도 살 수 없다며 비명을 지른 도매상에서도 이런 현상을 발견할 수 있었다. 가히 '마스크전'mask戰이라 해도 과언이 아니었다. 중국인들의 확산되는 불안감을 모르는 바는 아니었다. 그렇지만 그보다 우선인 건 우리 자국민自國民이었다. 따라서 수백만 장이나 되는 한국산 마스크를 공짜로 중국에 보내주겠다고 했던 정부 당국의 사대주의事大主義적 발표를 도외시하기 어려웠다. 백성은 배고픔보다 불공정한 것에 더 분노한다. '병자호란', '6·25 한국전쟁', '우한 폐렴 한국산 마스크 전쟁'에서 새삼 여전히 약소국인 우리나라의 민낯을 보는 듯 하여 한탄의 기침이 마구 쏟아졌다. 지난 3월의 암담했던 현실의 되새김이다. 이런 일이 재발되지 않길 간절히 바란다. 코로나19의 여파와 장기화는 천 원샵 다이소에서 무한정 구입할 수 있었던 마스크마저 순식간에 동나는 후유증까지 몰고 왔다. 코로나19를 완치할 수 있는 약이 빨리 개발되어 출시되지 않는 이상 '마스크전'의 장기전은 안 봐도 뻔하다. 모두가 경험했듯 한여름에 마스크를 착용하면 체감온도가 최소한 2도는 상승하는 느낌이다. 그 지겨움이 싫어서 멀리 했다간 시내버스와 지하철 탑승에서도 배제되는 수모까지 겪는다. 가히 또 다른 전쟁의 경험이자 아수라장阿修羅場이다. 코로나 19의 치료제를 개발하는 개인이나 제약사에겐 노벨 의학상을 주어도 부족하다.

Part 8

가족은 사랑이 근본이다

노년행복

老年幸福

노년에 찾아온 행복을 말한다.

그날도 지인에게 술을 샀다. 친손자를 얻은 데 따른 기쁨의 발산이었다. 이런 습관은 작년 1월 외손녀를 봤을 때도 마찬가지였다. 사람이 모질지(?) 못하여 좋은 일이 생기면 금세 소문을 낸다. 그리곤 냉큼 술까지 산다. 상대방이 싫어할 리 만무하다. 다음은 S 신문에 올라온 뉴스 내용이다.

지난해 우리나라에서 태어난 아기가 32만 명대로 줄어들면서 합계 출산율(여성 1명이 평생 낳을 것으로 예상되는 아이 수)이 사상 최저인 0.98명으로 떨어졌다. 지난 10년간 저출산 문제 해결에 무려 100조원이 넘는 예산을 투입했지만 결국 '경제협력개발기구(OECD) 국가 유일 출산율 1명 미만 국가'라는 오명을 쓰게 된 것이다.(중략) OECD 36개 회원국의 2017년 기준 평균인 1.65명을 못 미치는 것은 물론 출산율이 두 번째로 낮은 스페인(1.31명)과도 큰 격차가 난 압도적인 꼴찌다. 대표적인 저출산국인 대만(1.06명), 홍콩(1.07명), 싱가포르 (1.14명), 일본(1.42명)보다 낮으며 유일하게 마카오(0.92명)만 한국 밑이다.(중략) 저출산 현상이 계속되면서 첫째 아이의 비중은 계속 늘고 있다. 지난해 첫째 아이 비중은 54.5%로 전년 대비 1.8% 포인트 늘었다. (중략) (우리나라 전국의) 17개 시도 모두 합계출산율이 전년보다 감소한 가운데, 합계출산율이 가장 높은 곳은 세종(1.57명)이었고 이어 전남(1.24명), 제주(1.22명) 순이었다. 반면 서울(0.76명), 부산(0.90명), 대전(0.95명) 등의 대도시는 낮은 편이었다. 산모의 평균 출산 연령은 서울(33.55세)이 가장 높고, 충남(31.95세)이 가장 낮았다. 시군구별로 보면 합계출산율은 전남 해남군(1.89명)에서 가장 높았고, 서울 관악구(0.60명)에서 가장 낮았다. 합계출산율이 인구 유지에 필요한 대체출산율(2.1명)을 넘는 지역은 모든 시군구를 통틀어 한 곳도 없었다.

S일보, 2019년 8월 28일, '10년간 '100조' 투입해도…OECD 꼴찌 '출산율 0명대"

이처럼 저출산이 만연하는 것은 우리 사회가 희망이 없다는 것을 증명하는 셈이다. 저출산의 원인을 조금 더 자세히 살펴보면 여성의 사회 참여 증가, 자녀 양육에 대한 경제적 부담 가중, 의료 기술의 발달, 결혼 연령 상승 및 미혼 인구 증가 등 사회·경제적 요인을 고찰할 수 있다. 또한 결혼과 가족에 대한 가치관 변화도 복합적으로 작용하고 있음을 발견하게 된다. 특히 교육에 대한 관심이 높은 우리나라의 경우, 양육비와 교육비 부담은 출산율 저하를 더욱 심화시키고 있다. 게다가 여성의 경제 활동 참여율은 갈수록 증가하고 있지만, 육아를 지원하는 시설과 서비스가 부족하여 여성이 일을 하며 아이를 기르기 어려운 환경도 출산을 피하게 되는 주요한 원인이다. 최근에는 청년층의 취업이 어렵고, 어렵사리 취업을 하더라도 고용 상태가 불안정한 경우가 많아 결혼과 출산을 미루거나 피하는 사례가 증가하고 있다. 또한 자녀를 낳아 가문의 대를 이어야 한다고 생각했던 전통적인 가치관이 점차 사라지는 것도 출산율 감소의 원인 중 하나다. 선진국의 사례에서 볼 수 있듯 저출산, 고령화 현상에 따른 문제점의 해결은 무엇보다 적극적인 출산 장려 정책이 우선되어야 한다. 이를 위해서는 아이 낳기 좋은 사회를 만들기 위해 적절한 출산 정책을 마련하고 가정과 지방자치단체, 사회가 함께 육아를 책임지는 사회로 변해야 한다. 다시 말해 보육 시설 확충, 출산비 지원, 육아 휴직 확대

및 자녀 교육비 지원 등을 통해 자녀를 낳고 키우는데 어려움이 없는 환경을 만들어주어야 한다는 것이다.

이와 더불어 건강하고 안정적인 노후 생활 보장을 위한 노인 복지 정책이나 노인 편의 시설과 실버산업 확대 등 고령화 사회에 삶의 질을 향상할 수 있는 사회 환경을 마련하는 것 역시 필요함은 물론이다. "돈 없으면 손자 손녀도 곁에 안 온다."는 지인 아버지 말씀처럼 노인들의 지속적 돈벌이에도 정부와 사회가 적극적 관심을 베풀어야 한다. 손자와 손녀들이 증가하고 그와 비례하여 할아버지와 할머니가 지인들에게 술과 밥을 사는 기쁨의 연속, 이게 바로 노년老年의 작은 행복幸福 아닐까? 사족이겠지만 자녀는 다다익선多多益善이다. 또한 아이의 웃음소리는 천사의 복음보다 상위上位다. 가족과 사랑의 토대는 자녀가 많아야 금상첨화錦上添花다. 식구가 많으면 이웃도 부러워한다.

괄목상대
刮目相對

눈을 비비고 상대방을 대한다는 뜻으로,
상대방의 학식이나 재주가 갑자기 몰라볼 정도로 나아졌음을 이르는 말.

"잠에서 깨어나 미소 짓는 당신을 보면 그저 나는 이 세상 누구보다 행복한 남자요~ 딸그락거리는 소리 당신 작은 콧노래 소리~ 반쯤 열린 커튼 사이 햇살처럼 당신은 그런 여자요~ 사랑은 가끔씩 구름 속에 가리고 인생은 가다가 비바람을 만나도~ 변함없는 우리의 사랑 지켜가면서 당신의 눈물을 씻어주는 그런 남자로 살겠소~" 이 곡의 제목은 '아침에 당신'이다. 탤런트이자 영화배우이며 가수 활동까지 병행하는 참 '부지런한' 연예인 임채무의 히트곡이다. 야근은 퍽이나 힘들다. 건강의 바로미터라 할 수 있는 잠을 맘껏 못 자니 하는 수 없는 노릇이다. 오죽했으면 일전 우리 집을 찾았던 처제는 아내에게 이런 얘기까지를 하였다고 할까. "언니~ 오랜만에 뵙긴 했지만 아무튼 형부가 너무 늙어 보이더라. 언니가 좀 더 잘 해드려." "나같이 잘하는 마누라가 세상에 어딨니? '술 박사(평소 두주불사인 나의 또 다른 별명)'가 퇴근하는 시간에 맞춰서 침대의 온도를 맞춰놓는가 하면 식사까지 칼처럼 대령하는 건 기본이고…." 아내의 말이 맞다. 하늘은 어느 한쪽으로만 편향偏向되게끔 불공평하지 않다. 따라서 나처럼 가난한 필부에겐 고운 아내와 착한 자식의 복까지 주셨다. 이러한 까닭에 야근을 하면서 가장 기다리는 건 뭐니 뭐니 해도 퇴근하여 아내와 상봉(?)하는 것이다. 동트기 전의 새벽이 가장 춥고 어렵다는 건 누구나 아는 상식이다. 더욱이 폭설이 쏟아져서 이를 치우고 퇴근해야 하는 겨울철 새벽의 까부라진 심신은 어서 빨리 귀가하여 따스한 침대에 눕고만 싶은 갈망을 더욱 충동질한다. 그런데 아내가 마냥 그렇게 반갑고 고맙기만 한 대상은 아니다. 자본주의 국가인 까닭에 가장이 돈을 제대로 벌지 못하면 아내 역시 미간과 마음이 동시에 뺑덕어멈의 도랑처럼 좁아들기 때문이다. 따라서 이러한 경우의 아내는 때론 『삼국지』에 나오는 여몽呂蒙처럼 사랑과 미움을 동시에 주고픈 인물로 각인되기도 한다.

오나라의 명장이었던 여몽은 괄목상대刮目相對라는 고사성어의 주인공 외에도 촉나라의 장수였던 관우關羽의 목을 친 인물로도 유명하다. '괄목상대'는 눈을 비비고 상대편을 다시 바라보게 된다는 뜻으로, 타인의 학식이나 재주가 놀랍게 향상되었다는 의미다. 여몽은 공을 세워 장수가 되었으나 학문이 부족하여 무식했다. 그는 학문을 공부하라는 손권의 충고를 좇아 전쟁터에서도 책을 놓지 않고 글을 읽었다고 한다. 어느 날 학식이 뛰어난 노숙이 여몽을 찾아가 이야기를 나누었는데, 여몽이 예전과 달리 매우 박식해졌음을 알고 깜짝 놀랐다. 이에 여몽은 "선비는 헤어진 지 사흘이 지나면 눈을 비비고 볼 정도로 달라져 있어야 합니다."라고 말했다. 이로부터 '괄목상대'라는 사자성어가 회자되었다고 하니 사람은 좌우간 뭐든 열심히 배우고 볼 일이다. 그렇긴 하지만 삼국지의 또 다른 영웅이었던 관우를 죽인 까닭에 지금도 그는 중국인들로부터는 흠모와 배척의 이분적二分的 대상이라고 한다.

아무튼 '아침에 당신' 가사처럼 평소 고삭부리인 아내가 잠에서 깨어나 미소 짓는 모습을 보면 건강처럼 소중한 건 다시없음을 새삼 깨닫게 된다. 아울러 아내가 주방에서 어떤 음식을 만들고자 딸그락거리는 소리는 삶의 환희와도 같이 느껴진다. 여기에 아내의 작은 콧노래까지 곁들여진다면 이는 바로 확적한 금상첨화다.

올 설날엔 손주가 어려서 아들과 딸에게 집에 오지 말라고 했다. 그럼에도 고삭부리 아내는 선친의 설 상차림에 분주했다. 그래서 고마웠다. "보잘것없는 재산보다 작은 소망을 가지는 것이 더 훌륭하다. 재산을 너무 욕심내지 말자. 재산보다는 희망을 욕심내자. 어떤 일이 있어도 희망을 포기하지 말자."고 한 『돈키호테』의 작가 세르반테스의 말이 떠오른다. '괄목상대'처럼 더욱 발전된 현모양처賢母良妻로 그 위상까지 빛나는, 따라서 새삼 다시 바라보게 되는 아내가 늘 건강하길 기도한다. 기도는 나약한 인간이 할 수 있는 최대의 표현이다. 오늘은 쉬는 날이다. 아내와 또 보문산 사찰에 갈 생각이다. 손주와 우리 가족 모두의 건강과 행복을 발원할 것이다. 역귀나 마귀를 쫓는다는 '종규鍾馗귀신'께서도 고개를 끄덕일 것이라 믿는다.

탑정호수

塔頂湖秀

탑정호란 실재하는 호수다. 호수 근처에서 마주친 아주머니의
빼어난 재치 덕분에 탑정호수(塔頂湖水)가 탑정호수(塔頂湖秀)로 읽히던
순간을 이야기하는 단어다(저자가 지은 사자성어).

아들이 결혼 전 추석연휴를 맞아 집에 왔다. 아들은 우리 부부
에게 여행도 곧잘 시켜주는 아주 착하고 고마운 효자다. 아들 덕
분에 말로만 듣던 논산의 탑정호를 구경할 수 있었다. 탑정호塔
頂湖는 충남 논산시 가야곡면可也谷面과 부적면夫赤面에 걸쳐 있는
저수지의 별칭이다. '탑정저수지'로도 불리는 이곳은 면적 152만
2100평에 제방길이 573미터, 높이는 17미터를 자랑한다. 1941년
에 착공하여 1944년에 준공된 탑정호는 논산천論山川 유역 평야를
관개하며, 저수지 남쪽으로는 호남고속도로가 지나고 있어 교통

까지 편리하다. 논산시내와의 거리가 불과 5킬로미터 내외인 데다가 북쪽으론 계룡산국립공원, 서쪽엔 관촉사 은진미륵불이 있어 관광객도 많이 찾는다고 알려져 있다. '탑정'이라는 명칭은 후삼국시대 왕건이 이곳에 어린사漁鱗寺를 세우면서 석탑을 건조하였는데 이 석탑이 정자亭子의 모양을 하고 있어 지명을 탑정리라 불렀고 또한 이를 따서 '탑정호'라 이름 지어졌다는 설이 있다. '논산8경' 가운데 제2경인 탑정호는 그 풍경이 아름다워 시가 절로 나온다는 얘기를 들었는데 실제로 가보니 정말이었다.

다만 아쉬웠던 건, 그 즈음 여름엔 사상유례가 없는 폭염과 가뭄 탓에 탑정호 역시 상류上流는 물이 텅텅 비어 있었다. 대신 해마다 연꽃축제가 성대하게 펼쳐지는 부여의 궁남지와 비슷하게 탑정호에도 연꽃들이 가득하여 눈을 즐겁게 했다. 특히 크기가 제각각인 '조롱박 터널'을 지날 때는 그 모습들이 하나같이 어찌나 앙증맞은지 연신 카메라 셔터를 누르게 했다. 그렇게 구경을 잘 하다 보니 어느덧 점심때가 되었다. "모처럼 호수에 왔으니 민물고기 매운탕을 안 먹는다면 실정법 위반이겠지?" 아들이 검색한 집을 찾아가 빠가사리 매운탕을 주문했다. 빠가사리는 동자갯과의 민물고기인 동자개의 충청도 방언이다. 몸길이가 25센티미터가량인 동자개과 민물고기의 일종이다. 동자개는 하천과 늪, 호수의 바닥에 서식하며 야행성으로 주로 수서곤충 등을 잡아먹는다. 가슴지느러미의 날카롭고 단단한 가시와 기부 관절을 마찰하여 빠각빠각 소리를 내는 까닭에 흔히 '빠가사리'라고 부른다. 내수면 양식의 주요한 대상종이며 주로 매운탕의 재료로 이용된다.

이윽고 식탁에 오른 빠가사리 매운탕은 정말로 맛있었다! 전날 과음하여 안 좋은 속을 일거에 빵~ 뚫리게 하는 실로 마법과도 같은 시원함은 타의 추종을 불허하는 압권의 빼어난 맛이었다. "정말 잘 먹었습니다! 여기 얼마죠?" 셈을 치르려 하자 아들이 밥을 먹다 말고 벌떡 일어났다. "제가 낼게요." "무슨 소리, 산자수명山紫水明의 이 좋은 곳에 우릴 태워다 준 것만으로도 고맙거늘 아빠가 돼서 아들에게 어찌 밥 한 끼를 못 사겠니?" 계산을 마치고 나와 탑정호를 배경으로 사진을 찍으며 물으니 아내도 그 맛에 감탄했다고 했다. 순간 '탄환이론'처럼 그날 점심은 정말 명불허전名不虛傳의 맛있는 밥을 잘 샀다는 만족감이 탑정호만큼 널찍하게 다가왔다. 탄환이론彈丸理論은 매스미디어가 대중들에게 강력한 영향력을 즉각적이고 획일적으로 미치고 있다는 이론을 뜻한다. 매스미디어의 메시지가 수용자를 변화시키는 신통력을 갖춘 탄환에 비유된다는 뜻에서 '마법의 탄환이론' 등으로 불린다. 총알이 목표물에 명중되면 총을 쏜 사람의 의도대로 효과가 나는 것까지를 포함한다. 예컨대 자신이 의도한 대로 무언가가 이뤄졌을 때 느낄 수 있는 만족감도 이 범주에 든다는 아포데익시스(문학 그리스어로 논증(論證) 혹은 증명(證明)을 의미하는 말) 的인 주장이다. "안녕히 계세요~" "며느리 맞으시면 아드님이랑 또 같이 오세요." 주인아주머니의 센스 있는 인사에 흐뭇함이 양미간에 걸리면서 탑정호수塔頂湖水가 아니라 차라리 탑정호수塔頂湖秀로 보였다. 참한 며느리도 보았으니 동행하여 다시 찾고 싶다. 친손자도 같이 가야 하는 건 시대적 명제다. 얼마 전 친구들과 탑정호를 다녀온 아내의 입이 수다스러웠다. "오랜만에 가봤더니 환골탈태換骨奪胎한 듯 정말 멋있어졌더라고. 우리 아이들하고 꼭 다시 가야만 돼!" 가족들과의 여행처럼 풍성한 즐거움은 또 없다.

가족은 사랑이 근본이다

소박결혼
素朴結婚

—

결혼식이나 신혼여행도 무척 간소하게 치룰 정도로 소박한 결혼
(저자가 지은 사자성어).

'제11회 대전 孝 문화 뿌리축제'가 2019년 9월 27일부터 9월 29일까지 대전시 중구 뿌리공원로(안영동&침산동)에서 열렸다. 문화체육관광부 선정 국가유망축제이기도 한 이 축제는 전국 유일의 효를 바탕으로 한 큰 잔치였다. 행사가 열린 뿌리공원은 1997년 11월1일 개장한 가족친화 테마공원이다. 222기의 성씨姓氏 조형물이 있으며 성씨비 전면에는 조상의 유래, 뒷면에는 작품설명이 되어 있다. '문중 입장 퍼레이드'를 시작으로 육군군악대 리허설이 이어졌다. 한밭국악회의 '입춤' 공연과 국악인들의 '효심뿌리 愛

콘서트'가 산자수명의 유등천 만성교 상류를 더욱 빛나게 했다. '전국 청소년 효 골든벨'과 '해군본부 군악대와 함께하는 나라사랑 애국 음악회'도 더 많은 박수갈채를 받았다. 행사 마지막 날의 '洞 입장 퍼레이드'와 '그 시절 추억의 쇼' 역시 이 축제가 정말 명불허전名不虛傳의 의미 있는 잔치임을 새삼 일깨워 주기에 부족함이 없었다.

구경을 하다 보니 시장기가 들어 지척의 '대전 칼국수 축제' 부스 식당에 들어섰다. 뿌리축제의 주 관람객은 효를 테마로 하다 보니 젊은이들보다는 나처럼 중년이나 어르신들이 압도적으로 많았다. 밥을 먹는데 곁에 앉은 내 또래의 중년들이 자녀의 결혼을 화제로 올렸다. "우리 아들놈은 서른이 넘도록 애인이 없어서 걱정이여." "내 아들은 아예 혼자서 살 작정이라네." 결혼까지 포기하고 1인가구로 사는 이들이 점증하는 추세라고 한다. 이러한 작금의 기류엔 분명 각종의 원인이 개입하고 작용한다. 그렇긴 하지만 사랑을 느끼는 남녀가 상의하여 '소박결혼素朴結婚'이란 합의점을 도출한다면 결혼도 그리 어려운 건 아닐 것이라는 생각이다. 즉 과도한 혼례비용에서 탈출하자는 것이다. 누군가에게 보여주기 위한 과시용이 아니라 진정 자신들이 행복하고 만족하다면 그걸로 되는 게 결혼이다. 이미 고백했듯 나는 아내와 결혼할 당시

금반지는커녕 구리반지 하나조차 끼워주지 못했다. 신혼여행도 돈이 없어 대전에서 가까운 충북 보은 속리산으로 갔다. 허름한 여관에서 하룻밤 자고 이튿날 아침을 사 먹자마자 돌아왔다.

결혼을 하지 않으면 당연히 자녀도 없다. 자녀가 없으면 이담에 뿌리를 찾을 일도 사라진다. 뭐니 뭐니 해도 가족애家族愛가 제일이다. 한데 그 가족애는 결혼으로부터 시작된다. "결혼이란 단순히 만들어 놓은 행복의 요리를 먹는 것이 아니고, 이제부터 노력하여 행복의 요리를 둘이서 만들어 먹는 것이어야 한다."는 말이 있다. 옳은 소리다. 너무도 소박素朴하게 시작한 결혼생활이 올해로 40년에 임박한다. 여전히 빈궁貧窮하지만 내소박內疏薄=아내가 남편을 박대함을 모르고 오로지 일부종사一夫從事에 전념하는 아내가 항상 감사하다. 작년 가을과 올 초에 친손자의 백일잔치와 외손녀의 첫돌잔치가 있었다. 친손자와 외손녀에게도 당연히 금반지와 금팔찌를 선물했다. 그러나 정작 아내의 손에는 반지가 없다. 여전히 미안한 이유가 아닐 수 없다. 명품가방과 보석寶石은 여자들의 로망이라고 했던가. 아내의 명품가방은 딸과 며느리가 선물했다. 이제 남은 건 보석이다. 발간되는 이 책이 많이 팔렸으면 참좋겠다. 두둑한 인세를 받아 아내에게 멋진 보석을 선물한다면 아내는 과연 어디까지 입이 찢어질까! 상상만으로도 행복하다. 우리의 결혼식은 소박素朴했으되 노후만큼은 후박厚朴하고 싶다. 코로나19 사태로 인해 올해는 봄부터 전국의 축제가 모두 취소되었다. 갈 길을 잃은 국민은 코로나19에 대한 선택적 분노에도 이젠 많이 지쳤다. 평범한 일상이 사실은 행복이었음을 새삼 깨달았다. "찬바람이 불면 더 세고 교활한 코로나가 온다."는 감염병과 바이러스 전문가들의 경고가 있었다. 항생제 페니실린의 발견으로 인류를 구한 알렉산더 플레밍처럼 코로나19의 치료제가 하루빨리 출시되길 소망한다. 그래서 예전처럼 전국 축제에 마음 놓고 나들이 겸 여행까지 다시 누리고 싶다. 이는 우리 부부의 간절한 바람이다. 그런데 제아무리 신추경상新秋慶賞의 가을이 올지라도 코로나가 여전히 발목을 잡으면 그 어떤 절경조차 고작 화중지병畵中之餠이다.

일수사견
一水四見

같은 물이지만, 천계(天界)에 사는 신(神)은 보배로 장식된 땅으로 보고,
인간은 물로 보고, 아귀는 피고름으로 보며, 물고기는 보금자리로 본다는 뜻.

"오빠와 여행을 다녀왔다. ○○(딸)이가 더 좋다고 방방 떴다. 여행은 역시 좋은 거다. 오빠랑 또 여행가고 싶다." 지인의 카카오스토리에 올려진 글이다. 지인이 거론한 '오빠'는 남편이다. 요즘 젊은 세대들은 남편이나 서방, 혹은 자기라는 호칭보다 '오빠'라고 부르는 게 어떤 대세이지 싶다. 추측이지만 며느리 또한 결혼 전엔 아들에게 그리 부르지 않았을까 싶다. 혹자는 오빠라는 호칭이 젊게 사는 듯 보여서 좋다고 한다. 그렇지만 나와 같은 베이비부머 세대의 꼰대들과, 윗세대인 어르신들 입장에선 맞다고 박수

를 처줄 수는 없다는 한계가 도출된다. 아내와 나의 나이 차이는 불과 한 살이다. 아내는 단 한 번도 나에게 '오빠'라고 부르지 않았다. 대신 나를 부르는 호칭은 '그때그때 달라요'이다. 우선 기분이 좋으면 "여보~"라고 살갑게 부른다. 반면 기분이 나쁘다손 치면 "이봐, 홍 씨~" 이런다. '여보'와 '이봐'의 중간지대엔 "○○아빠"가 웅크리고 있다. 이는 아들과 딸이 집에 오는 경우에 자주 써먹는다. 평생 오빠라는 소리를 들어보지 못했기에 다소 아쉬운 맘이 없지는 않다. 그렇긴 하더라도 아내가 항상 무뚝뚝하거나 위트까지 없는 아낙은 아니다. 어디서 주워들었는지는 모르겠지만 가끔은 말도 안 되는 일본어로 나를 웃기니까 말이다.

이를테면, 드라마를 보는데 악역惡役으로 나오는 일본인 분장의 연예인을 보는 경우가 이에 해당한다. "어쭈구리~ 저런 싸가지 같으니라구! 모시모시もしもし, 저 못된 사람은 싸가지가 나가리데스요. 그러니 이빠이 두들겨 패 구다사이ください." 뭐 이런 식이다. 어쨌거나 술에 물 탄 듯, 물에 술 탄 듯한 맹탕의 무미건조無味乾燥보다는 그처럼 억지로 조합한 엉터리 일본어라도 지껄이는 아내가 오히려 사랑스럽다. 부모에게 있어 자녀의 결혼은 가장 중대한 스펙트럼을 점유한다. 그런데 우리나라는 갈수록 혼인율이 저하되고 있다. 이는 당연하게 출생률 감소로 이어질 수밖에 없는 구

조의 악순환이 되고 있다. 이런 관점에서 나는 자녀가 모두 결혼하였기에 얼마나 다행인지 모른다. 두 아이를 결혼시키면서 평소 생각했던 바를 실천에 옮겼다. 그건 바로 예단, 주례, 폐백을 과감히 생략한 이른바 '3무無 결혼식'이었다. '한 술 더 떠' 아들의 결혼식 때는 성혼선언문 낭독까지 내가 했다. 당연히 비용이 많이 들어가지 않았다. 결혼하여 손주까지 보니 행복의 애드벌룬은 하늘 높이 두둥실 더욱 올라갔다.

외손녀를 본 뒤 딸에게 다짐을 받았다. "이제 너희도 한 아이의 부모가 되었으니 앞으로 네 신랑에겐 이름을 부르지 말고 '서아 아빠'라고 하려무나." 둘이서 있을 때는 '여보'나 '당신'도 좋으리라. 사람에겐 호칭呼稱이 있다. 따라서 말 뒤에 자주 호칭을 붙이는 것이 좋다. 이를테면 단순히 "안녕하세요." 보다는 "안녕하세요, 선생님."이 좋고, "잘 가." 보다는 "잘 가, 순희야."가 낫다. "이것 좀 가르쳐 주세요."보다 "과장님, 이것 좀 가르쳐 주세요."라고 하면 과장의 눈길까지 봄날의 아지랑이처럼 부드러워진다. 호칭은 상대의 존재를 인정하는 것이다. 다른 사람의 존재를 존중하지 않고 자신만 존중받기를 바라는 것은 모순이자 지나친 이기주의利己主義다. 일수사견一水四見이라는 사자성어가 있다. 물이 보는 사람의 입장에 따라 네 가지로 보인다는 불교용어다. 천상에서는 보

배로, 사람에게는 마시는 물로, 물고기에게는 집으로, 아귀餓鬼에
게는 피고름으로 보인다는 뜻으로 한 가지 현상을 놓고도 보는 사
람에 따라 다르게 해석할 수 있다는 말이다. 곧, 같은 대상이지만
보는 이의 시각에 따라 각각 견해와 호칭까지 사뭇 다름을 비유하
는 말이다. 아내는 앞으로도 나에게 "오빠"라고 부르지 않을 것이
다. 그렇지만 나는 이를 결코 원망하지 않을 것이다. 아내는 입때
껏 고생만 하면서 살아준 것만으로도 훈장을 받아도 부족하기에.
코로나19가 종착역에 닿으면 아내 손을 잡고 어디로든 훌쩍 떠나
고 싶다. 조용필의 히트곡 '여행을 떠나요'에 등장하는 "푸른 언덕
에 배낭을 메고 황금빛 태양 축제를 여는 광야를 향해서~"와 더불
어 "메아리 소리가 들려오는 계곡속의 흐르는 물 찾아"서 그렇게.
안데르센은 "여행은 정신을 다시 젊어지게 하는 샘이다."라고 했
다. 맞다. 여러 곳을 여행한 사람이 더 지혜롭고 젊다.

고대광실
高臺廣室

—

'높은 누대(樓臺)와 넓은 집'이라는 뜻으로,
크고도 좋은 집을 이르는 말.

집 근처에 중학교가 있다. 내가 국민(초등)학교에 다닐 적만 하더라도 중학교로 내처 진학하지 못하는 아이들은 적지 않았다. 이는 그만큼 살기가 힘들었다는 증거의 아픔이었다. 나는 물론이고 지금도 한 달에 한 번씩 정기적으로 만나는 고향 죽마고우들 대부분은 '가방 끈이 짧다'. 당연지사當然之事겠지만 당시 고작 초졸 학력만으로 먹고살 거(생업)라곤 그 '장르'가 몇 안 되었다. 그래서 어떤 친구는 구둣방의 점원으로, 또 누구는 양복점의 이른바 '시다'로 들어갔다. 흡사 전태일처럼 그렇게 매우 고달프고 아울러 힘겨운 나날을 감당해야만 했다. 남자들의 경우는 이랬지만 여자들은 또 달랐다. 당시 천안에는 '충남방적'이란 아주 큰 공장이 있었다. 비교적 보수가 안정적이라는 평판이 돌았던 이 공장에 취업하는 것은 겨우 초졸 학력만을 지닌 동네 누이들의 한결같은 희망이었다. 비록 답작답작한 누군가는 그들을 일컬어 소위 '공순이'라고 놀렸을망정 충남방적을 향한 취업 구애求愛는 누이들의 간절한 소망이었다.

그러나 공장엔 원한다고 하여 다 들어갈 수 없었기에 어떤 동네 누이는 시내버스 안내양으로 취업하는 경우도 있었다. 자료에 따르면, 1974년 기준으로 서울의 버스안내양 일당은 1,000원에 불과했다고 한다. 또한 하루 18시간 이상의 중노동에 더하여 이른바 '삥땅을 막는다'는 구실로 안내양(들)에게 지금으로선 분명 성폭력에 다름 아닌 검신檢身까지 자행하는 경우도 있었다고 한다. 당시 나처럼 못 살아서 중학교조차 못 간 절친한 친구의 여동생이 천안에서 버스안내양으로 근무한 바 있다. 버스안내양의 직업병인 위장병과 무좀, 빈혈 따위에 시달렸다. 그러면서도 그렇게 힘들게 번 돈으로 자신과 오빠는 중학교조차 못 갔지만 동생들은 모두 잘 가르쳤으니 그만한 효녀가 세상에 또 있을까! 또한 지금은 그 시절 고생했던 나날들이 모두 자양분으로 작용하여 남부럽지 않게 잘 살고 있다. 얼마나 다행인지 모른다. 지난 2006년 2월부터 충남 태안군에 버스안내양이 부활했다. 관광객 유치 차원에서라곤 하지만 어쨌든 태안군이 실시하는 이 같은 제도는 그 시절 아릿했던 풍경과 추억까지를 덩달아 곱씹게 해 주는 그리움의 타래라 여겨졌다. 태안은 관광자원까지 풍족한 도시다. 태안에 간다면 그 시절 버스안내양의 친절하고 살갑기까지 했던 반가운 고객응대의 외침이 아름다운 메아리로 되돌아올 것이라 여겨진다. "손님은 어디 가세유? 네, 이 버스 타시면 돼유." 그러면서 버스안내양은 탕탕~ 소리도 요란하게 버스의 몸통을 칠 것이리라. 꾀꼬리 목소리의 "오라이~"를 갖다 붙이면서.

초등학교 급우 중 나처럼 중학교에 가지 못한 어떤 여자 친구는 시내버스 안내양 외에도 식모 등 간난신고艱難辛苦의 고달픈 삶을 살았다. 그런 친구들이 모두 환갑을 넘겼다. 내가 벌어놓은 거라곤 잘 기른 자녀뿐이다. 그럼에도 자부심이 남다른 까닭은 '황금 천 냥이 자식교육만 못 하다'는 걸 어떤 신앙으로 삼았고 이를 또한 철저히 실천했다는 사실이다. 누구나 인생은 어떤 희비쌍곡선喜悲雙曲線을 달린다. 빈곤은 불행이 아니라 다만 불편할 따름이란 말이 있다. 그런데 과연 그럴까? 직설적으로 일갈一喝하건대 이는 사실 수사적이고 가식적 표현일 따름이다. 빈곤貧困이 지나치고

고무줄처럼 길기면 하면 너무하다 싶은 반감反感과 억하심정抑何
心情의 교차가 이어진다. 어쨌든 이 못난 아비와 달리 내 아이들은
고대광실高臺廣室에서 잘살았음 하는 게 소망이다. 고대광실은 매
우 크고 좋은 집을 뜻한다. 하나 그런 집에서 살면서도 스크루지
영감처럼 인색하고 남에게 베풀 줄도 모르는 구두쇠가 되어선 곤
란하다. "마음을 인색하게 쓰는 자는 그것을 잃으리라."는 말이 있
다. 마치 미늘(낚시 끝의 안쪽에 있는, 거스러미처럼 되어 고기가 물면 빠지지 않
게 만든 작은 갈고리)처럼 고약한 빈곤일지라도 마음이 부자면 언젠가
는 반드시 진실한 부자로 치환될 것이라 믿는다. 어려운 가운데서
도 내가 기부를 하는 까닭은 받는 것보다는 주는 기쁨이 더 큰 때
문이다. 글을 쓰는 순간만큼은 나도 고대광실의 어엿한 집주인이
라는 느낌이 든다. '세상사 모든 것은 오로지 마음이 지어내는 것'
임을 뜻하는 일체유심조一切唯心造는 역시 정답이다.

가족은 사랑이 근본이다

기억수감

記憶收監

—

사람은 기억의 동물이다. 기억(記憶)은 이전의 인상이나 경험을 의식 속에
간직하거나 도로 생각해 냄을 의미한다. 그러나 이를 방기(放棄)하면
망각하기 십상이다. 따라서 반드시 수감(收監 = 사람을 구치소나 교도소에
가두어 넣음)처럼 기억 역시 내 생각의 창고에 수감해야만 비로소
반추(反芻)할 수 있는 것이다(저자가 지은 사자성어).

언젠가 무려 마흔 몇 채의 주택과 아파트를 지니고 있다는 여자
가 뉴스의 헤드라인으로 다뤄진 바 있었다. 그건 물론 부동산 투
기로써 불로소득不勞所得을 꾀하고자 하는 전형적 복부인의 전형이
었다. 당시 내가 느꼈던 소회와 분노감은 상당한 경지였다. 이라
크의 전 대통령이었던 후세인이 생전에 암살 위협을 피하기 위해
수십 채의 주택으로 밤이면 밤마다 이동을 하며 잠을 잤다는 것은
이해가 되지만 그 여자는 대체 왜? 자신의 그러한 작태가 참으로
남부끄러운 짓이라는 걸 인지한 때문에 그렇게 이 집 저 집으로

옮겨 다니면서 잠을 잤던 것은 아니었을까.

　그동안 살면서 몇 번 목도한 것 중의 하나가 바로 사람이 죽을 때는 그야말로 빈 몸뚱이로 간다는 것이었다空手來空手去. 그런 현실과 사실은 누구라도 익히 알고 있는 '상식'이다. 나와 같은 서민들은 늘 기를 쓰고 열심히 벌어도 한 채 마련조차 어려운 게 바로 아파트다. 그러함에도 세속적 욕심에 눈이 멀어 아파트를 수십 채나 가지고 있다는 일부 에고이즘의 인간은 겸손은 물론이고 예의마저 상실한 이 자본주의 사회의 어떤 폐단이라고 생각한다. '명예와 부, 모두를 지니려 한다면 결국 화가 되어 미친다'는 고금의 진리마저 거부하고 남부럽지 않은 고위직에 있음에도 그 직위를 이용하여 부도덕한 뇌물을 받는 사람도 없지 않다. 의지대로 되지 않는 일이 다발하고 마음마저 헛헛할 때면 시장에 이어 병원도 가보라고 했다. 그럼 고작 천 원어치의 나물을 팔기 위해 최선을 다하는 시장사람들의 투철한 삶의 의욕과, 고달픈 투병의 나날을 긍정의 하루로 이겨 나가고자 하는 많은 환자의 모습에서 우린 새삼 겸손을 배우게 된다.

　"오, 주여! 내 아이가 이런 사람이 되게 하소서. 약할 때에 자신을 분별할 수 있는 힘과 두려울 때 자신을 잃지 않는 용기를 주소서. 정직한 패배 앞에 당당하고 태연하며, 승리의 때에 겸손하고 온유한 사람이 되게 하소서. 남들을 다스리기 전에 먼저 자신을 다스리는 사람, 미래를 향해 전진하면서도 과거를 결코 잊지 않는 사람이 되게 하소서."

맥아더 장군이 마흔여덟 살에 얻은 아들을 위해 드린 '아버지의 기도'라는 글의 일부이다. 이 글의 핵심은 '겸손'이다. 겸손謙遜은 남을 존중하고 자기를 내세우지 않는 태도가 있음을 뜻한다. 그러나 때론 겸손은 힘들 때도 있는 게 사실이다. 마치 가수 조영남이 부른 '겸손은 힘들어'라는 다음의 노래의 가사처럼. "세상에는 이런 사람 저런 사람 세상에는 잘난 사람 못난 사람 많고 많은 사람들이 있지만 그중에 내가 최고지. 겸손 겸손은 힘들어 겸손 겸손은 힘들어."

나는 거의 평생을 겸손 모드의 일관으로 살아왔다고 해도 과언이 아니다. 그렇지만 때론 이 겸손이란 위선의 탈을 벗는 때도 없지 않았다. 그건 지난 날 딸의 대학 졸업 때 빚어졌다. 흔히들 "태생胎生은 못 속여."라고 한다. 그래서 '태생적 한계' 내지는 "그 자는 원래 태생이 그래서…."라는 따위의 비유도 우린 곧잘 인용한다. 그렇다. 나는 태생이 단신單身이다. 키가 고작(?) 165센티미터

밖에는 안 되는 '짜리몽땅'한 키를 소유한 남자니까 말이다. 이건 내 의지와는 아무런 상관없이 부모님께서 나를 이리 만들어 주신 것이다. 고로 이 같은 '현실'을 푸념하거나 하소연을 한다는 건 그야말로 어불성설語不成說이다. 언젠가 모 방송에서 개념 없는 여대생이 키가 일정 이하로 작으면 '루저'라고 해서 말이 많았음을 기억한다. 나는 당시 그 말에 동의하지 않았다. 절대로! 이에 대한 반향反響의 항변이다. 우선 나는 누구보다 부지런하다. 키라도 작으니까 행동으로나마 키가 큰 이에 필적匹敵하는, 아니 그 이상으로 살자고 작심한 건 매우 어려서부터다. 소년가장으로 떠밀려 삭풍이 휘몰아치는 사회로 나오고 보니 그러한 다짐과 결심은 더욱 견고한 철옹성으로 바뀌었다. 평소 바지런하기론 그야말로 타의 추종을 불허한다. 우선 새벽 네댓 시면 벌써 기상한다. 새벽이슬을 머금은 조간신문을 보며 하루를 설계한다. 많이 배우지 못한 때문에 숱한 멸시와 조소까지 덤터기를 썼다. 그 또한 오기가 발끈하기에 누구보다 많은, 가히 남아수독오거서男兒須讀五車書에 근접할 만치의 방대한 책을 닥치는 대로 읽어대며 지식적 빈틈을 메웠다. 그 결과 나는 내 나이 52살 때 사이버대학을 졸업할 수 있었다. 방대한 독서량은 내가 성장할 수 있는 주춧돌이 될 수 있었다.

태생胎生의 또 다른 표현은 부전여전父傳女子이다. 나를 닮아 '아담 사이즈'인 딸은 누구보다 지독한 악바리였다. 아~ 그렇다고 하여 내 딸이 성미가 깔깔하고 고집이 세며 모진 사람이라고는 오해하지는 말아 주시길! '악바리'의 또 다른 의미는 '지나치게 똑똑하고 영악한 사람'이라는 뜻이니까. 딸은 대학을 졸업할 때도 월등越等히 우수한 성적으로 졸업했다. 그러니 내 어찌 팔불출답게 이를 기억의 교도소에만 가둘 수 있었으랴記憶收監. 때문에 지인과 친구에 이어 당시의 직원들에게도 모조리 밥과 술까지 샀다. 여하튼 딸이 대학을 졸업하던 날엔 그동안의 겸손을 저버리고 '부러우면 지는 거다.'의 반대인 '안 부럽기에 이긴 거다!'라는 등식의 행복감을 맘껏 누릴 수 있었다. 나에게서 얻어먹은 사람들은 이구동성으로 자식농사에 성공한 내가 부럽다고 했다. 아무리 빈말이더라도 당시 내 기분은 하늘을 붕붕 날았다. 칭찬을 싫어하는 사람은 없다. 칭찬을 받자면 그에 상응하는 노력을 해야 한다. 진부한 주장이겠지만 칭찬은 자녀를 올바르고 성공하는 길로 인도하는 밝은 등불이다.

전과고백
前科告白

스스로의 전과, 즉 자신의 죄를 고백하는 일
(저자가 지은 사자성어).

작년 4월의 어느 날 금반지를 사러 갔다. 외손녀의 백일이 가까워 오는 때문이었다. 몇 군데 금은방을 들락날락한 아내는 카드로 결제하는 것과 현금으로 내는 것의 차액이 크다고 했다. "그렇다면 당연히 현금으로 해야지." 그렇게 금반지 한 돈을 구입했다. 금반지. 참으로 오랜만에 보는구나! 금반지에 대한 아픈 기억이 우뚝하다. 아들의 백일을 앞두고 지인에게 사기를 당했다. 그 바람에 경제적으로는 물론이거니와 정신적 충격 역시 아퀴를 짓기 힘들었다(아퀴를 짓다=어수선한 일을 갈피 잡아 끝매듭을 짓다). 궁여지책窮餘之策으로

가족은 사랑이 근본이다 383

일가친척들이 선물한 금반지를 처분하여 어찌어찌 백일잔치를 마쳤다. 4년 뒤엔 딸 역시 백일잔치를 했다. 그 즈음에도 경제적 고초苦楚가 꽤나 핍박逼迫하였기에 빚구럭에서 벗어나기 힘들었다. 강물 같은 인생을 사노라면 삶이라는 항해는 무시로 풍파와 파선破船까지를 동반하는 누렁물의 야누스로 돌변하는 게 우리네 필부의 삶이다. 그래서 딸의 백일과 돌잔치 때 들어온 금반지까지를 야금야금 죄다 팔아먹었다. 참으로 부끄러운 아빠가 아닐 수 없었다.

세월은 여류하여 딸이 고등학교를 졸업하던 날이다. 유일무이唯一無二 서울대 합격증을 받아두고 있던 딸은 그날 학교서 주는 상의 50%를 휩쓸었다. 대상大賞까지 거머쥐었는데 부상으로 받은 게 꽤 묵직한 금메달이었다. '자라 보고 놀란 가슴 솥뚜껑 보고 놀란다', 아니 '금반지 팔아먹은 남편 보고 놀란 가슴 딸이 받은 금메달 보도 놀란다'고 아내는 그 금메달을 채 구경도 하기 전에 냉큼 빼앗았다. "이것까지 팔아먹으면 당신은 진짜 사람도 아냐!" 이처럼 나에겐 아들에 이어 딸이 받은 금반지까지를 처분한 '전과자前科者', 즉 전과고백前科告白이라는 부끄러운 과거가 실재한다. 이로 말미암아 아내에게 있어 나는 마치 금지옥엽金枝玉葉 딸 심청을 공양미를 받고 팔아먹은 심학규 이상의 후안무치厚顔無恥한 남편으로 각인돼 있는 셈이었다. 그렇지만 자업자득自業自得이니 하는 수 없는 일이다. 모든 게 못난 나의 탓이니 누굴 원망할 것인가.

　　2018년에 개봉한 방화 '언니'를 재미있게 봤다. 이 영화에 등장하는 국가대표 복서 출신 배우 이시영은 주인공인 박인애로 나온다. 인애는 경호업체에서 일을 하다가 과잉경호로 옥살이를 하고 1년 6개월 만에 출옥한다. 정신지체 장애인인 여동생 은혜는 돈을 모아 인애에게 빨간 원피스를 사 준다. 그런 기쁨도 잠시, 얼마 안 돼 여기저기로 끌려 다니면서 성폭행을 당한다. 그도 모자라 돈에 팔려가는 현실에 인애는 본격적으로 악의 응징에 나선다. 무자비하게 복수하는 인애의 모습에서 관객은 쾌감을 느끼지만 현실에선 그런 일이 있어선 안 된다. 아무튼 이 영화에서 은혜의 학교 친구들은 동생을 찾으러 온 인애에게 "아! 감방서 나온 언니?"라며 노골적으로 조롱한다. 전과자는 이처럼 사회적 주홍글씨가 선명하다. 취업에 있어서도 차별을 받는 경우 또한 배제하기 어렵다. 어쨌든 오늘도 온갖 재롱을 부리고 옹알이를 하고 있는 친손자와 외손녀를 보며 삶의 시름을 잊는다. 세월이 흘러도 불변한 금金의 가치처럼 두 녀석이 항상 빛나는, 그리고 존경받는 왕자님과 공주님으로 무럭무럭 무탈하게 성장하길 절에 갈 적마다 부처님께 엎드려 간절히 빌며 절한다. 이 같은 행동은 할아버지로서 당연한 기본이다.

현모양처

賢母良妻

어진 어머니이면서 또한 착한 아내를 뜻하는 말.

맹모삼천지교孟母三遷之敎는 누구나 아는 상식이다. 이는 맹자의 어머니가 자식의 교육을 위해 세 번 이사했다는 뜻으로, 사람의 성장에 있어선 그 환경이 매우 중요함을 가리키는 말이다. 맹자의 어머니는 남편과 결혼 5년 후에 아들 맹자를 낳았다고 한다. 그러니 그 얼마나 애지중지愛之重之했을지 충분히 상상된다. 하지만 맹자가 겨우 4살 때 남편이 작고했다. 고로 과부의 처지에서 그 얼마나 간난신고艱難辛苦의 삶을 헤쳐 나왔을까에 대한 연민 또한 묵직한 게 사실이다. '맹모삼천지교'에 나오듯 맹모는 공동묘지 인근과 시장을 거쳐 글방 근처로 이사를 하였다. 그랬더니 비로소 맹자가 공부와 예법에도 높은 관심을 보임에 무릎을 쳤다. 맹자 어머니는 '이곳이야말로 아들과 함께 살 만한 곳이구나!'라고 믿곤 마침내 그곳에 머물러 살았다고 한다. 이러한 어머니의 노력으로 마침내 맹자는 유가儒家의 뛰어난 학자가 되었다. 또한 그의 어머니는 지금껏 역시 현모양처賢母良妻의 으뜸으로 꼽히고 있다. 맹모는 맹모단기孟母斷機로도 유명한 여성이었다. 맹자가 고향을 떠나 공부를 하다가 하루는 기별도 없이 집으로 돌아왔다. 마침 베틀에 앉아 길쌈을 하고 있던 맹자의 어머니는 갑자기 찾아온 아들을 보고 기쁘기는 하였지만 감정을 숨기고 물었다. "네 공부가 어느 정도 되었느냐?" "아직 다 마치지는 못하였습니다." 그러자 맹자의 어머니는 짜고 있던 베틀의 날실을 끊어버리고는 이렇게 꾸짖었다. "네가 공부를 중도에 그만두고 돌아온 것은 지금 내가 짜고 있던 베의 날실을 끊어버린 것과 같은 것이다." 맹자는 어머니의 이 말에 크게 깨달은 바가 있어 다시 스승에게로 돌아가 더욱 열심히 공부하였다. 따라서 이 부분에 이르면 맹자 모친의 경우와 마찬가지로, 조선 중기의 소문난 서예가였던 한석봉이 집으로 찾아오자 불을 끈 뒤 글을 쓰게 하고 자신은 떡을 썬 그의 모친이 오버랩된다.

언젠가 지인과 대화를 나누던 중, 아들 녀석이 너무나 속을 썩여 고민이 깊다고 하소연을 토로하는 소리를 들었다. 학생의 신분이거늘 공부는커녕 툭하면 사람을 때리는 등 그 일탈의 정도가 심하다며 나를 많이 부러워했다. 딱히 위로의 말이 떠오르지 않기에 "골프와 자식농사는 마음대로 안되는 게 우리네 인생사라고 했지요."라며 얼버무리고 말았다. 그러나 속내는 따로 있었다. 그건 바로 '현모양처'가 있으면 자녀도 마찬가지로 그 현모양처의 의미대로 '어진 어머니이면서 착한 (아버지의) 아내'를 본받는다는 것이다. 조심누골彫心鏤骨과 설상가상雪上加霜＋첩첩산중疊疊山中의 감가불우轗軻不遇 탓에 맹모보다 최소한 스무 번도 더 이사(월.전셋집)를 다녔다. 남편인 내가 돈을 지지리도 못 벌었기에 그동안 아내가 겪은 고생은 마치 차마고도처럼 가파르고 험준하기 짝이 없었다.

그럼에도 불구하고 아내의 두 아이에 대한 어려서부터의 극진한 사랑과 나름의 철저한 밥상머리 교육 병행은 맹모와 한석봉 모친의 그것을 능히 상회했다고 보는 시각이다. 덕분에 두 아이 모두 효심이 바다처럼 깊음은 물론이요 예의 또한 깍듯한 등 주변사람들이 이구동성異口同聲으로 자식농사에서 성공했다며 부러워하는 결과의 도출로 나타났다. 탈무드에서 "착한 아내는 남편에게 둘도 없는 값비싼 보물이다."라고 했다. 또한 "남자가 가지고 있는 최고의 재산은 바로 그의 아내이다."라는 명언도 있다. 쉬는 내일은 참 오랜만에 불변의 '현모양처' 아내와 동물원(대전오월드)에 가서 사자와 호랑이를 구경하고 맛난 것도 사먹고 돌아올 요량이다. 놀이기구를 타며 휴일을 즐기는 푸릇푸릇한 아이들을 보는 것만으로도 충분히 힐링이 될 것이다. 덤으로 귀여운 손자와 손녀를 떠올리게 하는 만족감까지 물씬 작용할 게 틀림없다.

칭찬기적
稱讚奇跡

———

칭찬이 상대방에게 긍정적인 영향을 주고 때로는
기적에 가까울 만큼 근사한 일을 가져다주기도 한다는 것을 뜻함
(저자가 지은 사자성어).

화불단행禍不單行이라는 사자성어가 있다. 禍(화)는 하나로 그치
지 않고 잇달아 옴來을 이르는 말이다. 불행한 일이 겹치는 경우
를 뜻하는데 '엎친 데 덮치는' 것과 동격이다. 이와 반대엔 '곰비임
비'가 있다. 물건이 거듭 쌓이거나 일이 계속 일어남을 나타내는
말이다. '물건이 쌓인다'는 것은 재화財貨를 뜻하는 것이라고 본다.
즉 부자富者가 되었다는 얘기다. 부자엔 두 가지가 양립한다. 물질
적인 것과 정신적인 것이다. 나는 후자에 속한 부자이다. 작년 봄
에 대전광역시 명예기자 위촉식이 있었다. 시장님으로부터 직접

위촉장을 받을 예정이라고 했다. 그래서 모처럼 '때 빼고 광내고' 신사복으로 갈아입고 대전시청에 갔다. 엄선한 까닭에 내로라하는 명예기자들은 하나같이 그 자부심이 하늘을 찌를 듯 보였다. 그건 나도 마찬가지였다. 위촉식을 마친 뒤엔 시장님께 나의 저서를 증정했다. 이어진 푸짐한 점심식사엔 소맥의 반주까지 곁들여져 금상첨화였다. "경비원으로 바쁘신 데도 불구하고 여덟 군데나 되는 매체에 글을 싣는다고 들었습니다. 그 열정이 정말 대단하십니다!"라는 칭찬을 들으니 기분은 더욱 낭창낭창했다. 칭찬稱讚이란 그런 것이다. 서양속담에 "바보도 칭찬을 하면 쓸모 있게 된다."는 말이 있다. 맞는 말이다. 반대로 누군가를 빗대거나 칭찬은 커녕 면박이나 준다면 반대현상이 빚어진다. 예컨대 "옆집 아이는 항상 (학교서) 일등 한다는데 네 성적은 왜 그 모양 그 꼴이냐?"며 야단을 친다면 어찌 될까.

사람은 감정의 동물이다. 따라서 부모의 그 같은 자녀 꾸중과 일종의 폄훼는 격한 반동까지 불러올 수 있는 불행의 부메랑이 될 수도 있다. 가리산지리산(이야기나 일이 질서가 없어 갈피를 잡지 못하는 것을 이르는 말)의 복잡한 심정이 되어 가출하는 학생과 청소년의 상당수가 부모와 가족으로부터 인정을 받지 못했기 때문이라고 알고 있다. 사실 칭찬은 어려운 일이 아니다. 칭찬은 사람의 성장 가능성에 대한 믿음을 지닌 사람이라면 누구라도 쉽게 실천할 수 있는 사랑의 행위인 까닭이다. 내가 이미 두 권의 책을 발간할 수 있었던 원동력 역시 지인들의 칭찬이 그 기반을 이루고 있다. 그렇다면 칭찬은 과연 어찌해야 효과적일까. 이에 대해 셰익스피어는 다음과 같이 대답하고 있다. "좋은 행위를 했는데 칭찬하지 않는 것은 그 행위 자체를 죽이는 것이다."

나의 저서에도 나오지만 우리 아이들과 사위, 사돈댁까지 포함하면 우리 집안에 '서울대 출신'만 자그마치 4명이나 된다. 이 어마어마한 현실의 이면엔 당연히 어려서부터 습관화한 자녀에 대한 무한 칭찬이 디딤돌이 되었다. 필립 시드니 경은 "칭찬받을 만한 사람이 칭찬받는 것은 더 없이 큰 행복이다."라고 말했다. 당연한 얘기겠지만 한마디 격려의 칭찬은 사람의 운명까지 바꿔놓을 수 있다. 생활 속에서 칭찬을 꾸준히 실천한다면 분명 엄청난 이익을 얻고, 아울러 진정 만석꾼다운 만족감까지 덤으로 수확할 수 있다. 괴테 역시 "남의 좋은 점을 발견할 줄 알아야 한다. 그리고 남을 칭찬할 줄도 알아야 한다. 그것은 남을 자기와 동등한 인격으로 생각한다는 의미를 갖는 것이다."라며 칭찬의 당위성을 역설했다. 옳은 말이다. 칭찬은 기적을 부른다. 나는 그걸 실제로 경험했다. 칭찬은 돈도 들어가지 않는다. 칭찬도 습관이다.

동량지재
棟梁之材

마룻대와 들보로 쓸 만한 재목(材木)이라는 뜻으로,
나라의 중임을 맡을 만한 큰 인재(人材).

작년 8월이 환하게 다가온다. 그즈음 친손자의 출산일이 임박
했다. 아내도 하루하루 노심초사勞心焦思의 길을 달렸다. 나 역시
사찰을 찾아 며느리의 순산을 비는 108배를 거듭했다. 출산 예정
일을 닷새 지나 마침내 며느리는 우리 가족에게 보물보다 귀한 친
손자를 선물했다. 반가운 그 소식을 듣는 순간, 우리 부부는 감격
의 눈물을 감출 수 없었다. 이튿날 열차를 타고 수원에 도착했다.
이어 지하철로 세류역에서 내리니 사돈어르신께서 차를 가지고
오시어 환대해 주셨다. "외손자 보심을 축하드립니다!" "친손자까

가족은 사랑이 근본이다

지 보셨으니 얼마나 좋으세요?" 덕담을 나누며 이윽고 도착한 동탄 신도시의 음식점으로 갔다. 서울서 온 딸과 사위, 외손녀가 반겼다. 낯가림이 심한 외손녀는 내가 녀석을 품에 안자 마구 울었다. 우는 모습조차 너무도 예뻤던 외손녀! 그래서 피는 물보다 진한 것이리라. 점심식사를 마친 뒤 아들과 며느리가 있는 병원으로 갔다. 신생아실의 유리벽 사이로 친손자를 처음 일견一見했다. 새록새록 잠든 모습은 천사에 다름 아니었다. 제 아빠와 엄마를 쏙 빼닮은 모습에선 다시금 '씨도둑은 못한다'는 속담이 떠올랐다. 친손자와의 짧은 시간 면회 일별一別 뒤 아내는 준비한 출산 축하금을 봉투에 담아 며느리에게 건넸다. "많지는 않지만 맛난 거 사 먹거라." "어머님, 고맙습니다." 다음은 언젠가 J일보에서 본 기사다.

"강원도 삼척시 공무원 송○○ 씨는 지난달 첫 아이가 태어나면서 아빠가 됐다. 송 씨는 매달 25일 강원도에서 육아기본수당 30만 원을 4년 간 받게 된다. 또 삼척시에서 주는 출산장려금 200만 원을 2년에 걸쳐 나눠 받는다. 여기에 1년간 매달 3만 원의 출생아 지원금도 나온다. 세 가지 지원금을 합하면 1676만 원이다. (중략) 7월 말 기준으로 첫째 아이를 낳았을 때 가장 혜택이 큰 곳은 강원도 삼척시다. 강원도 육아기본수당 1440만 원, 삼척시 출산장려금 200만 원, 출생아 지원금 36만 원 등 총 1676만 원을 받을 수 있다. 두 번째로 높은 지역은 강원도 양양군으로 총 1660만 원이다. 상위 18위는 강원도 시·군이 싹쓸이했다. 강원도 육아기본수당이 워낙 많아서다. 강원도가 파격적 정책을 도입한 이유는 인구 절벽이 여느 시·도보다 심각하기 때문이다. (중략) 강원도를 제외한 시·군·구 중에서 첫째 아이 출산장려금(광역지자체+기초지자체)이 가장 많은 데는 경북 봉화군 700만 원이다. 다음으로 경북 울릉군 690만 원, 충남 금산군 630만 원, 경북 영덕군 540만 원이다. 첫째 아이 때 500만 원 이상을 지급하는 데는 강원도 18곳을 포함해 경북 봉화군 등 27곳이다.(후략)

-J일보, 2019년 8월 14일,
'다자녀 아닌 첫째만 낳아도 출산축하금 1670만 원 주는 동네'

세상에서 가장 듣기 좋은 것이 바로 어린아이의 웃음소리다. 이런 관점에서 세종시는 출산율 전국 1위의 '젊은 도시'로 인구가 더욱 팽창하고 있다. 이는 그만큼 육아 인프라가 잘 구축돼 있다는 방증이다. 이런 측면에서 경기도 화성시(동탄 신도시) 또한 출산율이 높은 건 삶의 질이 우수하고 젊은이들 또한 많은 덕분이 아닐까 싶다. 다 아는 상식이겠지만 저출산은 결혼 기피와 함께 우리 경제의 앞날을 어둡게 하는 중요 요인이다. 정부가 처음으로 저출산 극복을 위해 예산을 마련한 2006년 이후 2018년까지 무려 약 100조 원 이상의 천문학적 예산을 쏟아 부었다고 한다. 그럼에

가족은 사랑이 근본이다

도 불구하고 저출산 기조의 반전은 일어나고 있지 않으니 정말 큰 일이다. "한 아이를 키우려면 온 마을이 필요하다."는 아프리카의 속담이 있다. 이는 아이 하나 키우기가 결코 만만치 않음을 새삼 드러내는 것이다. 그렇지만 잘 키운 인재 하나는 수백만 명을 먹여 살리는 동력으로 작용한다. 외손녀와 친손자까지 얻은 나는 이제 만석꾼 이상 부자가 된 느낌이다. 두 손자가 모두 제 엄마와 아빠처럼 종두득두種豆得豆의 동량지재棟梁之材로 우뚝 성장하길 기도한다. '장수將帥 집안에서 장수가 난다'는 장문유장將門有將은 나의 또 다른 믿음이다.

천양지차
天壤之差

——

하늘과 땅 사이와 같이 엄청난 차이(差異).

오늘도 친손자와 외손녀의 사진을 본다. 친손자는 우리 남양 홍 씨 집안의 장손長孫이다. 외손녀는 우 씨 집안의 무남독녀無男獨 女다. 두 녀석은 아무리 봐도 물리지 않는다. 선친께서 살아계셨다 면 얼마나 좋아하셨을까! 아들과 며느리를 반반씩 쏙 빼닮은 친손 자의 모습에서 새삼 "씨도둑은 못한다."는 속담이 떠오른다. 이는 집안에서 지녀온 내력은 아무리 해도 없앨 수 없다는 말이다. 외 손녀도 마찬가지로 딸과 사위를 반씩 닮은 붕어빵이다. 아들은 할 아버지인 나에게 손자의 작명作名을 부탁했다. 그렇지만 과거처럼

가족은 사랑이 근본이다

다산多産하는 시절이 아니다. 또한 집안의 항렬行列에 의거하여 이름을 짓는 세월도 지난 지 오래다. 자녀를 기껏 하나 내지 많아봤자 둘 밖에 안 낳는 즈음이기에 "아버지인 네가 직명하거라. 대신 내가 지명하는 이름은 참고만 하길 바란다."며 다섯 가지 이름을 알려줬다. 현재의 내 이름은 경석卿碩이다. '벼슬하여 크게 될 사람'이란 뜻이다. 하지만 벼슬은커녕 먹고살기에도 급급한 저잣거리의 필부에서 벗어나지 못하고 있다. '벼슬'은 어떤 기관이나 직장 따위에서 일정한 직위를 속되게 이르는 말이지만, 관아官衙에 나가서 나랏일을 맡아 다스리는 자리에 더 방점을 찍는다. 지금에 견주면 공직公職이란 셈이다.

나의 최초 이름은 선善이었다. '착하게 살라'는 의미에서 아버지께서 대충 지으셨지 싶다. 그러다가 초등학교에 들어가기 직전, 아버지의 친구 분께서 우리 집을 찾으셨다. 어떤 산에서 도를 닦는다고 했다. "네 아들 이름이 뭐냐? 선洪善이라고? 단명할 수니 당장 바꿔!" 그리하여 즉석에서 작명된 이름이 현재의 '경석'이다. 마침맞게(?) 그때까지 나는 호적 등재조차 못 하고 있던 터였다. 아버지의 자식에 대한 무관심이 도드라지는 대목이다. 아무튼 그렇게 작명한 뒤 호적을 정리하고 국민(초등)학교에 입학했다. 파죽지세破竹之勢의 1등을 질주했지만 세상은 호락호락하지 않았다. 4학년 2학기 때, 다크호스 급우가 전학을 왔다. 그리곤 내처 불변의 필자 1등 자리를 단숨에 강탈했다. 이른바 '금수저'의 어쩌면 당연한 승리였다. 언제부턴가 '금수저(부모의 재력과 능력이 너무 좋아 아무런 노력과 고생을 하지 않음에도 풍족함을 즐길 수 있는 자녀들을 지칭)', '흙수저(부모의 능력이나 형편이 넉넉지 못한 어려운 상황에 경제적인 도움을 전혀 못 받고 있는 자녀를 지칭하는 신조어이며, '금수저'와는 전혀 상반되는 개념)' 얘기가 인구에 회자되고 있다. 그래서 잘 아는데 나는 어릴 적부터 금수저 출신은 100미터 달리기 경주에 있어서도 우리네 흙수저보다 최소한 50미터 앞에서 경주의 준비를 마치고 있다는 걸 간파했다. 도무지 이길 수 없는 게임이란 의미다. 설상가상雪上加霜 가세까지 기울어 '소년가장'이란 멍에까지 짊어져야 했다. 빌어먹을! 또래들은 멋진 교복 입고 중학교에 갈 적에 고작 역전 바닥에서 냄새 지독한 남의 구두나 닦아야 했으니. 어쨌거나 이러한 지난 시절의 아픔과 장애물까지 있었기에 '장애물이 긍정적인 사람을 만나면'이라는 말처럼 오늘날 나는 자식농사에 성공했다. 다음은 '장긍사만(장애물이 긍정적인 사람을 만나면)'의 골자다. "독수리가 더 빨리, 더 쉽게 날기 위해 극복해야 할 유일한 장애물은 '공기'다. 그러나 공기를 모두 없앤 다음 진공 상태에서 날게 하면, 그 즉시 땅바닥으로 떨어져 아예 날 수 없게 된다. 공기는 저항이 되는 동시에 비행을 위한 필수조건이기 때문이다. 마찬가지로 인간의 삶에서도 장애물이

가족은 사랑이 근본이다

성공의 조건이다."

2019년 9월 2일자 C일보 오피니언 면에 '순도 99.99와 99.99 999999의 차이'라는 글이 실렸다. 우리의 경제를 책임졌던 반도체 산업에 있어 순도 99.99와 99.99999999의 반도체 재료 산업의 차이는 그야말로 천양지차天壤之差라는 KAIST 김정호 교수의 당연한 지적이었다. 그래서 첨언하는데 언제나 당당하며 그야말로 순도 '99.99999999'를 자랑하는, 범인凡人과는 천양지차의 실력을 지닌 친손자와 외손녀로 무럭무럭 자라나길 소망한다. 손주에게 멋진 할아버지로 기억되고자 더 치열하고 열심히 살 작정이다.

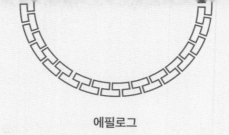

　나는 파란만장波瀾萬丈의 삶을 경험한 1959년생 베이비부머다. 평생토록 단 한 번도 불러보지 못했던 통한의 세 글자가 '어머니'였다. 내가 어머니의 얼굴을 인지認知할 생후 첫 돌도 안 돼 어머니가 가출했기 때문이다.

　설상가상雪上加霜 지독한 가난이 발목을 잡아 중학교조차 진학하지 못했다. 신문팔이, 구두닦이, 우산장사, '공돌이', 공사장 막노동 등 지옥 같은 청소년기를 점철했다. 세월이 흘러 첫사랑 아내를 만나 작수성례酌水成禮로 제2의 인생을 시작했다. 아들에 이어 딸까지 보자 자녀교육의 중요함을 천착했다. 돈이 없어 사교육 대신 아이들과 도서관을 출입하는 것으로 대체했다. 역시 도서관은 미래의 희망을 간직하고 있었다. 덕분에 둘 다 서울대와 서울대 대학원까지 마쳤다. 세상은 나를 철저히 구박했지만 그동안 흘린 땀과 노력의 가치를 믿었다. 30년 가까운 독서와 20년 글쓰기의 내공으로 그 배타적 냉대를 극복했다. 학력보다 실력이 우선되어야 하는 사회를 꿈꾸며 이 책을 집필했다.

　이 책은 제목처럼 생로병사生老病死와 길흉화복吉凶禍福이 무시로 오르내리는 우리네 인생의 플랫폼Platform이란 속내와 의미를 담았다. 플랫폼은 비단 역에서 승객이 기차를 타고 내리는 곳만을 지칭하지 않는다. 우리네 삶도 그와 마찬가지다. 기쁨이 있는가 하면 슬픔이 찾아오고, 웃음 뒤엔 또 울음이 이어지는 게 우리의 굴곡진 인생길이다. 그야말로 삶의 상석하대上石下臺라 할 수 있다. '아랫돌 빼서 윗돌 괴고 윗돌 빼서 아랫돌 괴기', 곧 임시변통臨時變通이란 얘기다. 그러면서 살아가는 게 우리의 자화상自畫像이다. 여기서 누차 밝혔지만 나는 기껏 초등학교 졸업 출신이다. 정작 졸업식날에도 돈을 버느라 학교에 갈 수 없었다. 그러나 누구보다 빠르고, 많은 사회생활을 경험했기에 교과서 이상의 교육을 받았다고 자부한다. 비록 찢어지게 빈곤했고 학교에서 배우지도 못했지만 고난과 시련을 극복하는 방법을 찾았다. 겸손과 예의는 그 어떤 학벌보다 높이 위치한다는 것 또한 스스로 터득한 나름의 생존법이었다.

 사람은 '삶'의 여정旅程에 있어 항상 인생人生이란 자전거의 페달을 열심히 밟아야 한다. 그 페달을 소홀히 하면 자전거는 반드시 넘어진다. 내가 현재 10곳도 넘는 기관과 지자체 등지에서 시민기자와 서포터즈 등으로 활동하고 있는 것도 같은 개념이자 맥락이다. 안중근 의사께선 "하루라도 책을 읽지 않으면 입 안에 가시가 돋는다일일부독서 구중생형극:一日不讀書 口中生荊棘"고 하셨다. 나는 하루라도 글을 쓰지 않으면 답답해서 견딜 재간이 없다. 이런 긍정 마인드로 20년 동안 글쓰기를 계속해 왔다. 이 같이 집필에 몰입한 것은 박봉의 보충과 상쇄 측면도 있지만 본질적으론 '항상 깨어 있으라!'는 자기自起 주문呪文과도 궤軌를 같이했기 때문이다. 부모덕父母德도, 학력도, 재산도, 끗발도 없는 전혀 없는 내가 그나마 할 수 있는 거라곤 오로지 남보다 한 발짝이라도 더 뛰는 것뿐이었다. 평소 누구보다 열심히 살자며 노력하고 공부하는 삶을 지향하고 실천했다. 그럼에도 가난은 집요한 자객처럼 물귀신으로 달라붙어 요지부동搖之不動이었다. 거듭되는 실패에 절망하여 자포자기自暴自棄의 난파難破도 거듭됐다. 그럴수록 '지금보다 더 열심히 하자! 고진감래苦盡甘來는 반드시 있다!!'는 긍정과 가능성의 항구港口를 바라봤다. 이런 확고한 정신상태가 지금껏 나를 지탱해 주었다. 부족하고 어려운 환경을 탓하지 않으며, 무지갯빛 미래를 향해 질주한 아내와 아이들의 공功도 컸다.

소년가장으로 신문팔이를 한 덕분에 어려서부터 신문을 즐겨 읽었다. 덕분에 나도 모르게 한자와 사자성어를 시나브로 배울 수 있었다. 사자성어四字成語는 언제든 사용되는 일종의 언어다. 그러므로 사자성어는 꼭 배워야 한다. 이 책에는 수백 개의 사자성어가 등장한다. 자세히 읽다 보면 연결되고 파생되는 씨줄 날줄의 사자성어가 글쓰기와 말재주 실력 증가의 길라잡이로 작용한다. 따라서 이 책을 완독하게 되면 다양한 사자성어를 획득할 수 있다. 추사秋史 김정희金正喜는 "가슴 속에 책 만 권이 들어 있어야 그

것이 흘러넘쳐 그림과 글씨가 된다."고 했다. 그 말을 믿고 만 권 이상의 책을 읽었다. 덕분에 이 책을 만들 수 있었다. 사람은 때로 배신을 하지만 노력과 열정은 반드시 그만큼의 대가를 지불한다는 진실을 믿었다. 나는 오늘도 '삶'이라는 자전거에 오른다. 나름 '말안장'에 앉아 앞을 설계한다. 그리곤 '열심히'라는 페달을 힘껏 밟는다. 나보다 훨씬 나은 환경에서도 포기하거나 아예 도전조차 안 하는 사람을 볼 수 있다. 당연한 결론이겠지만 잘 익은 감을 하나 따려 해도 육손이 따위의 '감망'이 필요하다. 수적천석水滴穿石과 절차탁마切磋琢磨의 노력으로 미래의 감망을 준비한 지금 나는 강사로 나서고자 한다. 그리곤 '포기'는 배추를 셀 때나 쓰는 용어라고 힘껏 사자후獅子吼를 토할 작정이다. 코로나19의 장기화로 인해 건강에 대한 관심이 한껏 높아졌다. 코로나19의 빠른 소멸과 독자님들의 건강을 빌며 많은 성원을 부탁드린다.

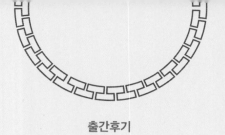

인생의 고난과 역경,
삶에 대한 열정과 꾸준함으로
이겨낼 수 있습니다

권선복
도서출판 행복에너지 대표이사

이 책의 주인공인 홍경석 저자는 실로 파란만장波瀾萬丈의 삶을
살아온 베이비부머 세대입니다. 6.25 한국전쟁이 끝났다곤 하지
만 저자가 태어난 1959년은 여전히 '보릿고개'일 정도로 모두가 헐
벗고 가난했습니다.

더욱이 저자는 가정환경이 몹시 안 좋았습니다. 얼굴조차 알
수 없는 어머니는 저자가 고작 생후 첫돌 무렵 가출했고, 이에 낙

담한 아버지는 가장이길 포기했습니다. 알코올에 포로가 된 홀아버지와 먹고살자면 저자라도 나서서 돈을 벌어야 했습니다. 초등학교 시절에 항상 1~2등을 다툴 정도로 공부를 잘 했으나 도움을 주는 곳은 없었습니다. 초등학교 졸업식 날에도 학교에 갈 수 없었던 저자는 고향 역전에서 새벽부터 신문을 팔았습니다. 이어 구두닦이로, 시외버스 터미널에서는 행상을, 비가 쏟아지면 우산장사로 돌변했습니다. 그렇게 갖은 고생을 했음에도 가난의 족쇄는 여전했습니다. 아들이 그처럼 심한 고초를 겪고 있음에도 허구한 날 술만 찾는 아버지가 미워서 가출했습니다. 그러나 본디 심성이 고왔던 저자는 보름 만에 돌아와 자신의 잘못을 빕니다. 그건 어머니도 버린 아버지를 자신마저 똑같이 방기放棄한다면 이담에 반드시 천벌을 받을 것이라는 두려움 때문이었다고 했습니다.

세월이 흘러 저자도 결혼을 하게 됩니다. 비록 싸구려 셋방이었지만 저자는 사랑하는 아내와 아들, 딸이 곁에 있어 행복했습니다. 자신은 비록 못 배웠지만 아이들만큼은 반드시 잘 가르치겠노라 이를 악뭅니다. 돈이 없어 사교육은 시킬 수 없었지만 '도서관'

에서 미래의 희망을 찾았습니다. 휴일마다 아이들과 도서관을 부지런히 출입한 결과는 실로 찬란했습니다. 두 아이가 서울대와 서울대대학원까지 마쳤습니다. 마중지봉麻中之蓬의 남전생옥藍田生玉이라더니 자녀가 결혼한 사돈댁도 같은 대학 출신이 포진(?)한 명문가名文家였습니다. 여기서 저자는 새삼 고진감래苦盡甘來를 발견합니다. 또한 '하늘은 스스로 돕는 자를 돕는다'는 상투적 금언까지 더욱 신봉합니다.

이 책 『사자성어는 인생 플랫폼』은 어쩌면 저자의 일생이 담긴 작품입니다. 경비원으로 근무하는 저자가 촌음을 아껴가면서까지 혼을 바쳐 쓴 책이기도 합니다.

청소년들이 이 책을 읽는다면 자아형성에 도움이 될 것입니다. 전국의 중고등학교 도서관에 이 책이 비치된다면 자라나는 학생들에게 마음의 자양분이 되는 것은 물론 독서력 증진에도 큰 기여를 할 것입니다.

이 책은 또한 구성이 촘촘하되 그 어떤 가식假飾조차 없습니다.

가히 '산전수전 공중전'까지 경험한 남다른 고생담이 살아서 꿈틀댑니다. 그래서 독자에게 커다란 교훈과 울림까지 줄 수 있을 것이라 믿습니다. 이 책을 보면 나오지만 저자는 현재의 박봉 직업인 경비원에서 탈출하고자 고군분투孤軍奮鬪합니다. 본업 외에도 무려 열 군데나 되는 정부기관과 지자체 등에서 시민기자로 활동하고 있는 것이 그 증명입니다. 거기서도 저자는 늘 1등을 지향하며 누구보다 열심히 매진하고 있습니다.

우리나라의 대학 진학률은 세계에서 가장 높은 것으로 알려져 있습니다. 그렇지만 대학을 나오고도 책 한 권 발간한 경험이 없는 사람이 수두룩합니다. 이에 반해 홍경석 저자는 중학교조차 진학하지 못했음에도 벌써 세 번째의 저서를 출간한 작가가 됐습니다. 그가 평소 얼마나 노력을 경주했는지를 여실히 살펴볼 수 있는 대목입니다. 또한 이는 저자가 그동안 이룬 만 권 이상의 독서가 가져다 준 당연한 선물입니다. 독서의 힘이 무섭다는 걸 새삼 절감할 수 있습니다.

홍 작가는 글을 쓰는 시간이 가장 행복하다고 했습니다. 여기서 '천재는 노력하는 사람을 이길 수 없고, 노력하는 사람은 즐기는 사람을 이기지 못 한다'는 명언이 새삼 떠오릅니다.

이 책은 저자가 고된 야근을 하면서 집필한 노력의 집대성입니다. 그래서 불야성처럼 더욱 빛이 납니다. 사람은 누구나 꿈을 품고 삽니다. 저자는 이 글을 쓰면서 희망을 그렸습니다. '나는 반드시 베스트셀러 작가가 된다! 이어 유명강사를 뛰어넘어 황금기黃金期를 잡을 것이다!!'라는 목표가 요체였습니다.

꿈을 이루지 못한 대부분의 사람은 이렇게 자기합리화를 도모합니다. '나는 재능이 없어. 이 세상엔 나보다 뛰어난 사람들이 얼마나 많은데….' 그렇다면 성공한 사람은 모두 뛰어난 재능을 가지고 있어야 합니다. 홍경석 저자는 재능은커녕 부모복도, 그 어떤 끗발 역시 전무했습니다. 그가 지녔던 건 오로지 맨땅에 헤딩하기 식의 꾸준한 독서와 치열한 집필뿐이었습니다. 결국 꾸준함이 이겼습니다.

백범 김구 선생께선 세상사의 모든 것은 결국 나로부터 시작되는 것이라고 했습니다. 맞습니다. 나를 다스려야만 비로소 뜻을 이룰 수 있습니다. 우리의 삶은 오늘도 각양각색의 사자성어로 이뤄져있다고 해도 과언이 아닙니다. 부디 이 책이 독자 여러분의 삶에 튼실한 비료가 되고, 그 어떤 난관까지 파죽지세破竹之勢로 돌파할 수 있는 팡팡팡 에너지로 연결되길 바랍니다.

더없이 평범한 그러나 누구보다 위대한 '아버지'의 이야기

경비원 홍키호테

홍경석 지음

값 15,000원

베이비부머 세대의 애화 가득한 인생, 그리고 화목한 가정

여기 한 남자가 있다. 그는 현재 경비원으로 또한 수년간 연마해왔던 글쓰기로 자신의 황혼기를 다시금 일구는 사람이다. 그 주인공은 바로 자신을 스스로 "경비원 홍키호테"라고 칭하는 홍경석 저자이다. 그는 이 책을 통해 자신의 가난과, 억겁 같았던 불행의 유년기와 현재 세월을 오르고 올라 당도한 황혼의 빛을 듬뿍 뿜어 우리에게 전달해준다.

3시간 안에 배우는 **4차 산업혁명 에센스**

사단법인
한국과학저술인협회
인증 우수도서

서울시교육청
학교프로그램
진행도서

문화관광부
우수도서 선정
세종도서

이호성

경갑수

황재민
(대표저자)
지음

『4차 산업혁명 에센스』는 4차 산업혁명의 핵심을 인공지능(AI), 5세대 이동통신(5G), 블록체인(비트코인 중심)이라는 단 세 가지의 키워드로 간결하면서도 알기 쉽고 흥미진진하게 전달한다. 특히 미래 세대를 이끌어갈 청소년을 위한 도서로서 2020년 서울시교육청 학교프로그램 진행도서, 2020년 사단법인 한국저술인협회 추천 우수도서로 지정되었다.

값 20,000원

사계절을 변함없이 함께 걸어갑니다….
나와 당신 그리고 우리의 이야기

부부의 사계절

글 박경자(율리아나)
편집 손병두(돈보스코)

손병두
- 호암재단 이사장
- 삼성경제연구소 상근고문
- 전국경제인연합회 상근부회장
- 서강대학교 총장

부부란 무엇인지 묻는 감성 에세이, 마음을 두드리다

저자와 남편은 '한국ME'의 초기 가입자로, 이 교육을 통해 결혼생활을 재평가하는 시간을 갖게 되었다. 많은 깨달음을 얻고 ME가족들 카톡방에 에세이 식으로 생각과 느낌을 적기 시작했다. 그것이 이 책의 토대이다.

결혼 52주년을 맞이하여 설득 끝에 나오게 된 책에 정성스러움이 묻어난다. '결혼'에 대하여 생길 수 있는 모든 물음에 대하여 답변하는 문장 하나하나에 깊은 사유와 솔직한 심정이 담겨 있다.

값 17,000원

'행복에너지'의 해피 대한민국 프로젝트!
〈모교 책 보내기 운동〉

대한민국의 뿌리, 대한민국의 미래 **청소년·청년**들에게 **책**을 보내주세요.

많은 학교의 도서관이 가난해지고 있습니다. 그만큼 많은 학생들의 마음 또한 가난해지고 있습니다. 학교 도서관에는 색이 바래고 찢어진 책들이 나뒹굽니다. 더럽고 먼지만 앉은 책을 과연 누가 읽고 싶어 할까요?

게임과 스마트폰에 중독된 초·중고생들. 입시의 문턱 앞에서 문제집에만 매달리는 고등학생들. 험난한 취업 준비에 책 읽을 시간조차 없는 대학생들. 아무런 꿈도 없이 정해진 길을 따라서만 가는 젊은이들이 과연 대한민국을 이끌 수 있을까요?

한 권의 책은 한 사람의 인생을 바꾸는 힘을 가지고 있습니다. 한 사람의 인생이 바뀌면 한 나라의 국운이 바뀝니다. **저희 행복에너지에서는 베스트셀러와 각종 기관에서 우수도서로 선정된 도서를 중심으로 〈모교 책 보내기 운동〉을 펼치고 있습니다.** 대한민국의 미래, 젊은이들에게 좋은 책을 보내주십시오. 독자 여러분의 자랑스러운 모교에 보내진 한 권의 책은 더 크게 성장할 대한민국의 발판이 될 것입니다.

도서출판 행복에너지를 성원해주시는 독자 여러분의 많은 관심과 참여 부탁드리겠습니다.

도서출판 **행복에너지** 임직원 일동

하루 5분나를 바꾸는 긍정훈련
행복에너지

**'긍정훈련'당신의 삶을
행복으로 인도할
최고의, 최후의'멘토'**

'행복에너지
권선복 대표이사'가 전하는
행복과 긍정의 에너지,
그 삶의 이야기!

권선복

도서출판 행복에너지 대표
지에스데이타(주) 대표이사
대통령직속 지역발전위원회
문화복지 전문위원
새마을문고 서울시 강서구 회장
전 팔팔컴퓨터 전산학원장
전 강서구의회(도시건설위원장)
아주대학교 공공정책대학원 졸업
충남 논산 출생

인터파크
자기계발 분야 주간
베스트 1위

권선복 지음 | 20,000원

책『하루 5분, 나를 바꾸는 긍정훈련 - 행복에너지』는 '긍정훈련' 과정을 통해 삶을
업그레이드하고 행복을 찾아 나설 것을 독자에게 독려한다.

긍정훈련 과정은[예행연습] [워밍업] [실전] [강화] [숨고르기] [마무리] 등
총 6단계로 나뉘어 각 단계별 사례를 바탕으로 독자 스스로가 느끼고 배운 것을
직접 실천할 수 있게 하는 데 그 목적을 두고 있다.

그동안 우리가 숱하게 '긍정하는 방법'에 대해 배워왔으면서도 정작 삶에 적용시키
지 못했던 것은, 머리로만 이해하고 실천으로는 옮기지 않았기 때문이다. 이제 삶
을 행복하고 아름답게 가꿀 긍정과의 여정, 그 시작을 책과 함께해 보자.

『하루 5분, 나를 바꾸는 긍정훈련 - 행복에너지』